初代史莱克七怪的成长之路 ◇ 不可

# 斗罗大陆

唐家三少 著

新版

（封面以实际出版为准）

旷世之才 横空出世 武魂觉醒 开创传奇

## 斗罗大陆

唐家三少超人气之作 不可取代的幻想经典
同名动画破百亿播放 | 电视剧即将开播
初代史莱克七怪的成长之路 ◇ 超豪华冒险天团的首次问世

**2020年
3月上市**

## 唐家三少超人气之作 武魂觉醒开创传奇

电视剧由肖战、吴宣仪主演 2020年开播
动画破百亿播放 常年雄踞国漫各大榜单

### 全系列内容简介

唐门百年难得一见的天才唐三因私学唐门高深内功，被追至悬崖边。他将绝世暗器
佛怒唐莲留下后纵身一跃，竟阴差阳错来到了斗罗大陆一个普通的村庄——圣魂村，
小小的唐三在这里开始了他的魂师修炼之路，并萌生了振兴唐门的梦想……

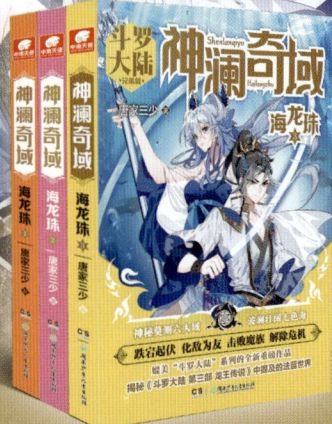

惟我独仙

唐家三少 著

典藏版 8

山东画报出版社

图书在版编目（CIP）数据

惟我独仙：典藏版.8 / 唐家三少著. —— 济南：
山东画报出版社, 2020.3
ISBN 978-7-5474-3327-0

Ⅰ.①惟… Ⅱ.①唐… Ⅲ.①长篇小说 – 中国 – 当代
Ⅳ.①I247.5

中国版本图书馆CIP数据核字(2019)第300760号

WEI WO DU XIAN　　DIANCANG BAN 8

# 惟我独仙 典藏版8

唐家三少 著

责任编辑　许　诺
总 监 制　梁　洁
策划编辑　黄香春
统筹编辑　李　静　孙宇程
装帧设计　田星宇　曹希予
主管部门　山东出版传媒股份有限公司
出版发行　山东画报出版社
　　社　　址　济南市英雄山路189号B座 邮编 250002
　　电　　话　总编室（0531）82098472
　　　　　　　市场部（0531）82098479 82098476（传真）
　　网　　址　http://www.hbcbs.com.cn
　　电子邮箱　hbcb@sdpress.com.cn
印　　刷　湖南天闻新华印务有限公司
规　　格　169毫米×233毫米  1/16
　　　　　　18印张  205千字
版　　次　2020年3月第1版
印　　次　2020年3月第1次印刷
书　　号　ISBN 978-7-5474-3327-0
定　　价　32.00元

目录

CONTENTS

## 第149章
## 混沌之王

青龙王护体的青色光芒不规则地波动起来，额头上那块王鳞光芒若隐若现，半晌，青龙王才平静下来，长出一口气，道："你如果和混沌王没有关系，为什么会具有混沌之气？这只有混沌王才有。小子，我希望你向我说实话，虽然你的修为很高深，但如果我不愿意，你是无法走出我这座青龙圣殿的。"

青龙王身上散发的气息突然变了，不可一世的霸气在青龙圣殿中弥漫，周围的压力骤然增大，杀机隐现。

海龙见青龙王如此不友善，心中顿时升起一股怒气，他傲然道："青龙王，我们此来并无任何恶意。是您的族人要求我们来见您的。不错，我们只是普通的仙人，但我们也有普通仙人的尊严。青龙王，如果您想为难我们，我们也不会任您侮辱。"

混沌之气在海龙的刻意催动下威势大增，海龙毫不示弱，同青龙王对峙着。

他连五大妖王联手都不怕，还会怕青龙王吗？

有梦云仙子援手，海龙虽然不能肯定可以杀伤对方，但自保应该还是没有问题的。

毕竟，他的混沌之气已经提升到了中成境界。在仙界中，能置他于死地的人已经很少了。

青龙王龙目中光芒连闪，扭头向小雪道："小雪、风纪，你们先出去。刚才我说的话，你们不许告诉任何人，否则，以族规论处。"

小雪看青龙王目光不善，顿时变得焦急，道："父亲，他们都是好人啊！姐姐还给我冷香丸吃，帮我长大了，您不要伤害他们，他们不是坏人。"

青龙王的目光变得严厉起来，前爪在空中划动，一团青色的光芒将小雪包裹起来。

青光大放中，小雪的身体已经消失不见。

风纪看了海龙和梦云仙子一眼，不敢违背青龙王的命令，轻叹一声，无奈地离开了。

整座青龙圣殿在光芒环绕中亮了起来。

海龙明白，青龙王已经用极强的禁制将青龙圣殿完全封锁。为了不完全陷入被动，他取出自己的金箍棒，将之迎风一抖。一个金色的光幕将他和梦云仙子的身体挡在后面，将青龙王的压力拦截在外。

青龙王看到金箍棒，显得很惊讶，道："孙悟空的如意金箍棒怎么会在你手里？"

海龙沉声道："青龙王，斗战胜佛正是我的师父。我虽然不明白您为什么要为难我们，但是，我绝不会让师父蒙羞。"

青龙王目光阴沉地看着海龙，道："我只是希望你说出你同混沌王之间的关系，只要你诚实地讲出来，我自然不会为难你们。否则，今日你们休想离开我这座青龙圣殿。"

话音一落，青龙王紧接着念了几句海龙和梦云仙子都听不懂的咒语。

奇异的事情发生了，青龙圣殿两旁的石柱开始闪烁耀眼的光芒，雕刻于其上的巨龙渐渐活了过来，一条条身长在十五尺左右的透明青龙出现在周围。

海龙扫了一下，竟然有三十六条。

青龙王冷声道："这是我青龙圣殿的三十六青龙影卫，青龙影卫虽然身体不大，但每一条都拥有大罗金仙的实力。不用我出手，你们以为你们能挡住青龙影卫的攻击吗？小子，说实话吧。你是怎么学会混沌之气的？与混沌王到底是什么关系？"

海龙感受着巨大的压力，不禁倒吸一口凉气，青龙王没有说错，单是这三十六条青龙影卫，也不是他们联手能对付的。他明白，这些青龙影卫最可怕的地方就是没有思想，没有思想就代表青龙影卫完全服从青龙王的命令。如果是仙宫中的三十六大罗金仙围攻他们，或许他们还有逃脱的可能。但是，这些青龙影卫明显极为擅长合击，一旦在青龙王命令青龙影卫联合攻击，就算他和梦云仙子能消灭掉大多数青龙影卫，最后也很难逃脱。

海龙深吸一口气，道："青龙王，我很奇怪您为什么如此确定我同那混沌王有关系。据我所知，在仙界中，我应该是第一个拥有火属性混沌之气的仙人。而且，我能修炼出混沌之气是因为我是至阳之体，经过了种种历练，最后机缘巧合下在太上老君的八卦炼丹炉中待了数十天，同您所说的混沌王没有任何关系。您是四大圣兽之一，我们只不过是两个小辈，难道您真要以大欺小，以多凌寡吗？"

他实在不想将命丢在这里，飘渺还等着他，天琴还等着他，与青龙王这么个强者为敌是不明智的。他现在的生命已经不属于他自己，所以，他希望青龙王能听进自己的解释。

青龙王听了海龙的话，愣了一下，道："你是说，你拥有的是火属性混沌之气，而不是无属性的混沌之气吗？"

海龙也愣了，道："无属性混沌之气？那是什么？我连听都没听说过。您既然熟悉混沌之气，感受一下我的攻击自然就明白了。"

此时，海龙并没有运用任何仙法，只是缓缓催动体内的混沌之气，同时，他大喝一声，踏前一步，一拳向青龙王击去。

一团暗红色光芒飘然而出，向青龙王飞去。

青龙王眼中金光一闪，左前爪抬起，一面白色光芒流转的盾牌瞬间出现。

轰然巨响中，整座青龙圣殿仿佛都在颤抖，青龙王眼神一变，那面盾牌已经被炸得粉碎，甚至连前爪都多了一抹焦黑。

海龙也并不轻松，脸上腾起一片红光，向后退了一步，心中暗暗吃惊：这青龙王的修为不在镇元大仙之下啊！

青龙王神色缓和了许多，向海龙点了点头，道："不错，这并不是混沌王的无属性混沌之气，你拥有的混沌之气只有单一属性，还远远不够完善。看来，我是错怪你了。不过，能拥有混沌之气，这已经是一件很不简单的事。小兄弟，你能不能将其中的过程详细地说一遍？混沌之气对于我来说非常重要。"

他的语气和善了许多，方才压迫着海龙的庞大压力也似乎全部消失了。

海龙暗自松了一口气，道："当然可以。我本来并不是仙人，只是人界的一个普通修真者，或许是运气不错吧，经过一千多年的修炼，我渡劫升仙，并拜在了师父门下，那天……"

既然青龙王认出了混沌之气，海龙也没什么好隐瞒的。

他从镇元大仙的人参果大会说起，将孙悟空等人如何向镇元大仙讨要人参果，如何请太上老君帮忙炼丹，并将自己放到八卦炼丹炉中经受九天九昧真火洗礼的过程详细地说了一遍。

青龙王听完他的叙说，龙目中光芒连变，道："至阳之体，你是至阳之体。原来是这样。孙悟空这猴子还真有些办法。"

海龙有些疑惑地道："青龙王，您说的混沌王到底是谁？难道在我之前，已经有人修炼成了混沌之气吗？"

青龙王叹息一声，道："你拥有混沌之气，已经可以知道这个秘密了。混沌之气，乃夺天地造化的浩然之气。刚才你向我发出的攻击虽然还算不上非常厉害，但混沌之气的气息非常纯正，可见你是一个禀性良善之人。你没说错，在你之前，已经有人修炼出了混沌之气。而且，他拥有的才是真正的混沌之气，也就是我说的无属性混沌之气。所谓无属性，就是包含天下间所有属性，水、火、地、风、光明、黑暗等，无所不包。他就是我们四大圣兽的主人，真正的六界之主。"

海龙心中一惊：四大圣兽的主人？六界之主？那是一个什么概念？难道他比如来佛祖还要强大吗？

青龙王看出海龙心中的疑惑，继续道："我的主人自称混沌王，六界可以说就是他老人家创造的。而我们四大圣兽就是他老人家指派，专门负责维护六界平衡的圣兽。无数年前的一天，他老人家将我们四大圣兽聚集在一起，突然对我们说，因为创造六界，他消耗了所有力量，生命即将终结。他将把自己的心灵存放在一个没有人知道的地方，如果将来谁能得到他的心灵寄语，就可以成为新一代的混沌王。所以我见到你身具混沌之气时才会那么惊讶，你如果继承了他老人家至纯的混沌之气，就是我的新主人啊！"

海龙心跳加快，对混沌王充满了兴趣，道："青龙王，那您是否知道混沌王心灵存放的地点呢？"

青龙王摇了摇头，道："没有人知道具体的地点，我们四大圣兽也只是知道混沌王留下的一些线索而已。那至纯的混沌之气是任何法力都无法相比的，可惜的是，那种创世之力已经不可能有人具备了。混沌王临去前曾经说过，即使得到了他的心灵寄语，也只能成为六界强者，但没有创世之力。据我估计，如果得到了他老人家留下的心灵寄语，就可以拥有近似如来佛祖的实力。你如果有兴趣，倒不妨去试试。"

海龙当然有兴趣了，但他自然不能这么快就说明，他微微一笑，道："既然青龙王同其他圣兽都是混沌王指派的，那为什么传说中的朱雀圣兽会被火麒麟所代替呢？难道圣兽的地位这么容易就可以被撼动吗？"

青龙王眼中流露出一丝悲哀，点了点头，道："不错，我们并不是不可替代的。混沌王在创造出我们之后，就曾经说过，我们如果不够努力，便随时都有可能被同属性仙兽替代。他老人家说新旧更替是自然发展的趋势。

"我们四大圣兽可以说是六界最早出现的生命。想当初，我们刚刚出现时，没有人可以挑战我们的权威，我们是最强大的。但随着时间的推移，仙界中的仙人和冥界中的冥人越来越强大了，渐渐赶超了我们。现在我们四大圣兽虽然在仙界中还有些权威，但比起当初叱咤六界时要差远了。

"朱雀是爱好完美的，对于各种美好的事物都充满了好奇，由于分心太多，朱雀的修为停滞不前，最后终于被火麒麟超越。在挑战中，朱雀败了，也结束了自己的生命，朱雀一族从此淡出四大圣兽视线，现在朱雀一族在哪里，我也不清楚。

"朱雀的下场点醒了我、玄武和白虎。为了保住自己的地位，我们时刻不忘刻苦修炼。你们看到的三十六青龙影卫就是我花费五万年才炼成的一件法宝，也是保护我这青龙圣殿的法宝。可惜的是，青龙影卫只能待在我这青龙圣殿之中。

"小兄弟，既然你和混沌王没有关系，我就不多留你们了。我为自己先前的失礼向你们道歉。"

海龙摇了摇头，道："道歉就不用了。青龙王，我对混沌王非常有兴趣，毕竟我修炼的混沌之气在仙界中并没有人知晓，我希望能得到混沌王留下的心灵寄语。您能否把线索告诉我呢？"

青龙王双目灼灼地盯着海龙，沉声道："我能感觉到你心中对力量的渴望，告诉我，你为什么这么渴望得到强大的力量？"

海龙眼中流露出一丝蒙昽，道："我为什么要得到强大的力量？您知道吗？其实我并没有什么特别的理由，现在仙、佛二界同冥、妖二界壁垒分明，但是，我并不想参与他们的争斗。我想要得到强大的力量，只是为了能保护我爱的人和我的朋友，仅此而已，我没有太高的志向。"

青龙王看着海龙点了点头，微笑道："这个理由已经足够了。能够对亲人和朋友负责，你是一个有责任心的好孩子。你能拥有火属性混沌之气，说不定就是混沌王冥冥中的安排，既然这样，我又何必在乎一个线索呢？混沌王在离开时留下一句话，他说，六界之间，串联之中，冥冥天意，在我心中。"

海龙听了青龙王的话，沉默了。

这十六个字所指的意思实在太模棱两可了，"六界之间"这句还好理解，想必就是六界中的某一界或者是六界相连的通道之间。可是这"串联之中"是什么意思呢？如果说串联，六界都是相互串联的，这要如何去找？

而后面两句的意思就更加模糊了。

青龙王道："小兄弟，你也不用想太多，这句话已经留传无数年了，但到现在为止，还没有人能解开谜团，否则，我们四大圣兽早就去寻找混沌王的遗迹了。如果以后你能够见到混沌王的遗迹，就替我向他老人家磕几个头吧，也不枉我将这秘密告诉你。"

海龙点了点头，道："如果是混沌王创造了六界，我给他磕几个头也是应该的。青龙王，我还有一个疑问。您的实力如此强大，而且风属性仙兽也都实力不弱，为什么那些贪婪的仙人还能抓走您的族人呢？您就没有想办法阻止吗？"

青龙王眼中光芒一闪，道："哼，敢来我领地偷抓仙兽的，本身都具有很强的实力，而且极为狡猾，我们很难发现。我几乎每日几乎都在修炼，神识一般处于休眠状态，所以很难抓到那些仙人。除非是在我清醒的时候，我才能用自己的法力将他们限制住。但是，他们似乎早已摸清了我的作息规律，只有当我陷入沉睡之时才会来。幸好我的下属们齐心合力，这才减少了很多损失。仙界的事我懒得插手，仙界已经够乱了，所以我一直忍着，但是，如果仙人再肆无忌惮地骚扰我的族类，我就要采取一些措施了。"

海龙感受到青龙王发自内心的怒意，皱眉道："那您为什么不与仙帝沟通一下呢？仙帝毕竟是仙界之主，如果他能下一道命令，想必对偷抓坐骑的仙人会有一定的限制吧。"

青龙王不屑地哼了一声，道："不，你错了。仙帝刚刚执掌仙宫之时倒也算得上是一个人物，结交各方，使得仙界各方归心。但随着时间的推移，他逐渐变了。你可以去看看现在他都干了些什么。我想，现在根本就没有仙人愿意受他的管制吧，我们圣兽也不屑与之为伍。如果他真的下一道命令，恐怕会起反作用。"

海龙心中一动，道："既然仙帝如此不堪，那为什么仙界中拥有大神通的仙人不联手将他推翻，再重新立一个新的仙帝呢？"

青龙王摇了摇头，淡然道："你可能还不明白我们圣兽的使命。我们是协调六界的，虽然身在仙界，但并不属于仙界，我们不可能挑起仙界的纷争。至于其他拥有大神通的仙人为什么不去管一管，我就不知道了。不过，仙界如果发生混乱，我们圣兽必然是协调的一方。

　　"其实，对于仙界现在的情况，我们也做过努力，我曾经三次以灵札向如来佛祖说明此事，希望他能出来主持公道，有他做主，仙帝会收敛一些。但是，不知道什么原因，他始终没有音讯，尤其是近几千年，他似乎完全沉寂下来了，再不管仙界中事。这样，仙帝便更加肆无忌惮了。仙帝虽然说不上有多无道，但对仙界中的事早已置之不理，每天只知道享乐。"

　　海龙心中暗想：现在几乎每一个仙人都对仙帝不满，看来，仙帝的位子恐怕坐不稳当了。他扭头看了梦云仙子一眼，道："青龙王，既然一切误会都已经澄清，我们就不多留了。今后如果有机会，我们一定会前来拜会您。"

　　青龙王微微一笑，道："小兄弟，你知道吗？你让我仿佛又看见了混沌王，你身上的火属性混沌之气让我感到非常亲切。我送你们一个见面礼吧。希望以后你们能把所有的风属性仙兽都当成朋友看待。"说着，青龙王大口一张，一颗光芒闪烁的透明珠子飞了出来，转眼间落入海龙手中。

　　海龙只觉得掌心一凉，珠子散发的温润之光令他感觉一阵舒爽。青龙王送出的东西又怎么会差呢？他清晰地感觉到，这颗珠子里不断传出一股股神秘的力量。

　　青龙王微笑道："这是当年混沌王赐予我的定风珠，可以说是所有风属性仙兽的克星。"

　　海龙心中一惊：定风珠？青龙王将能够克制所有族人的定风珠给自己是什么意思？

海龙抬头看向青龙王，托起手上的定风珠，道："青龙王，您的礼物太珍贵了，我实在不能收。所谓无功不受禄。即使没有您赠送的礼物，我也非常乐意成为风属性仙兽的朋友。"

青龙王摇了摇头，道："你拿着吧，这定风珠对我来说已经没有什么作用了，与其在此埋没，不如你拿去用。有它在，任何风属性仙法都无法伤害到你，你定要随身佩带不可丢失。说实话，我很希望你能继承混沌王的衣钵，成为新一代的混沌王，那时，四大圣兽就可以名正言顺地帮助你。现在六界中隐藏着太多危机，需要站出来一个人。其实，有些时候仅仅是威慑就已经足够了。

"据我的推测，这定风珠很有可能同混沌王留下的那句'串联之中'有关系。当年，他老人家留下了四颗珠子，分别给了我们四大圣兽，即定风珠、定水珠、定火珠、和定土珠。或许，就是这四颗珠子与混沌王的心灵寄语有关系吧。

"我们四大圣兽表面上虽然同气连枝，但彼此之间多少还是存在竞争关系的，所以平日里很少联系。以后你如果有机缘集齐四颗珠子，就可以试探一下，看看那'串联之中'是否就是将这四颗珠子串在一起的意思。"

海龙见青龙王执意要将定风珠给自己，只好将其收入怀中，他突然想起自己还有一件很重要的事没说，于是正色道："青龙王，有一件事我希望能够得到您的帮助或者支持。这将关乎四大圣兽的存亡。"

青龙王听他说得严重，赶忙追问道："是什么事？你先说来听听。"

当下，海龙将当初火湫的遭遇详细地向青龙王讲述了一遍，不光是青龙王，就连一旁的梦云仙子都听得有些呆了。青龙王听完海龙的叙述，再次散发出巨大的压力，巨大的龙目中闪烁着愤怒的目光，道："你所言都是事实吗？有谁能证明？"

不用海龙开口，红光一闪，红龙已经出现在青龙王面前，它恭敬地匍匐在地，道："麒麟王座下护卫红卫见过青龙王，请您为我主人主持公道啊！"

刚才正是它提醒海龙说火湫的事，否则海龙被混沌王的事情一惊，还真给忘记了。

青龙王眉头微皱，道："如果我没有记错的话，以前我应该见过你，你是专门负责帮火麒麟守护女儿的那个护卫吧。这么说，海龙所说一切都是真的？"

红龙连点大头，将自己所有的经历详细地说了一遍。青龙王无法探出海龙修为的深浅，但很容易探出红龙有没有说谎。

青龙王听完红龙的讲述后，脸色变得更加凝重了，沉声道："白虎这家伙实在太放肆了，怎么能插手火麒麟的家务事？"

海龙心中一喜，道："那这么说，您愿意站出来主持公道了？"

如果有青龙王做主，火湫只需登高一呼，召回原来的旧部，便有很大机会光复火麒麟一族。

在海龙兴奋之时，青龙王却摇了摇头，道："对不起，这件事情我不能出面。"

红龙惊呼道："为什么？青龙王，您在我们仙兽中是出了名的刚正不阿，难道连您也不愿意为我老主人出头吗？"

青龙王长叹一声，道："不是我不愿意帮你们，实在是这件事牵扯太多。即使我发动风属性仙兽一族，也不可能同水属性仙兽加火属性仙兽抗衡。一旦我们三族发起争斗，所造成的影响太大了。为了我的族人，也为了仙界的平静，我不能帮你们讨还公道。但是，我可以在暗地里给你们一些帮助。刚才你也说了，火麒麟少主仍在，当她回来以后，我会在背后支持她。"

海龙眉头微皱，道："这么说，您只能在精神上支持火麒麟少主了？那如果我们杀了白虎王和背叛的火麒麟，那又如何？"

青龙王沉声道："我希望你们不要那样做。如果那样，四大圣兽的实力会大为削弱。白虎王虽然跋扈，但毕竟是四圣兽之一。这样吧，当麒麟少主平复内乱时，我可以帮助你们牵制住白虎王，不让白虎王插手，至于能否抢回麒麟王之位，就要看你们的本事了。你们要记住，我们四圣兽都有一块混沌王当年亲赐的王鳞，只有拥有王鳞的圣兽才会被同属性仙兽承认。

"当初，火麒麟击败朱雀之时将王鳞融入己身，我想，麒麟族的叛徒也是如此做的。所以，你们必须夺回火属性王鳞。那时有我的支持，白虎王也不敢如何。"

红龙还想说些什么，却被海龙拦住了。

海龙催动混沌之气，将它重新吸回自己的龙翔臂之中，沉声道："既然如此，我们就相信您。等火湫姐姐重返仙界后，此事再从长计议吧。青龙王，我们先告辞了。"

青龙王没有再多说，巨大的龙目中充满了复杂的情绪，青龙王收回了青龙圣殿的禁制，任由海龙和梦云仙子离去。

青龙圣殿门关上后，殿内重新恢复了平静，那些青龙影卫也纷纷回到了石柱之上。

一个温柔的声音响起："王，你觉得这仙人真的可以信任吗？"

一条比青龙王小些的青龙从青龙圣殿侧面的一扇小门中飞了进来，这条青龙身上的鳞片虽然没有青龙王的那么厚实，却显得细密很多，碧绿的光芒中，龙目显得极为清澈，且充满了温柔之情。

青龙王用巨大的龙爪将这条小些的青龙拉到自己身边，轻叹道："我相信自己的判断，风雅，我们青龙族沉寂了这么多年，或许，是该有所行动了。

"白虎王这回做得太过分了。我如果有同白虎王抗衡的实力，刚才就会答应他们。可惜的是，一直以来，白虎王都是四圣兽中最强大的存在，除非在这青龙圣殿中，否则我真的没把握能够对付白虎王。至于那个叫海龙的孩子，他给我带来了太多的惊讶，我之所以选择将混沌王的秘密和定风珠赠予他，是因为我看好他。

"你也知道，我们四圣兽一直以来同仙界的仙人都是互不往来的。但是，你也知道，仙界即将不再太平，冥界的实力过于强大了，我们必须帮助仙、佛二界，才能不辜负混沌王当年的嘱托。而海龙这孩子同仙佛两界都有很深的渊源，为了我的族人，我需要这么做，你明白吗？"

风雅将头靠入青龙王的怀中，道："我们夫妻多年，我当然明白你心中的想法。但是，我想你也应该看出了，刚才那孩子身上流露出的戾气极重，恐怕会有很多杀孽缠身，如果他入魔，那你赠予他定风珠不就是助纣为虐了吗？"

青龙王摇了摇头，微笑道："戾气重并不能代表一切，你就算不相信我，也应该相信孙悟空和镇元大仙。他们都拥有同我抗衡的实力，既然他们都毫不保留地支持那孩子，我又何必考虑太多呢？其他的事你就不用多想了，从现在开始，到仙界有大变化之前，我将闭关修炼。我族有什么事情由你全权来处理，我的王妃啊，你可不能再那么心慈手软了，你要知道，那些仙人的欲望是无法满足的。"

风雅低下头，道："我是太心软了，不过你放心，从现在开始，我会尽量改变自己的。更何况，咱们的族人恐怕也只有我一个是心慈手软的吧。"

## 第150章

# 重返仙宫

海龙和梦云仙子刚走出青龙大殿，小雪和风纪就迎了上来，看到海龙和梦云仙子平安无事后，不禁都松了一口气。小雪飞到梦云仙子身旁，关切地道："姐姐，你没事吧？我真的好担心你们。父亲今天好凶，以前父亲从来没这样对我凶过。"说着，小雪眼睛中出现了氤氲的水光。

梦云仙子柔声道："小雪不哭，青龙王是因为有重要的事情同我们说才会让你们出去的，现在姐姐要走了，以后有机会我们再见面吧。"

小雪似乎对梦云仙子十分依恋，低头在她身上蹭了蹭，道："姐姐，你能不能不走啊？我真的好喜欢和你在一起的感觉。"

海龙微微一笑，道："梦云，小雪应该是寒属性仙兽，而你修炼的月宫仙法刚好属寒性，再加上你对小雪又那么好，所以小雪才会这么依恋你。"

梦云仙子看向小雪的目光也极为不舍，但她知道，现在还有许多事等着自己和海龙去做。她无奈地轻叹一声，在小雪的头上抚摩了几下，道："小雪，对不起，姐姐有很重要的事必须赶快去做，姐姐答应你，以后有机会一定会来看你，好吗？"

正在这时，青龙王那浑厚的声音从圣殿中传了出来："梦云仙子，小雪的父母在上一次冥、妖二界侵犯仙、佛二界时殒命，只留下一颗雪卵，经过多年的努力，我终于在五千年前孵出了小雪。虽然我们所有的风属性仙兽都很喜欢小雪，但小雪毕竟是寒属性仙兽。既然小雪如此依恋你，只要你不嫌弃，便可以带小雪离开。只是，我希望你能把小雪当成朋友看待，而不是坐骑。如果他日小雪愿意回来，我们也随时欢迎。"

小雪兴奋地道："父亲，您是说我可以出去玩儿了吗？可是，您不是说外面的世界很危险吗？"

青龙王的声音变得异常慈祥："外面的世界确实很危险，但有金曜星君梦云仙子保护，你不会有事的。跟你梦云姐姐走吧。如果玩儿得倦了，你就回来，风青龙圣地永远是你的家。只有出外游历，你才能真正成长。"

梦云仙子爱怜地看着小雪，道："青龙王，您放心，只要梦云有一口气在，绝不会让任何人伤害到小雪。"

青龙王道："小雪的父母都是极为强大的仙兽，修为不在我之下，还望仙子多多开启小雪的灵窍，助小雪领会本能之力。风纪，你传令下去，从现在开始，海龙和广寒宫的梦云仙子将成为我们所有风属性仙兽的朋友，不论他们有何需要，风属性仙兽都要无条件地支持。"

风纪恭敬地道："谨遵王的旨意。"

海龙同梦云仙子对视一眼，恭敬地道："多谢青龙王。"

在风纪的护送下，他们离开了青龙圣殿。

最兴奋的就要数小雪了，小雪不断在空中翻腾飞舞，确实，在一个地方待了五千年，寂寞便会无限放大。风纪一直将他们送到风青龙圣地边缘，道："就在这里了，两位一直向西飞行，就会进入仙宫领域。我想，你们应该能找到仙宫吧。"

海龙微笑道："多谢风纪兄，或许，不久之后我们就会再次见面。"

海龙和梦云仙子告别风纪后，带着急切的心情，立即以极限速度朝仙宫飞驰而去。

小雪最擅长的就是飞行，虽然修为远不及二人，但凭着过人的天赋，小雪竟然能追在海龙和梦云仙子身后。

风青龙圣地距离仙宫极为遥远，海龙和梦云仙子虽然全速前进，但也足足飞了十昼夜才进入仙宫真正的势力范围。

以海龙和梦云仙子的修为，急速赶路根本不会感到疲累。外界浓郁的仙灵之气足以弥补他们的消耗。

小雪还无法同他们相比，被海龙收进大袖，美美地睡着了。距离仙宫越近，海龙心中便越发思念飘渺，他真的好担心，如果飘渺有一丝损伤，都将给他留下终生遗憾。

梦云施展冷月凝香舞，跟在海龙身旁，海龙脚下的金云载着他的身体一直在急速前行。

海龙脸色凝重，仅从这一点，梦云仙子就知道，此时他内心已经焦急到了顶点。

而且，近三天以来，他连一句话都没有跟她说过，只知道赶路。

梦云仙子深吸一口气，平淡地道："海龙，停一下吧。"

海龙听到梦云仙子的声音，扭头向她看去，疑惑地道："为什么？仙宫应该快到了才对啊！"

梦云仙子点了点头，道："是快到了，我们已经离开仙宫很长时间了，仙宫中还不知道发生了什么变化，我希望你能将自己的气息调匀，那样才能应付更多的变化。飘渺师妹也绝不会愿意看你贸然闯进去，如果你有什么不测，你让她怎么办呢？"

海龙减慢速度，飘浮在半空中，回过身，他深深地看了梦云仙子一眼，道："对不起，我太心急了，谢谢你。"

梦云仙子摇了摇头，道："没什么好谢的。我们在妖界经历了一场生死大战，难道还不是朋友吗？作为朋友，我自然应该在你最需要的时候劝慰你。"

海龙心中一暖，不再多说，盘膝坐在筋斗云上修炼起来。

梦云仙子飘浮在他对面，盯着这个闯入自己心扉的男人，各种念头不断浮现在心头。

她知道，或许这是自己最后一次如此平静地端详海龙了。

妖界一行，彻底破除了她心上的坚冰，她知道，自己永远都无法忘记面前的男子。

梦云仙子仔细看着，想将海龙的身影牢牢记在自己心头，永远也不忘记。

在海龙吸收妖界的邪气后，混沌之气终于逐渐走向了成熟。回到仙界后，海龙清晰地感觉到，自己吸取仙灵之气的速度竟然不在邪气之下，灵台那颗混沌丹蕴含着庞大的法力，即使在面对青龙王时，海龙都感觉自己拥有一拼之力。

海龙没有刻意修炼，只是将体内的混沌之气束在一起，沿着经脉运行一周。

只是如此，他的法力便达到了巅峰状态。

他缓缓从修炼中清醒过来，突然清晰地感觉到，两道令他心神激荡的视线从面前射来，他下意识地睁开了双眼，看到的是梦云仙子深情的眼神。

心跳骤然加快，他有些迷蒙地道："梦云，你……"

梦云仙子见海龙清醒过来，立即恢复了冰冷的神态，低下头，淡然道："我们走吧。"

然后，她当先朝仙宫飞去。

海龙心中暗叹一声，既然她不愿意承认，那自己又何必强求呢？现在的自己，实在没有资格接受梦云仙子的感情。而且，自己也不知道对梦云仙子到底是什么感觉。

飘渺，我来找你了。

海龙收敛所有思绪，将全部心神都放在即将见到的飘渺上，同梦云仙子一起全力前进。

仙宫依然充满祥和之气，一切仿佛都没有发生任何变化。海龙远远地便看见了身材高大的增长天王魔礼青，魔礼青也同时注意到了他们。他看到梦云仙子之时，露出一丝惊讶，大步走到南天门外，恭敬地道："魔礼青见过星君。"

梦云仙子和海龙同时落下，梦云仙子道："增长天王不必客气，不打扰您看守了，我们先进去。"

话音一落，梦云仙子就向南天门内走去。

梦云仙子从魔礼青身边走过，魔礼青恭敬地让到一旁，当海龙走到他身旁时，他却将点金枪横了过来，沉声道："站住！你要到哪里去？"

没等海龙说话，梦云仙子回首道："增长天王，他是我的朋友，我带他到仙宫办事。请你放行。"

魔礼青愣了一下，黝黑的脸微微有些扭曲，他从来没想到冰峰梦云也会有朋友，疑惑地道："星君，此人非仙宫中人。我职责所在，不敢随意放行。还请您将他此行目的说清楚，否则，我无法放行。"

他从海龙阴沉的脸色中隐隐意识到了什么，自然不会这么轻易放海龙过去。

海龙盯着面前这四大天王之首，沉声道："我的耐心是有限度的，让开！我不想和一条看门狗多说。"

此时的他对仙宫充满了成见，几乎又恢复了在人界时的作风。

魔礼青守卫仙宫多年，还是第一次听到如此不客气的话，顿时大怒，用点金枪指着海龙的胸口，沉声道："你敢冒犯仙宫的尊严，就别怪本天王不客气了。"

青云宝剑立即亮了起来，魔礼青已经做好了随时出手的准备。

海龙看着围上来的数十个天兵和面前这增长天王，深吸一口气，道："既然如此，你们就先休息一会儿吧。"

他瞬间将法力提升到极限，魔礼青只觉得一股无可抵御的力量从对方身上传来，愣了一下神。

没等魔礼青反应过来，海龙便发动了狂风暴雨一般的攻击。

他没有用法宝，而是用的灵台方寸山绝学菩提指。

以海龙为中心，漫天指影带着破空的道道红色光芒，如同烟花一般在空中绽放，每一道指影都带着澎湃的混沌之气。

最先遭殃的就是那些天兵，光芒所至之处，凡是被混沌之气点着的天兵，一个接一个地倒了下去。

海龙并没有下狠手，只是用混沌之气定住了他们的身体。

一切都是电光石火间发生的。

当魔礼青准备反击时，他手下没有一个天兵还是站着的。他手中点金枪挥洒出万点金光向海龙攻去，同时另一只手准备抽出他的成名法宝青云宝剑。

正在这时，一道道青色光芒从他背后亮起，如同巨大的丝网缠上他的身体。

金光顿时消失了，魔礼青只觉得自己全身一紧，顿时失去了行动的能力。

魔礼青失声道："星君，您这是干什么？"

情丝从梦云仙子手中消失，情网是绝情鞭法的绝招，即使是妖界的妖蛇王，一时半会也逃不出来，何况是增长天王魔礼青。

海龙飞身而上，冷冷地看着魔礼青道："我们只是想让你睡一觉而已。"

然后，他一指点在了魔礼青额头的窍穴。魔礼青全身一软，顿时瘫倒在地。

梦云仙子看向满脸杀气的海龙，沉声道："你冷静点。再有一顿饭工夫，值日功曹就会带另一拨天兵来替班。我们必须抓紧时间，赶快到广寒宫去。"

海龙道："梦云，你如此帮我，仙帝不会放过你的。干脆我将这里的人都杀了，省得以后他们给你添麻烦。"

梦云仙子一把拉住海龙的大手，道："不要，在仙界不可多造杀孽，否则，一切将失去转圜的余地。快走！"说着，她拉着海龙，瞬间提速，轻车熟路地向广寒宫飞去。

仙宫确实是平静太久了，海龙同梦云仙子一路行来，竟然没有遇到任何阻拦，也没有见到其他仙人。

一会儿的工夫，他们便进入了内宫，远远地就闻到了那股熟悉的桂花香。

这些天，吴护卫一直很郁闷。

上回不知道怎么回事，他被人弄晕了，等醒来的时候，竟然在广寒宫中。

他从来没上过广寒宫，因为那是不被允许的。

月仙子虽然没说自己，可是，月奴那丫头一再说是自己将她弄晕了，真是冤枉啊！一定是那个自己只看到过一眼的红头发小子弄的，哼，别让我再见到那小子，否则，我一定一斧子把那小子劈成两半。一边想着，他一边用力地挥了挥自己的大斧子。

正在这时，光芒一闪，两道身影出现在吴护卫面前，其中一个，正是他假想的敌人。

吴护卫下意识地怒喝一声，抢起大斧子就向海龙劈来。

海龙对他的印象不错，伸手在斧子上轻弹，混沌之气通过斧子传入他体内，他只觉得全身一热，便失去了行动能力。

"对不起了吴老兄，我还要借你的身份一用。"说着，海龙摇身一变，变作吴护卫的模样，扭头看了一眼惊讶的梦云仙子，指了指上面，道："走！"

梦云仙子飞上桂花树树顶，心中一阵感慨，在刚到妖界的时候，她还以为自己永远回不了这个家了。终于回来了，可是，过了今天，自己还能平静地在这个家中生活吗？不论如何，自己都要为心爱的人做点事，即使是付出一切。

海龙心系飘渺，拉了梦云仙子一下，道："梦云，快带我去找飘渺！她住在哪里？"梦云仙子从自己的思绪中惊醒，点了点头，当先朝前方飞去。

广寒宫大门在望，海龙曾经见过的管家麻姑正好从里面走了出来，一看到梦云仙子，她不禁一呆。

此时梦云仙子也顾不了许多了，右手一点，一道白色的光芒瞬间制住了麻姑。她将麻姑扶到一旁的桂树下，轻叹道："对不起，麻姑，先委屈你一会儿。"

她扭头向海龙使了一个眼色，道："快走！"

海龙知道吴护卫是不能进入广寒宫的，摇身再变，他变成了麻姑的样子，跟随着梦云仙子，第二次进入了广寒宫。

广寒宫似乎是玉石雕成的，一踏入宫门，立刻就能感觉到一股浓郁的仙灵之气传来，令人全身一冷。

周围云雾缭绕，建筑若隐若现。

梦云仙子松开海龙的手，低声道："前方云雾中是一个迷踪仙阵，一旦无意中碰触到仙阵的机关，便会激发很厉害的禁制。你看准我的步伐，一步也不要踏错。"

她对海龙有绝对的信心，所以一交代完，立刻飞身而起，朝云雾中踏去。

海龙心中暗凛，他知道，如果没有梦云仙子带路，自己贸然闯入，恐怕会陷入这个仙阵之中。

他小心地跟在梦云仙子身后。

梦云仙子所过之处，云雾顿时飘散，露出洁净的白玉地面。这样前行了不知多久，梦云仙子突然停了下来。

海龙飞到梦云仙子身旁刚要发问，就见梦云仙子做出一个噤声的手势。

梦云仙子拉着海龙向旁边迈出一步，躲入云雾之中。

他们所在之处可以看到先前的通路，而通路处无法看到云雾里。梦云仙子传音道："有人过来了，你别出声。"她话音才落，两个细语声响起。

梦云仙子惊讶地道："是月奴和桂枝，她们怎么会在一起？"

海龙疑惑地传音道："她们都是你们广寒宫中人，在一起有什么稀奇的。"

梦云仙子摇了摇头，道："你不明白，月奴也叫桂花，她本来是月仙子的仆人，一次因为犯了错，被月仙子惩罚，恰巧被我看到。我气不过月仙子那盛气凌人的样子，就将月奴救了下来，从此，月奴就负责侍奉我的起居。而桂枝是月仙子最宠爱的侍女。她们俩，一个是我的侍女，一个是月仙子的侍女，又怎么可能在一起呢？月奴经常会说起以前在月仙子身边时的种种不好。"

此时，月奴和桂枝已经走了过来，月奴道："桂枝姐姐，这几天我们可要小心些，月仙子娘娘的脾气可不太好。"

桂枝的容貌普通，比不上月奴俏丽，她微笑道："不怕，前些天你刚为娘娘立下大功，让那梦云仙子陷入被改动过的仙阵消失了，娘娘疼你还来不及呢。"

梦云仙子听到这句话，全身大震，海龙赶忙拉住她，传音道："梦云，别冲动，我早就想到你身边有人害你，否则，在你的地方怎么会有陷阱？你先听下去，看她们还说些什么。"

梦云仙子的气息渐渐平息下来，但身上的冰冷气息给周围的白雾增添了几分寒意。

月奴听了桂枝的话，神色有些黯然，她轻叹一声，道："其实，连我自己都不知道怎么成功的。那个仙阵已经有很长时间没用过了。或许，是那个入侵的人启动的。梦云仙子虽然同娘娘对立，但对我确实很好。我……"

她并不知道，正是这句话救了她的性命。

桂枝轻笑一声，道："月奴，行了，我们毕竟是替娘娘办事的，当初，娘娘找机会让你待在梦云仙子身边，不就是为了这次的成功吗？你也用不着多想，反正事情都已经过去了，梦云仙子根本不可能再回来。说来也是，梦云仙子身为金曜星君，脑子却这么笨，竟然从来都没有怀疑过你。这次你立下大功，娘娘连迷魂之术第二阶段的修炼方法都传给你了，以后，你可不要忘记我的好处。"

月奴勉强一笑，道："月奴自然不会忘记姐姐的好处。这几天娘娘心情不好，虽然梦云仙子离开了，但毕竟还有帝母娘娘在，我们还是小心一点为好。姐姐，你知道发生了什么事吗？竟然让咱们娘娘气成那样。"

桂枝摇了摇头，道："我也不知道，可能与帝母娘娘有关吧。你也知道，两位娘娘对立多年，咱们娘娘因为帝君的宠爱始终占据上风，但帝母娘娘在仙界中的势力根深蒂固，也不是那么容易撼动的。我们只需要做好自己该做的事就好，知道得太多反而不妙……"

说到这里，她们已经走进了另一边的云雾，身影渐渐远去，声音逐渐听不清楚了。

梦云仙子深吸一口气，扭头看向海龙，道："我真没想到，竟然是月奴出卖了我。月仙子，果然是你，你太卑鄙了。总有一天，我会让你自食恶果。"

海龙拍拍梦云仙子的肩膀，低声道："梦云，别难过了，这些事都以后再说。那月奴丫头虽然害过你，但我看得出，她早已有了悔意。刚才她们说可能是帝母娘娘那里出了问题，我们赶快去看看，说不定是飘渺出事了。"

梦云仙子点了点头，道："咱们走。"

两人重新回到之前离开的地方，快速地穿过仙阵向广寒宫深处而去。

一路上，他们先后碰到了几拨侍女，都小心地躲过了。

梦云仙子突然停了下来，指着前方一片云雾，道："那里有一扇玉门，我们直接飞上去，进了玉门就没事了。里面都是我师父的领域，连月仙子也不敢随便进入。那里面是一个大花园，本来师父经常在里面想念我师姐百花，飘渺师妹来了以后，就被安排在那里修炼。你不要随便运用法力，全身放松就好，玉门处有很强的禁制。"

白色光芒亮起，在梦云仙子的催动下，包裹着她和海龙的身体穿入了云雾之中。

果然如梦云仙子所说，一扇小巧的玉门出现在他们面前。梦云仙子一手用法力包裹海龙的身体，另一只手轻轻拍出。

海龙认得，那正是百花掌。

梦云仙子一边在空中舞动，一边轻声吟道："自在飞花轻似梦，一枝红杏出墙来，黄菊枝头生晓寒，人面桃花相映红，此花开尽更无花。"

每念出一句，她就拍出七掌，乳白色的法力中掺杂着一丝粉色，七掌在空中散开，犹如一朵巨大的鲜花，无声无息地印上玉门。

念出最后一个字时，她刚好将最后一掌拍在玉门正中央。

吱呀一声轻响，门开了。她带着海龙飞身而入。在进入的同时，他们背后的玉门轻轻合上了。但是，他们都没有注意到，他们背后的云雾出现了一丝怪异的波动。

玉门之后完全是另一个世界，是一片花的海洋。各种奇花异草遍地皆是，只有一条幽深的小径通向花海的尽头。海龙刚踏入这里，便感觉全身异常轻松，连他心中的焦虑也淡化了几分。

阵阵花香传来，令人心旷神怡。

梦云仙子微笑道："只有师姐最擅长的百花掌才能开启刚才那扇门。海龙，走，我先带你去花园寻飘渺师妹。"说着，梦云仙子拉着海龙沿着小径前行，朝花海中的云雾行去。

"飘渺，你快出来，你看我带谁来了。飘渺……"穿过大片花海后，是一条长廊，梦云仙子不断地呼喊着飘渺的名字，却没有得到任何回应。

海龙只觉得自己的心头越来越沉重，摇身一变，现出真容。他突然拉住梦云仙子停了下来，道："梦云，你们这里没有侍女吗？"

梦云仙子摇了摇头，道："没有，师父喜欢安静，不希望被人打扰，平日里这里只有我、飘渺师妹和师父在，哦，对了，还有痴梦师姐。只不过她一般是不会出关的。在我们这几人中，也只有我会经常出现在内宫外面，因为我要监视月仙子的一举一动，以免月仙子做出对师父不利的事。难道飘渺师妹真的出事了不成？否则，我这样呼喊，她一定能够听到。走，我们再去找找。"

海龙脸色冰冷，淡淡地道："不用了。梦云，麻烦你带我去见帝母娘娘。我想，她或许会知道飘渺的下落。"

梦云仙子看到海龙神色淡漠，心中突然生出一丝寒意，海龙身上若隐若现的杀气令她心头不断颤抖，她没有多说，点了点头，道："那好，你跟我来吧。"

说完，她顺着长廊前行，海龙跟在她后面一言不发，但他踏出的每一步，都显得格外沉重。

长廊是圆环状的，行进了三十丈左右后，梦云仙子突然停了下来，她轻叹一声，伸手按向一旁的廊柱。

一声轻响中，前方景物突然变化，又出现了一扇玉门。她喃喃地念了几句咒语，一掌按上玉门。

轻响声中，玉门敞开，她回身看了一眼依然一脸淡漠的海龙，轻叹一声，当先走入了玉门之中。

玉门内一片明亮，这是一间约三丈见方的房间，房间的外侧被一片白纱隔开，站在外侧，无法看清里面的情形。白纱内不时有丝丝寒雾渗出，整个房间中的温度都很低。

梦云仙子收敛自己的心绪，上前几步，跪倒在地，恭敬地道："师父，弟子回来了。"

白纱从中央向两旁拉开，里面的雾气尽散，露出一个一身白色长裙的女子。

海龙看到她，全身剧震，失声道："玄天冰姐姐。"

是的，在白纱后玉石床上盘膝而坐的女子长得同九天寒妃玄天冰一模一样，她听到海龙和梦云仙子的声音，缓缓睁开双眼，微微一笑，道："云儿，你回来了，这些日子你去哪里了？这位，想必就是飘渺一直惦记着的丈夫海龙吧。我不是你的玄天冰姐姐，我叫玄天心。"

海龙此时才醒悟过来，帝母娘娘玄天心同九天寒妃玄天冰乃同胞姐妹，自然长得极为相像。他顾不得礼数，急切地问道："帝母娘娘，飘渺在哪里？"

现在，也只能用心急如焚来形容他了。

玄天心眉头微皱，道："云儿，飘渺不是去找你了吗？怎么，你没见到她吗？"

梦云仙子一愣，道："师父，前些天我中了月仙子的暗算，掉入了妖界，根本就没见到飘渺师妹啊！"当下，她将自己与海龙同时掉入妖界，以及在妖界中发生的一切简短地说了一遍。

玄天心从石床上飞身而下，脸上罩着一层寒霜，道："月仙子也太放肆了。她陷害了百花还不够吗？她这是要将我孤立，好对付我。你多日未归，飘渺担心你的安危，前些天向我禀报后出去寻你，一直没有回来。看来，飘渺……"

说到这里，她身上的寒气更加浓郁了。

# 第151章
# 大闹仙宫

海龙已经恢复了淡漠的神态，冷声道："帝母娘娘，您既然是梦云和飘渺的师父，想必能感应到她们的气息吧。"

玄天心摇了摇头，道："我的月宫仙法与众不同，弟子们修炼的情况也各不相同，而且，长久以来我一直处于闭关状态，除非是传授她们仙法，否则我很少醒来。真没想到，我闭关这段时间内竟然发生了这么多事。如果我没猜错，飘渺的失踪定然与仙帝有关，月仙子胆子再大，也只敢暗中行动。现在我就带你们去见仙帝，找他问个清楚吧。"

她的神色突然变得异常黯然，提起"仙帝"这两个字似乎令她极为痛苦。

玄天心刚要往外走，便被海龙拦住了。海龙看着玄天心惊讶的目光，淡淡地道："娘娘，飘渺的事情不用您操心了，我会去处理的。

我想，玄天冰姐姐的事您已经知道了。您准备什么时候给她一条寒属性仙根，以便她重返仙界？"

玄天心叹息一声，道："这件事我已经考虑了很长时间。我一直都惦记着天冰，但是，我真的不知道将她接回来是错是对。在人界中，她还能过着平静的生活。而现在的仙界太乱了，以她的性格，恐怕她一回来就会迫不及待地去找仙帝，我实在不忍心让她受到一丝伤害。所以，我一直在犹豫。其实，在很久以前，我就发现了她在人界的踪迹，可是，让她卷入这个旋涡中真的好吗？"

海龙恭敬地向玄天心深施一礼，淡然道："这些都是您的家事，玄天冰姐姐让我转达的话您已经都清楚了，如何决定，就在您怎么想了。多谢您这些日子以来对飘渺的照顾，如果今后有机会，我一定竭力以报，我先告辞了。"说着，他转身就向外走去。

梦云仙子一把拉住海龙，急道："你这是干什么？有师父为你做主，你急什么呢？"

海龙甩开梦云仙子的手臂，淡淡地道："不用了，梦云仙子，飘渺的事情我自己会处理，用不着任何人帮忙。帝母娘娘，还请您解除禁制，让我离开这里。我是男子，在您这里待的时间太长恐怕不好。"说完，他大步向门外走去。

玄天心并没有拦阻他，一挥长袖，打开了玉门。

海龙飞身而起，转眼即逝。

梦云仙子从惊愕中恢复过来，刚想追出去，玉门就被玄天心关闭了。

梦云仙子心中一急，道："师父，海龙他无意冒犯您，您别生气，快去帮帮他吧。他一人怎么可能同仙帝对抗呢？"

玄天心凄然一笑，淡然道："海龙是一个好孩子，傻丫头，他是不想连累我们才这么做的。师父又怎么会生他的气呢？云儿，你知道吗？师父的心早在多年以前就已经死了，如果不是还惦记着天冰，师父根本不会留在这里。不是师父不愿意帮助他，今日的一切自有安排。你不必担心。"

梦云仙子一愣，道："自有安排？师父，您这是什么意思？杨二郎在我和海龙掉入妖界前就已经返回仙界了，再加上仙宫中其他高手，海龙他怎么能对付得了啊？求求您，帮帮他吧。要不，您让我去帮他也可以啊！"

玄天心缓缓合上双目，淡然道："不，你留在这里，今日你袭击增长天王魔礼青一事还需要我费一番唇舌才能解释。"

梦云仙子呆呆地看着玄天心，她突然发现，自己对师父是那么不了解。

她毅然转身，猛地向玉门冲去，瞬间将法力提升到极限，竟然想凭自己的修为冲出房间。

白色光芒骤然亮起，柔和的光芒缠住梦云仙子的身体，硬生生地将她拉了回来。

梦云仙子只觉得全身一紧，体内法力竟然再也无法提聚半分。泪水顺着她的面庞不断滑落，她凄厉地大喊道："师父，您就让我去吧。求求您了。"

玄天心飞到梦云仙子身旁，轻轻地抚摩着她那一头飘逸长发，柔声道："孩子，你累了，该休息休息了，等你醒过来时，师父自然会把一切都告诉你。好孩子，睡吧，睡吧。"

梦云仙子心中一惊，她自然知道，这是月宫仙法中的回梦，她想抵抗，但是眼皮越来越沉，终于，在玄天心温和的笑容中，她缓缓软倒在玄天心怀中。

玄天心依旧抚摸着她的长发，轻叹道："傻孩子，师父没想到你陷入得这么深，你就同当年的我一样啊！睡吧，一切都会好起来的，如果不能抛下，便只能留在心中。师父会为你努力的。"

海龙出了帝母娘娘修炼的地方，心中突然变得无悲无喜，禁制果然已经解除，他飞出后宫，落入了广寒宫的迷踪仙阵。

他记忆力很好，按照来时的破阵之法，反其道而行，一会儿的工夫，便来到了前宫。

他不再掩藏自己，一步一步，坚定地向广寒宫外走去。

海龙站在桂树顶上，闻着那淡淡的清香，嘴角露出一丝淡淡的笑意。

他突然在桂树顶上跪了下来，遥向西方而拜，恭敬地道："师父，弟子海龙不肖，恐怕要辜负您的期望了。不论弟子结局如何，在弟子心中，您永远是弟子最尊敬的人。"说完，他恭敬地向西方接连磕了九个响头。

海龙飞身而起，身上的长袍消失了，他低头看了一眼自己的身体，喃喃地道："或许，这是我最后一次看你了。"

他猛地抬起头，向两旁展开双臂，以他为中心，一股红色的气流骤然向外散开，他全身骨骼噼啪作响，一层细密的紫色鳞片缓缓长出，同时他的背后长出了一双紫色的巨大翅膀。他不断地运转混沌之气，将自己的精神提升到巅峰状态。

"海龙，你真的要这么做吗？这样会毁灭你自己的。"红龙焦急的声音在海龙心底响起。

海龙感受着自己前所未有的强大法力，淡淡地道："我已经决定的事就绝不会再更改。老红大哥，三头大哥，麻烦你们到五庄观告诉影，就说我对不起她，要先走一步了。"

说完这句话，他双臂一振，催动混沌之气，一黑一红两道身影被他用力地甩了出去，转眼消失不见了。

他看着逐渐远去的红龙和三头黑龙，自言自语道："走吧，你们也走吧。都走了，我才能没有任何牵挂地去做自己该做的事。"

右手一抖，金箍棒飘然而出，斜指上空，海龙催动混沌之气，振棒怒吼一声，声音瞬间传遍整座仙宫。

"仙帝老儿，你给我出来，交出飘渺，否则我就毁了你的仙宫。"海龙不断重复着这句话，声音中似乎带着无穷无尽的力量，仙宫不断地震颤，红色的云雾不断从海龙体内飞出，以他为中心，聚成了一个方圆三丈的血色光团。

海龙没有停止，他的声音依旧不断向外传出："仙帝老儿，你给我出来，交出飘渺，否则我就毁了你的仙宫……"

一声大喝打断了海龙的呼喊声："何人如此大胆，竟敢在仙宫中叫嚣？"

光芒一闪，三道身影出现在海龙面前，当他们看到巨大的血色光团时，不禁都露出骇然之色。

这三个人海龙都认识，乃仙宫的三个天君，他渡劫时曾经见过。

海龙淡淡地道："我的敌人只有一个，就是仙帝。你们如果插手，就别怪我手下无情。"

此时他心中满是对仙帝的愤恨，能够克制住自己没有在三个天君出现时立刻出手已经非常不容易了。

三个天君对视一眼，保护仙宫乃他们的职责，他们自然不会被海龙一句话吓倒。虽然感受到海龙的强大，但他们还是同时祭出自己的法宝向海龙攻来。

三股压力分别从三个方向向海龙挤压，那血色光团出现了剧烈的波动。

海龙淡淡地道："你们既然找死，就怪不得我了。打了小的，我就不信老的不出来。仙帝，这是你自找的。"

似乎拥有开天辟地之能的金光从血色光团中亮起，三个天君看到的是一根巨棒，他们同时明白了自己此时的对手是谁，但是，无比强悍的金箍棒已经落了下来。

九大天君一起行事多年，无比默契。

正面迎上海龙的天君全力防御，而其他两个天君则围魏救赵，从两翼向血色光团攻来。

海龙只觉得体内热血上涌，此时的他仿佛又回到了在妖界中疯狂杀戮的那段日子，心中再没有了其他念头，大吼道："去死吧！"

混沌之气猛地爆发了。

从两翼进攻的两个天君同时感觉到自己撞在了一面巨大的墙壁上，所有的法宝都失去了作用，紧接着，庞大的反震之力将他们震得喷血飞退，幸亏他们这一扰削弱了金箍棒的威力，否则正面御敌的那个天君下场更惨。金箍棒一击之下，那个天君被轰得飞了出去，肉身毁了，只有神识逃了出来。

乾坤一击的威力何等强大，一棒下去，近半个桂树林被夷为平地。仅一击，海龙就击退了三个天君，并毁了一个仙君的仙体。如此高深的修为令那两个被震飞的天君再没有勇气冲上去。

海龙动了，身体如同一个巨大的炮弹飞了出去，重重地撞在了仙宫的地面。

"轰——"

仙灵之气激荡，无数碎屑带着庞大的气劲四散纷飞，在仙宫的深处，一个巨大的深坑出现了，在深坑中央，让人无比恐惧的血色光团完好无损。

仙宫是用最坚硬的玉石所造，普通仙人就是全力向这种玉石攻击也难损伤其分毫。

但是，在血色光团狂暴的冲击下，直径十几丈的大坑出现了，仙宫自从再建以来，第一次遭到了毁坏。

"仙帝老儿，你给我出来，交出飘渺，否则我就毁了你的仙宫。"

"轰——"同样的巨响再次传来，仙宫中出现了另一个巨大的深坑。

这悬浮于半空中的宏伟宫殿，似乎在不断颤抖。无数道光芒从仙宫中的四面八方向轰响发出的地方会聚，一时间，天空中色彩缤纷。

四道身影悬浮在离仙宫不远的半空中。

"海龙这小子比我当年还狠，我不过是打了点仙宫的仙人而已，他倒好，直接毁起宫殿来了。仙帝老儿，这回可有你受的。哈哈，哈哈哈哈。"说这话的，正是海龙的师父，斗战胜佛孙悟空。

"唉，希望经过这次教训，仙帝能够清醒一点吧，否则，就真的来不及了。"镇元大仙凝望着沸腾了的仙宫，神色有几分担忧。

"大仙不必想太多，在很早以前，我就对仙帝不抱任何希望。海龙，好样的，给我狠狠地砸，替我出这心头的一口恶气。"一身紫袍的元始天尊手舞足蹈地比画着。

"天尊，我一直都很想问你，帝母娘娘和九天寒妃与你有何渊源？"站在最后面的光明祖师脸色怪异地问道。

孙悟空嘿嘿一笑，道："这你还用问吗？你看到元始老头儿那解恨的样子还不明白吗？"

元始天尊没好气地瞪了他一眼，道："你这猴头，尽会耍嘴皮子，赶快注意天宫，我们出现的时机必须要把握好才行。否则，海龙要是真出了事，你就后悔去吧。"

一说起海龙，孙悟空顿时露出得意的神色，道："俺那宝贝徒弟哪儿有那么容易死？有混沌之气在，就算他仙体毁了，你们几个老头儿也一定能让他重塑，俺老孙还有什么好担心的呢？海龙这小子脾气还真像我，够火暴。想俺老孙当年……"

"仙帝老儿，你给我出来，交出飘渺，否则我就毁了你的仙宫。"

"轰——"

孙悟空惊讶地一个跳脚，道："不是吧？仙宫这些家伙也太没用了，居然让海龙炸了三次，俺老孙看，海龙再来几次，恐怕仙宫就真要毁了。"

镇元大仙满意地笑了，道："海龙这孩子真是越来越成熟了，即使在如此暴怒之时，也只是毁了对手的仙体，而不灭其神识，可见他心中还存有善念，我们也要做好准备了。"

海龙发完第三次轰击后，停了下来，虽然情绪波动极大，但他明白自己如何做才能给仙宫带来最大的破坏。仙灵之气不断涌入他体内，混沌之气以疯狂的速度恢复着。

又有上百个仙人围了上来，在阻止海龙之时，已经有三个大罗金仙和两个天君被海龙轰成重伤，其中有两个大罗金仙仙体被毁。

如果不是海龙心中还有一分善良，恐怕他们已经形神俱灭了。

所有仙人都看着深坑中的血色光团，脸上露出骇然之色。

四大天王全都赶来了，魔礼青自然知道那血色光团是谁。他的呼吸有些急促。现在哪位仙人都不敢率先出手，能够秒杀天君的实力实在太可怕了。

"帝君驾到。"大片七彩祥云向这边飘来，仙帝在四个人的护卫下飘浮在深坑上空。

所有仙人都看着面沉似水的仙帝，不敢吭声。

仙帝环视自己这些手下一周，沉声道："你是什么人，竟敢在仙宫中放肆？"

血色光团渐渐消失，露出了海龙的身影。仙帝看到那紫色的鳞片，顿时认出了海龙的身份，惊讶地道："是你！"

海龙冷冷地注视着这抢夺飘渺的人，虽然他还是那么英俊，全身依旧散发着祥和之气，但此时看起来是那么可憎。海龙不屑地道：

"不错，就是我，你很惊讶是吗？仙帝，你贵为仙界之主，却抢我的妻子飘渺，你的行为说得过去吗！今日我敢毁仙宫，就没打算活着出去。交出飘渺！否则，我就算死，也会拖着仙宫一起。"

仙帝察觉到在场仙人那若有若无的目光，气得全身微微发抖，道："大胆！海龙，谁抢你妻子了？本座根本不知道飘渺身在何处。你毁坏仙宫，不论有什么理由，都触犯了天条。杨二郎、哪吒三太子何在？给本座降伏此孽障，不必手下留情。"

"是，帝君。"两道身影从仙帝背后闪出。

一个正是海龙曾经见过的二郎真君，此时他手中多了一柄三尖两刃枪。而另一个则是一个看似只有十七八岁的青年，他比杨二郎矮小一些，脚下踏着两个不断旋转的风火轮，手持一杆银枪，身上披着一条红色的长绫，最吸引海龙注意的，是他斜背的银圈。从他身上散发出的气息来看，他的修为丝毫不在杨二郎之下。

海龙将金箍棒斜指地面，看着飘浮在自己身前的杨二郎和哪吒三太子，并没有多说，只是淡然道："来吧！"

哪吒三太子看向海龙的目光有些奇怪，似乎包含着怜悯，他扭头向杨二郎道："真君，我们不可以众凌寡，我看，您一个人已经足以降伏此人了，我在一旁给您压阵。"说完，他一摆手中银枪，飞到一旁，露出严阵以待的样子。

杨二郎心中暗骂，但哪吒三太子话已出口，当着仙帝的面，他也不好再多说。

在仙宫中，除了仙帝以外，他唯一不敢得罪的，也只有哪吒三太子父子，毕竟，那不是他可以得罪的人。

他向哪吒三太子点了下头，大喝一声。他手中的三尖两刃枪划破长空，向海龙劈来。到了他们现在这种境界，除了法力以外，仙法也非常重要。

海龙冷冷地看着杨二郎，冷声道："助纣为虐。"

他的金箍棒上举，硬生生地架住了杨二郎的三尖两刃枪。

此时海龙状态极佳，金箍棒上金光闪烁，当当的巨响传遍整座仙宫。

杨二郎借力飞退，而海龙的双脚已经陷入地下。

杨二郎心中大惊，不久前他还见过海龙，那时的海龙虽然让他有些看不透，但绝对没有现在这么厉害。刚才那一击，他已经用出了八成法力，竟然没有讨到多大好处，难怪先前有天君和大罗金仙折损在海龙手中。

其实海龙也没占到便宜，杨二郎毕竟是仙宫翘楚，他又耗费了不少法力，此时尚未完全恢复，在第一次交手中吃了点暗亏，但凭借强悍的身体，他只是体内一阵气血翻腾而已。

一旁的哪吒三太子看到海龙和杨二郎平分秋色，对峙而立，眼露惊讶，体内不禁热血沸腾。他仿佛从海龙身上看到了当初那个叱咤风云的齐天大圣孙悟空。

海龙没有追击，他要利用每一分空闲吸收空中的仙灵之气，补充己身，这样他才能坚持更长的时间。杨二郎一退，他赶忙趁机调息，却摆出一副凶神恶煞的样子，不理杨二郎，将气机锁紧天上的仙帝，作势欲扑。

仙帝眼中露出一丝惊讶，身上发出七彩光晕，护持己身。杨二郎马屁拍惯了，见海龙欲对仙帝不利，赶忙身影一闪，挡在海龙和仙帝之间，道："海龙，你好大的胆子，竟然敢在仙宫中为非作歹，今日就是你的死期。"

海龙不屑地冷哼一声，道："就凭你吗？"

杨二郎勃然大怒，他在仙界中地位尊崇，何时受过这等羞辱？他收敛身上的气息，飞身而起，三尖两刃枪带着漫天光影，劈头盖脸地向海龙袭来。

海龙摇身一晃，突然在原地消失了，杨二郎所有的攻击顿时都打在空处，由于收手不及，杨二郎将海龙原本站立的地方破坏了一些。

所有仙人都惊讶地注视着海龙消失的地方，这些仙人一直用自己的绝对空间束缚海龙，如此多强大的仙人在此，就算不能束缚住他，他也绝不可能用出挪移之术。

但事实摆在眼前，他就那么消失了。

仙帝的脸终于挂不住了，仙宫至少有五分之一的建筑被海龙毁掉了，而此时海龙消失了，他如何能不怒呢？

"废物，都是一群废物，谁也不许动，他根本跑不了，只是用幻形之术隐藏了自己而已。"虽然他并非仙界明主，但毕竟见识极广，身居高位多年，他早已养成了冷静的性子，即使事情突生变故，他也没有慌乱。

杨二郎飘浮于天空，将三尖两刃枪收在背后，同时，睁开了自己的第三只眼。

红光亮起，在杨二郎的催动下，迅速扫了周围一圈，杨二郎突然惊骇地大喝道："帝君，小心偷袭。"

不错，仙帝说得很对，在这么多绝对空间中，束缚之力叠加。海龙就算没被绝对空间束缚，也绝对无法用出挪移之术。在杨二郎攻击时，他为了节省自己的法力，迅速变为一粒尘埃，在杨二郎轰中地面时随清风飘荡而起，朝仙帝而去。

他知道，今天自己如果想获胜，甚至带飘渺走，那就只有擒住仙帝。

杨二郎虽然发现了他的踪影，但他已经到了仙帝面前。

金光骤亮，海龙露出身影，金箍棒向海龙身后挥洒出万道金光，以阻挡从后面急速追来的杨二郎。

此时海龙身上多了一件用法力凝聚的长袍，他一挥左袖，向仙帝罩去。只要能用乾坤一袖制住仙帝，他就有了和在场仙人讨价还价的资本。

但是，他在急切之间忘了一件事，仙帝贵为仙界之主，又岂是那么好对付的？

七彩光晕骤然变亮，如同一面巨大的墙壁挡在仙帝面前，海龙的乾坤一袖虽然神奇，但失败了。

海龙的大袖被仙帝的护体法力反弹而回，险些罩在海龙头上。仙帝眼中闪过一道冷光，右手食、中二指前点，直奔海龙胸膛。

海龙只觉得护体的力量剧烈地波动起来，他下意识地一侧身，但由于被乾坤一袖反噬，动作慢了一些，没有完全躲开。仙帝的二指还是点在了他的左肩上。

一股摧枯拉朽的毁灭力量同海龙护体的混沌之气剧烈交锋，他喉头一腥，顿时喷出一口鲜血。

海龙毕竟在妖界中历练过一番，实战经验极为丰富，在这危急之时，他猛地使出倒骑云，高飞而起，金箍棒侧引，化解了杨二郎惊怒交加下的攻击。

自从成了仙界之主，仙帝还是第一次看到敢动手攻击自己的仙人，心中不禁怒气沸腾，道："杨二郎、哪吒，给本座拿下这狂徒！"

仙帝的命令一出，哪吒三太子不好再袖手旁观，他飞身而起，身上的红绫如同一片红云，向海龙罩来。

海龙体内法力激荡，仙帝那一指用力极重，此时他的左半边身体已经完全麻木了。他暗暗苦笑：自己真是偷鸡不成蚀把米，今天看来要身葬此地了。既然如此，希望能多拉上几个垫背的吧。

海龙身影一闪，分身横空而出，两个霹雳三打同时迎上了哪吒三太子和杨二郎。

空中被漫天金光笼罩，哪吒三太子仗以成名的混天绫竟然被逼了回来，千钧澄玉宇、谈笑退天兵、倒挂老君炉三式接连而出，金光如狂风骤雨一般罩向强敌，其中包含了海龙全部法力。

杨二郎三目同时光芒大放，他手中的三尖两刃枪挥洒出无数虚影，虚影在他身前连成一张厚实的光网，护住他的身体。此举不求有功但求无过。

哪吒三太子正好相反，身上的银圈飘然飞出，直接砸向了金箍棒。

海龙对杨二郎充满了愤恨，对付他的乃海龙本尊，而对付哪吒三太子的则是海龙分身。

分身同本尊虽然修为相仿，但没有金箍棒相助。

哪吒三太子确实修为惊人，银圈——乾坤圈是他最强的攻击法宝，无数银光闪动，从正面硬撼霹雳三打。

此时，杨二郎和哪吒心中都充满了惊讶，熟悉仙界各派的他们当然知道，海龙用的是灵台方寸山的分身术，如果海龙本尊和分身同时对付他们任何一人，他们都没有把握能够接下，但此时毕竟力量分散了，而且海龙又已受伤，这攻击的威力顿时弱了不少。

乾坤圈银光大放，叮当之声不绝于耳，凭乾坤圈强悍的攻击力，哪吒三太子硬是挺过了霹雳三打这招。正在这时，他突然发现自己的对手消失了。

海龙的分身借着乾坤圈的反震之力来到了杨二郎身下。

## 第152章
# 龙翔二变

　　杨二郎接下海龙本尊发出的霹雳三打时就没有哪吒那么轻松了，虽然他的三尖两刃枪也是仙界异宝，但同金箍棒比起来还是差了一截。他催动法力，尽量避免与海龙硬碰，但是，以混沌之气为根基的霹雳三打又岂是那么好对付的？杨二郎为了护住自己的身体，又怎么能不与之发生碰撞呢？

　　当他终于挡下金箍棒的霹雳三打时，他手中的三尖两刃枪已经弯曲得不成样子，他脸色发白，已经受了些震伤。

　　正在这时，海龙的分身飞到了杨二郎身下。

　　"乾——坤————掷——"本尊和分身同时发威，一个从下往上，一个从上往下，两根变得无比巨大的棒子上下夹击，这才是海龙最后的目的。

　　刚才他攻击哪吒三太子只不过摆个样子而已，他并不认识哪吒三太子，但熟悉杨二郎，在最后关头，他选择了与杨二郎同归于尽。

哪吒三太子见海龙上下夹击杨二郎，眼中流露出一丝怪异，他没有去帮杨二郎抵挡乾坤一掷，而是选择了围魏救赵。

乾坤圈在呜呜声中飞出，直奔海龙本尊胸前打去。

一般仙人虽然无法分辨本尊与分身，但他如何不知呢？单是从海龙本尊和分身手中的武器，他就可以清晰地分辨出来。但是，他没想到的是，海龙竟然根本不顾急飞而来的乾坤圈，将混沌之气催运到极限，依旧疯狂地向杨二郎击去。

就在此时，愤怒的咆哮声响起，不知何时出现的一只黑色大狗急飞而出，竟然迎上了海龙本尊手中的金箍棒。

黑色大狗全身仙灵之气迸发，双目中红光大放。

"轰——"在海龙的全力攻击下，即使是强大的圣兽恐怕也不容易对付，更何况只是一只仙狗罢了。金箍棒将它的身体击得粉碎，但是锐气已去，只是将刚刚化解了分身攻击的杨二郎劈得飞了出去，并没有给杨二郎造成致命的损伤。

与此同时，乾坤圈到了海龙本尊身前，海龙只觉得全身剧震，胸前银光闪烁，身体应声抛飞，哇的一声，他再次喷出了一口鲜血。

"哮——天——犬——"杨二郎不顾自己身上的创伤，凄厉地大喊着。

不错，那突然出现的大狗正是杨二郎的仙兽哮天犬，哮天犬忠心救主，却惨死在海龙的金箍棒下，连神识都没有留下。

杨二郎愤怒地大吼一声，扔掉手中已经报废的三尖两刃枪，飞身而上，双手并在一起，一团巨大的白色光芒向外弥漫，身体急速旋转，骤然向海龙扑去。

现在，只有打得海龙形神俱灭才能解他心头之恨。

天空中的海龙突然发生了变化，他背后那对长着紫色鳞片的翅膀消失了，身体在空中不断地扭曲，紫黑色的血雾喷出，他的身体骤然长到了三四丈，变成了一条巨大的紫龙。紫龙在空中奇异地一晃，巨大的前爪抓向了攻来的杨二郎。

仙帝看到海龙的变化，勃然色变，道："龙翔第二变，这怎么可能？杨二郎小心！"

轰然巨响中，杨二郎居然被紫龙拍得飞了出去，而紫龙身上的鳞片也变得血肉模糊。

紫龙再次扭动，并没有放过杨二郎的意思，张开大口，一团紫色的火焰飞射而出，眨眼间追上了杨二郎。

"大胆！"一道巨大的身影挡在杨二郎身前，宝塔状的法宝骤然放大，金光四射而出，将紫龙发出的紫色火焰罩了进去。

替杨二郎挡灾的，是原本站在仙帝背后的一个老者，他穿着一身金色的铠甲，眉宇间充满了威严。宝塔状法宝上的光芒骤然收敛，金色的塔身已经变得通红。老者沉声道："好火力，可以同镇元大仙的太乙两极真火相比了。"

海龙虽然化龙，但心中是非常清醒的。

先前，哪吒三太子发出的乾坤圈看似极重地击中了他的胸口，但其实带有强大的回力，仙灵之气不断从乾坤圈传入他的体内，他不但没有受到重创，内伤和法力反而都恢复了一些。乾坤圈这一撞让他体内变得有些燥热，在神志有些模糊时，他变成了现在的样子。现在，他完全感受不到混沌之气的存在了，他只觉得体内如同有一团火在燃烧，自己仿佛即将化为灰烬。

海龙不知道的是，龙翔玉经过法力开发后会产生一定的变化，当他能运用龙翔变之时，才算真正开始控制这件顶极仙器。而龙翔变共有四变，当初仙帝在掌握此宝时也仅能做到第二变而已。

仙帝同海龙一样，也是至阳之体，他自然知道海龙做到第二变后，龙翔玉会彻底将海龙体内的至阳之气转化为火之力，所以他才会叮嘱杨二郎小心。

哪吒三太子脚踏风火轮飞到老者身旁，道："父亲，还是由我来吧。"

老者瞪了哪吒三太子一眼，沉声道："你下去，我亲自出手。"

说完，他不再理会哪吒三太子，昂首向海龙道："老夫乃仙界托塔天王李靖是也。若你肯束手就擒，老夫念在你一身修为来之不易的份上，定向帝君求情。"

紫龙盘旋于空中，冷冷地看着托塔天王，淡然道："求情会有用吗？何况，我不用任何人来宽恕，我从来都没有认为自己做了错事，用不着你来怜悯。今日我如果不死，定然会再回来找仙帝算账。我听说过你的名头，托塔天王是吧？想来你也是拥有大神通之人，又何苦助纣为虐？"

托塔天王脸上虬须一颤，怒道："老夫只忠于仙界正统。小子休得胡言，看法宝！"

那通红的宝塔状法宝再次飞出，带着灼热的气流向紫龙罩来。

紫龙一晃，掉转身体，巨大的龙尾骤然抽中了宝塔状法宝侧面。

突然，紫龙的身体剧烈颤抖起来，如遭雷击一般被震得飞了出去。与此同时，托塔天王的八宝玲珑塔骤然放大到先前的数十倍，塔身倾斜，向紫龙罩去。一股目力可见的黄色吸力不断地侵袭着紫龙。

紫龙拼命地挣扎，全身腾起紫色的火焰。托塔天王面沉如水，不断向八宝玲珑塔打出一道道法诀。

先前海龙毕竟受了重创，虽然在哪吒三太子的暗助下恢复了一些法力，又在化龙后得到了强大的火之力，但是，他同大神通者之间毕竟还有一定差距。

在托塔天王李靖的全力催动下，八宝玲珑塔将他的身体一分一毫地拉扯过去。

突然，就在紫龙即将被吸入八宝玲珑塔的瞬间，一道暗红色光芒从龙口中喷出，以肉眼难辨的速度射向仙帝。

暗红色光芒喷出之后，紫龙也加速被吸入了八宝玲珑塔。暗红色光芒掠过之处，空气都仿佛被割裂了一般。

托塔天王李靖怒哼一声，伸手向那暗红色光芒抓去。

但是，令所有在场仙人吃惊的是，那暗红色光芒竟从李靖手中一穿而过，去势不变，依然向仙帝飞去。李靖那只抓向暗红色光芒的手已经变得焦黑了。

此时一直站在仙帝背后的最后一道身影动了，瞬间飞到仙帝身旁，同仙帝一齐施法，两团七彩光芒同时向那暗红色光芒卷去。

这道身影始终隐藏在七彩祥云之中，直到此时也没有露出真容，但是，这人的修为明显不在仙帝之下，两团七彩光芒的威势竟然逼得其他仙人纷纷后退。

轰然巨响中，仙帝脸色一阵发白，眼中流露出一丝惊异，而那道暗红色光芒则已经消失了。

托塔天王收回装有海龙的八宝玲珑塔，将目光转向仙帝，沉声道："李靖护驾不利，请帝君责罚。"

仙帝气息有些不匀，看了李靖一眼，道："算了，过不在你，这个叫海龙的小子确实很难缠，虽然不如他师父齐天大圣孙悟空，但也相差不多。天王，你看此子该如何处置？"

李靖是仙帝倚仗的助力之一，仙帝虽然心中早有决议，还是不得不出言相询。

李靖还没说话，一旁的哪吒三太子就飞了过来，道："帝君，这叫海龙的小子实力极强，我看，帝君不如暂时将他交由我父子看押，我定劝服他为帝君所用。"

在仙宫中，同孙悟空有交情的，恐怕也只有这哪吒三太子了。他向来佩服实力强大之人，是孙悟空的莫逆之交。

仙帝冷哼一声，道："三太子，你觉得他能够接受劝服吗？他对仙宫有极深的成见，而且实力强大，是极为危险的人物。在座各位，不论是对谁而言，收服他恐怕都不是一件容易的事。何况他师父孙悟空本就跋扈，如果来向本座要人，本座该如何处理？"

杨二郎恨恨地回到仙帝身旁，道："帝君，此子留不得，此事当断则断，否则必反遭其害。趁他师父孙悟空还没有觉察之时，当让他形神俱灭。"

就算哮天犬没死，他也不想在仙界留下一个足以同自己抗衡的仙人。

托塔天王李靖听了杨二郎的话，不禁皱了皱眉，刚想说什么，仙帝就道："二郎真君之言正合本座之意，天王，就这么做吧。"

李靖迟疑道："可是帝君，海龙毕竟是孙悟空的弟子，孙悟空在佛界有举足轻重的地位，如果将海龙打得形神俱灭，恐怕会挑起仙、佛两界不和。海龙虽罪孽深重，但发狂之际也保持一分清醒，并没有毁灭任何一个仙人的神识。我看不如也毁了海龙的肉身，将他的神识交由孙悟空处理，这样，既可避免仙、佛两界冲突，也达到了惩戒的目的。"

仙帝有些厌烦地道："海龙不但毁坏仙宫，袭击镇守南天门的增长天王魔礼青，杀害众多仙人，还三番五次地试图刺杀本座，如此跋扈之人还不当诛吗？本座之意已决，天王不必多言，请立即执行。"

他已经下定决心，绝不能留下海龙这个后患。否则，今后仙宫还怎有宁日？

托塔天王轻叹一声，心中还有些犹豫，他虽然是仙帝的下属，但这些年来，也极为看不惯仙帝的行为。他知道，海龙所说之事十有八九是真的，否则，海龙又何必以命相拼呢？看来，得罪佛界的事还是要自己做啊！

一旁的杨二郎阴狠地道："天王，您快动手吧，迟恐不及。"

托塔天王向来十分厌烦杨二郎，哼了一声，道："帝君吩咐的事老夫自会处理，用不着你来指挥。"说着，他左手托塔，右手光芒闪动，就要用自己强大的法力将收于塔内的海龙炼化。正在这时，一个低沉的声音响起："天王且慢！"

光芒亮起，四道身影骤然出现在仙宫上方，虽然仅有四人，但巨大的压力令仙宫众人相顾失色。

"镇元大仙，元始天尊，光明祖师，斗战胜佛见过仙帝。"为首的正是五庄观之主镇元大仙。

他们四人早就在远处观望着，当海龙以灭仙劫向仙帝发出最后的攻击时，他们就知道时机已到，如再不出现，海龙就真会有生命危险了，这才一同前来。

仙帝脸色骤变，连忙向托塔天王使了几个眼色，希望他能偷偷地将海龙毁灭在八宝玲珑塔中。

但托塔天王如同没看见一般，遥遥向空中四人行礼。

毕竟，他修为高深，虽然是仙宫中人，但早已不是仙帝能控制的了。在四个大神通者面前，他又怎能随意动手呢？

如果他当着镇元大仙等四人的面将海龙毁灭，恐怕以后仙界再没有他的容身之处。

周围上百个仙人中有近六十人恭敬地弯下腰，这些人在仙宫中都有不低的地位，同时，他们也是元始天尊或者镇元大仙的门下。

仙帝知道，今天自己无论如何都杀不了海龙了，为了仙帝之位的稳当，他勉强压住心中怒火，沉声道："四位来得正好。斗战胜佛，你的弟子海龙擅闯仙宫，毁坏宫殿无数，且杀伤仙宫多人还多次行刺本座，今日，你定要给本座一个交代。"

镇元大仙四人飘然而落，他们脸上都带着淡淡的笑容，竟然连一向毛躁的孙悟空都没有露出焦急之色。

仙帝心中一凛，暗道：他们难道是要来夺这仙帝之位吗？凭孙悟空四人的修为，再加上镇元大仙和元始天尊的众多门下，将他从仙帝之位上拉下来并不是一件困难的事。

孙悟空上前一步，微笑道："仙帝老头儿好久不见。前些天俺徒弟海龙失踪了，俺老孙也在找他，没想到他给你添了这么多麻烦，俺老孙替他赔罪了。"

话音一落，孙悟空竟然当真向仙帝行了一礼。要知道，孙悟空并不属于仙界，所有天条对他都没有任何约束力。当年他大闹天宫时，给仙界中人留下了极为震撼的记忆。

仙帝还真怕孙悟空在自己面前行凶，仙帝知道，孙悟空是金刚不坏之体，仙界根本没有谁能真正对付得了他。

"孙悟空，你用不着在本座面前惺惺作态。所谓教不严师之惰，你徒弟今天触犯天条和你有极大的关系，简单的赔罪就能化解他的过错吗？"

孙悟空嘿嘿一笑，道："当然化解不了，俺老孙是海龙的师父，徒弟犯了错，俺老孙总要先替他承认啊！俺老孙可不像某些人，就算自己有错，也从不敢面对。"说着，孙悟空还不怀好意地看着仙帝，似乎在等他发怒。

仙帝深吸一口气，他为帝多年，为了仙帝之位稳当自然不会轻易落人话柄。他扭头向元始天尊恭敬地道："天尊，今日之事还要请您做主。"

元始天尊没好气地看了仙帝一眼，道："我可不是仙界之主，而且同你没有任何关系。今日我们四人前来并非要袒护海龙。你同镇元大仙商量吧，他可以代表我们的意见。"说完这句话，他老人家就闭上眼睛，不理仙帝了。

仙帝心中怒火狂涌，暗道：本座是仙界之主？你们什么时候把本座当仙界之主看待过？你们这几个老家伙在仙界根深蒂固，一向不买本座的账。

镇元大仙淡然道："帝君，今日之事错在海龙。我们四人多少都与他有些关系，他虽然犯了天条，但还罪不至死。"

仙帝冷冷地道："罪不至死？那他杀害的几个仙人怎么办？其中似乎也有大仙您的门下吧？"

镇元大仙微微一笑，道："我五庄观还有些奇术，而且海龙下手虽重，但并未伤众仙神识。先前我们在来的路上，将那些神识保护起来了。我可以向帝君保证，我一定在最短的时间内为这些仙人重塑肉身，并将他们送回仙宫。至于仙宫，我想，凭我们几人的法力，还是可以恢复的。既然一切都可恢复如初，那海龙的罪责自然可以减轻一些。"

杨二郎怒道："镇元大仙，你说得倒轻松，那我的哮天犬怎么办？它已经形神俱灭了，难道你能重新还我一只吗？"

镇元大仙瞥了他一眼，在无形的压力面前，杨二郎不禁后退几步，心中骇然，暗道：这镇元子不愧是地仙之祖，果然强大。

镇元大仙丝毫不留余地，道："我在同帝君说话，你等小仙岂有插嘴的余地？"

他不屑地看着杨二郎，似乎在说，你算什么东西？

杨二郎气得浑身发抖，偏又不敢和镇元大仙硬怼，只得求助仙帝道："帝君，请您替为臣做主。"

仙帝淡淡地道："大仙，如一切都照您所说，海龙的罪责确实可以减轻，但他藐视仙宫，更行刺于本座，本座不能这么轻易就放了他。如何处置他，还请大仙教教本座。"

他这一句连消带打极为厉害。当着众仙的面，镇元大仙自然不好再为海龙开脱。

镇元大仙不以为意地道："这是自然。海龙此次犯下大错，不可轻饶。我看这样如何？就由托塔天王封住其法力仙根，让他到十八层地府中受尽苦头。这样帝君满意了吗？"

此话一出，周围仙人顿时大为吃惊，他们怎么也没想到，本来是替海龙出头的镇元大仙竟然将他推上了一条绝路。

要知道，法力仙根被封后，仙人除了身体稍微强悍一些以外，同凡人并没有太大的区别。而打入十八层地府是仙界最严厉的惩罚，已经有几万年没有仙人受过如此惩罚了。自从有十八层地府以来，还没有一个仙人能活着从里面走出来。

"镇元大仙，你这是什么意思？"仙帝还没说话，孙悟空就先急了。

在他左右的元始天尊和光明祖师同时动手，两个无比强大的禁制瞬间将他身体锁紧。虽然没有人能真正伤害到他这个斗战胜佛，但以元始天尊和光明祖师的实力，禁制他并非难事。

镇元大仙仿佛没有听到孙悟空的质疑一般，盯着仙帝，道："帝君以为如何？如果帝君不信任我们，可以在托塔天王封住海龙法力仙根后亲自将他送入十八层地府。我想，这样的惩罚应该已经足够了吧？"

仙帝心念电转，镇元大仙提出的条件对他来说简直是太理想了。

地府中人向来对仙人没有好感，落入十八层地府的仙人，下场可想而知。

他凝视着镇元大仙的双眸，却无法看出任何破绽。他点了点头，道："既然如此，本座就依大仙所言吧。其实，本座一向以宽厚为怀，这处罚实在有些太重了。但既然几位都认为如此妥当，那就这样定下吧。几位请回，稍后本座自会命人将海龙打入十八层地府。"

镇元大仙知道仙帝并不信任自己，淡淡地道："既然如此，我们就不打搅帝君了。海龙毁坏的地方，等我们为那些肉身被灭的仙人们重塑肉身后再来为帝君修复。但是，有一点我要提前声明，既然海龙罪责已定，我不希望他再受到其他惩处，否则……"

托塔天王昂首道："大仙尽管放心，老夫会如实执行这个任务。"

镇元大仙点了点头，不再多说，同光明祖师、元始天尊一起带着孙悟空飘然而去，转眼间消失于天际。

仙帝看着镇元大仙离去的背影，心中暗道：如果不将这些具有大神通的仙界名宿除去，我永远也不可能成为真正的仙界之主。

他扭头向一直隐藏在七彩祥云中的身影道："水先生，本座还要麻烦您随托塔天王走一趟，在没有将海龙打入十八层地府之前，不可令他有任何损伤。"

那道身影没有回答，飘然而出，在七彩祥云的包裹下来到托塔天王李靖身边。

李靖心中暗怒，知道仙帝已经信不过自己了，也不多说，向仙帝微微施礼后，同哪吒三太子一起飞身而去。水先生跟在他们身后忽远忽近，却始终没被落下。

对于这水先生，托塔天王并不甚了解，此人修为在自己之上，但自己又实在想不出，仙界中什么时候出了这么一个高手。水先生自从出现以后，深得仙帝器重，几乎已经取代了自己的地位。

镇元大仙四人飞远后，元始天尊和光明祖师相视一笑，同时解除了孙悟空身上的禁制。

孙悟空并没有发怒，反而嘿嘿一笑，道："俺老孙真没想到，你们这两个老头儿也会演戏。大哥，怎么样？俺老孙演得还不错吧？依俺老孙想，那仙帝老头儿一定没有察觉出什么。"

镇元大仙神色不愉，轻叹一声，道："看来仙界真的要乱了，现在的帝君已经不值得挽回了。悟空，你和光明祖师赶快回去吧。"

光明祖师微笑道："大仙放心，一切老衲早已安排妥当。老衲想，这对于海龙来说也是一个不错的历练机会。只是希望他别怪我们几个老头才好。"

镇元大仙苦笑道："反正这件事是你们安排的，和我没关系。不过，现在海龙这孩子是仙界中唯一能让我寄托厚望的了。看来，我们的选择并没有错。两位回佛界后，我和天尊想到土玄武的圣域一游。时间紧迫，我们必须为未来做准备了。"

元始天尊脸色沉重地道："大仙所言不错，我们的时间很紧。表面上看，我们已经完全压制住了仙帝，令他不敢妄动，其实则不然。今日隐匿在仙帝背后之人，如果我没猜错，应该就是四大圣兽中的水白虎。"

除孙悟空外，镇元大仙和光明祖师都点了点头。

孙悟空疑惑地道："水白虎？四大圣兽一向不同仙界来往，俺老孙怎么没有感觉到什么？"

光明祖师微笑道："悟空，你的修为都体现在战斗中，对于细节你就不如我们这几个老家伙敏感了。那白虎王虽然在极力掩藏自己的气息，但身上的水之力那么充盈，又怎么能掩盖得了呢？如果你仔细留意，定能发现围绕着白虎王的七彩祥云中隐隐透着一道蓝光。那是独属于白虎王的水之力才有的光芒。而且能同仙帝一起接下海龙最后发出的灭仙劫，修为不在仙帝之下，与白虎王十分相符。

"现在仙界形势复杂，仙帝自知自己仙帝之位不稳，为了制衡以大仙和天尊为代表的仙界名宿，他难保不会做出极端的事。老衲想，他定然是同白虎王达成了某种协议，得到了水白虎一族的支持。

"在四大圣兽中，青龙王一向不理世事，而玄武王禀性敦厚，同我们交情不错。青龙王和玄武王都对仙帝有不小的成见，不大可能帮助仙帝。而白虎王是一个野心极大的家伙，而且极富心计。当初白虎王带领族人突然偷袭火麒麟一族，使麒麟王殒命，我们事先没有得到任何消息。现在的火麒麟一族已经远不如从前，完全依附于白虎王麾下。四大圣兽中，倒是水白虎占据绝对的优势。

"四大圣兽比我们诞生得还要早，身上定然有不少秘密。仙帝有了水白虎和火麒麟的支持，加上仙宫自己的实力，实是不可轻辱。所以，大仙他们才要赶快去联络玄武王，有玄武王引见，老衲想青龙王也一定会站在我们这一边。如果仙界发生变化，我们就必须以雷霆万钧之势将邪恶的势力扑灭。"

镇元大仙长叹一声，道："不久之后仙、佛二界即将面临卷土重来的冥界大军，外患尚未解决，内忧已起。我建议，我们还是不要轻举妄动，否则，就算我们能在最短的时间内统一仙界，也必然会元气大伤，到时，就再没有同冥界对抗之力了。"

元始天尊叹息道："如果如来佛祖还在，仙帝也不会变成这样。仙、佛二界需要一个能够服众的领导者啊！这一点是我们都无法做到的。世事难料，我们也只能尽人事而听天命了。"

他神色黯然，心中充满了悲伤。

镇元大仙仿佛下定了什么决心，毅然道："天尊，如果我们还像当初那样全力支持仙帝，您说他会改变吗？"

# 第153章

# 储君

　　元始天尊全身一震，看着镇元大仙，眼中露出感激之色，但是，很快他就摇了摇头，道："已经不可能了。现在不是十万年前。十万年前，仙帝凭至阳之体得到我们的支持。那时的仙帝虽然算不上十分贤明，但也励精图治，在我们的帮助下，将仙界整合，这才能连同佛界将冥、妖二界击退。

　　"但是，十万年过去了，连我都不认得这位仙帝了。他变了。大仙，谢谢你肯给仙帝这个机会，但我绝不会因为自己的私心而去支持他。等咱们从玄武王那里回来后，我就将天心接回三清观，也将天冰从人界中找回来。今后，我们三清观同仙帝再无半分关系。"

　　镇元大仙三人见元始天尊说得如此决绝，知道仙帝已经伤透了他的心，倒也不好再多劝。

　　确实，现在的仙帝已经无可救药了。

孙悟空突然嘿嘿一笑，凑到元始天尊身旁，低声道："元始老头儿，其实俺老孙心中一直有一个疑问。算了，还是不问了。"

元始天尊没好气地瞪着孙悟空，作势欲打，孙悟空嘿嘿一笑，躲到了光明祖师背后，道："被俺老孙说中心事了吧？咱们也不是外人，是吧？"

元始天尊大窘，但孙悟空这一闹，也让气氛缓和了许多。元始天尊看着似笑非笑的镇元大仙和光明祖师，无奈地道："你这猴头……"

想起前尘往事，连元始天尊这样的人物也不禁唏嘘不已。

孙悟空从光明祖师背后闪了出来，拍拍元始天尊的肩膀，道："元始老头儿，是俺老孙不好，让你想起伤心事了。俺老孙向你赔礼。"说着，孙悟空朝着元始天尊深深一揖。

元始天尊摇了摇头，道："这件事藏在我心中多年，今天想起来，我心中倒也缓和了许多。"

镇元大仙低下头，眉头紧锁，不知在想些什么，连孙悟空也显得有些黯然，似乎他们心中都有什么伤心事。

光明祖师微微一笑，道："还是老衲好，不会被外界的事所累。咱们也该分手了，先把重要的事情办妥。如果有空，你们也该先处理自己的私事了。否则，心神不定，焉能成事？"

冥界冥帝宫。

冥界虽然不像妖界那么黑暗，但也好不了多少，冥人的数量远在仙人之上，在冥人心中，都有一个至高无上的领袖，那就是冥帝。而冥帝宫则是冥帝居住的地方。除非冥帝召见，冥人绝不许踏入冥帝宫一步。

冥帝宫比仙帝的仙宫要宏伟得多，这是一座黑色的巨大城堡，其实，称其为冥帝城更为合适，因为，即使是人界中最大的城池，也比不上冥帝宫的五分之一。

冥帝宫最重要的地方就要数圣冥殿，因为，这里是冥帝同冥界上位者议事的地方，也是整个冥界最神圣的地方。在冥帝的统治下，冥界经过十万年的休整后，可谓是兵多将广，修为高深者大有人在，但是，没有任何人敢触犯冥帝的威严。

圣冥殿非常宽阔，周围全是冥帝最信任的冥卫。

冥卫数量不多，只有一千，同仙宫的十万天兵相比简直少得可怜，但是，这些冥卫拥有的实力，不是任何一个天兵能比的。他们绝对忠诚于冥帝，这也是冥界中强者如云，却没有任何人敢不听从冥帝命令的原因之一。

冥帝高居上首，下方站着近百属下，这些都是冥界中声名赫赫的大人物，任何一人都在冥界有极大的权威。

今天冥臣们很纳闷，最近几万年，冥帝很少同时召见他们所有人，而且，今天冥帝宫的气氛显得有些过于紧张了，所有冥卫都是一副严阵以待的样子。

冥臣们一进入圣冥殿，就惊讶地发现，在冥帝身旁还坐着一人，那是一个全身散发着阴森气息的女子，此女最引人注目的就是她那一头银发，她虽然没有多强大，但是，在她的腿上横放着象征冥帝的天魔刃。

有心计的冥臣们暗暗猜道：今日冥帝召他们前来，定然与这女子有关。

虽然人数众多，但圣冥殿中很安静，没有任何冥臣胆敢交头接耳，他们都静静地等待着冥帝的指示。

冥帝显得又苍老了几分，坐在一张巨大的椅子上凝视着下首的冥臣，半个时辰已经过去了，他始终没表示什么，冥臣们也都依然恭谨地站立着，连一个稍稍移动的人都没有。

"大家一定很奇怪，为什么今天我会召你们前来吧？"冥帝终于开口了。

他的声音很温和，但这些冥臣都极为熟悉他这个帝君，他的声音越温和，证明他心中杀念越重。

依旧没有人吭声，他们都谨慎地等待着下文。

"今天我召大家前来，是要宣布一件关乎我冥界存亡的大事。在我身边的这个女子叫天琴，她是我唯一的弟子，从今天开始，她就是我冥界的储君，你们必须像尊敬我一样尊敬她。我不在时，她的命令就是至高无上的，如果谁敢违背，当先想想我冥界严法。"

一直沉默的冥臣们都一惊，谁也没有想到，冥帝竟然会宣布这么一个消息，尤其是站在最前面的十二冥王，更是目光连闪，气息变得阴沉了许多。

同冥王们站在一起的一个中年人从众冥臣中走出，先恭敬地向冥帝施礼，然后才道："帝君，您春秋正盛，冥界中也没有生老病死，您又何必立下储君呢？"

冥帝淡淡地道："我这么做自然有我的道理，月石，你身为冥界之相，一切应以冥界安危为重。我立下储君，自然有我的用意。"

又有一人走了出来，站到冥相月石身旁，恭敬地道："帝君，天琴小姐虽然是您的徒弟，但在冥界中并没有任何名望，您立她为储君，是否有些过于草率了？"

说这话的，是冥界十二王中的冥幽王。

冥幽王乃冥界十二王之首，有血夜冥幽之称，实力极为强大，在冥界中绝对排得上前三，修为仅次于冥帝，权威极大。

在冥界中，他和冥相月石都是可以在冥帝面前说上话的人。当年冥界、妖界同仙、佛二界一战，观音菩萨和文殊菩萨联手才勉强将他压制，但无法伤其分毫。

冥帝哼了一声，道："这么说，你是不同意我立下储君了？还是你对这储君之位有觊觎之意？"

周围的冥卫们同时散发出阴森之气，圣冥殿如同一潭死水无比寂静，连呼吸声都完全消失了，一时间人人自危。

冥幽王听了冥帝的话，吓出了一身冷汗，他在冥界，只对冥帝充满了敬畏，扑通一声，他跪倒在地，诚惶诚恐地道："臣不敢有任何觊觎之意，臣对陛下的忠心惟天可表，臣只是忧心冥界的未来，所以才会有所质疑。"

冥帝挥了挥手，道："行了，你起来吧。你对我的忠心我自然明白，但我希望你能像支持我一样支持琴儿。我命你和月石认琴儿为义女，将来不论发生何事，在琴儿未正式接任冥帝之位前，你们都有质疑她的权力。琴儿，拜见两位义父。"

天琴始终是一脸淡漠之色，听到冥帝的话，将天魔刃收回体内，一步一步从台阶上走下来，然后，她跪倒在月石和冥幽王身前，行三拜九叩大礼。

冥幽王与月石面面相觑，两人都有些茫然。

今日之变实在太突然了，之前没有一丝风声，两人实在有些不理解冥帝的意思。

天琴行完礼，抬起头，恭敬地道："天琴见过两位义父。"

月石乃冥界智囊，首先反应过来，他将天琴搀扶起来，轻叹一声，跪倒在地，恭敬地道："储君。"

他如此行为，已经正式承认了天琴的身份。

一旁的冥幽王看向月石，月石向他使了一个眼色，他也无奈地跪了下来，恭敬地道："臣冥幽王拜见储君。"

这两个冥界大人物承认了天琴的身份，包括其他十一个冥王在内的所有冥臣自不敢多说，纷纷跪倒在地，拜见天琴。

天琴也不客气，傲视众臣，道："承蒙师父不弃，让我任储君之位，各位都是冥界忠良之士，如今后我有什么做得不妥之处，还请众位多多包涵。"

她话虽然说得客气，声音却冰冷无比，身上散发着一股强烈的肃杀之气。说完这句话，她便回到冥帝身旁，在座位上坐了下来。

冥帝淡然道："大家都起来吧。储君之事已定，先前我说的话希望你们都记住，如有不从，别怪我不念旧情。或许，你们都认为琴儿的实力配不上储君之位。我们冥界以强者为尊，你们有此想法我并不奇怪。"

冥帝缓缓抬起枯瘦的右手，一股黑雾散出，瞬间汇成一团，渐渐地，黑雾开始发生变化，最后竟然变成了一面大镜子。

"前些时候，我派天琴前往妖界历练，这是她闯妖界五妖王联手布下的五毒五妖大阵时的表现。"

冥帝话音一落，那面用邪力凝成的镜子就呈现出海龙被妖蛇王杀死后，天琴大战三妖王的那一幕。

镜子中只出现了天琴一人，她的眼眸中只有冰冷的光芒，一头银丝无风自动，在她背后飘舞，一片片黑色的菱形甲叶贴着她的身体不断凝结成形。

天魔刃的长度突然增加了一倍，巨大的刀身上出现了无数妖异的纹路，她微微低头，喃喃念叨着："杀，杀，杀，杀，杀……"

冥幽王吃惊地道："这是进入冥魔大法第七重之相。"

不用他说明，这里的冥臣们也认得。

在冥界中，冥魔大法是至高无上的心法，只有冥界重臣才可修炼。

月石、十二个冥王修炼的都是此法，其中，也只有月石和冥幽王达到了第八重境界。其他十一个冥王还都停留在第七重境界，始终无法突破瓶颈。

冥魔大法前六重都比较容易修炼，只要肯下苦功，一定会有所成就。但是，最后三重修炼起来确实异常艰难。

尤其是从第六重到第七重，中间的障碍很难跨越，而一旦成功跨越，力量将提升几倍。而第八重的实力则是第七重的一倍，第九重的实力又是第八重的一倍。

冥帝统御下的冥界之所以没有任何反对的声音，主要原因就是冥帝已经将冥魔大法修炼到了第九重的顶点。

天琴突破了冥魔大法第六重的瓶颈，顿时令在场冥臣们大为改观，他们都收起了先前的轻视之心。

镜子中的画面再次发生变化，画面中，天琴猛地张开双臂，满头银丝飞扬，疯狂地嘶吼道："杀——"

她身体周围出现了无数个黑色的小旋涡，将困住她的五彩蛛网弄得粉碎。

她的双眸已经变成了纯白色，里面闪过一道血光，身体如闪电一般融入天魔刃，从妖蛛王体内穿过。

她飘浮在妖蛛王背后，丝毫不理会已经被她一分为二的五彩蜘蛛，将幽光闪烁的天魔刃指向妖蛇王，冷冷地道："你，也去死吧。"

她的身体在空中奇异一转，厉声道："冥——魔——碎——天——斩——"

在疯狂的呼喊声中，天魔刃脱手而出，在扭曲的空间中，划破长空。

妖蛇王拼命地挣扎着，但是，天魔刃已经飞到它身前，它的身体被放大十倍的天魔刃击得粉碎。

天魔刃不知道什么时候回到了她手中，她转向唯一一个还活着的妖王朱睛冰蟾，嘶吼道："还有你，还有你……"

影像到此已经结束，整座圣冥殿变得异常安静，落针可闻。月石和冥幽王对视一眼，都露出骇然之色，即使是他们亲自出手，恐怕也无法像天琴那样秒杀两个妖王。

他们当然不知道，在天琴爆发之前，妖王都与海龙大战了一场，不说变得非常虚弱，但也消耗了一部分力量。整个画面只显示了冥帝希望他们看到的东西，因此显得格外惊心动魄，完全震慑住了在场不知情的他们。

冥帝从座位上缓缓站了起来，俯视着众冥臣，淡淡地道："我想，这些应该已经足够了，琴儿天赋极佳，在妖界的数百年中，她的修为提升速度已经超过了当年的我，我深信，用不了太长时间，她就能修炼到冥魔大法的第九重。今后，有她统领冥界，冥界只会变得越来越强大。"

所有的冥臣同时高喊道："冥界永生，统一六界！冥界永生，统一六界！"

他们的声音中再没有了先前的那种不情愿，天琴这个储君终于定下了。

冥帝抬起手，高呼的声音戛然而止，他淡淡地道："冥界与仙、佛二界定下的十万年之约马上就要到期了。我知道，你们都憋着一股劲，但是，仙、佛二界有如来佛祖统御，虽非铁板一块，但也不是那么好吞噬的。你们回去后，要加紧训练自己的手下备战。站在六界顶峰，是每一个冥人的心愿，好了，你们都可以下去了。"

所有冥臣同时跪倒在地，恭敬地向冥帝行礼后鱼贯而出。所有人都退下后，冥帝淡然道："冥生。"

暗影闪电一般出现在冥帝面前，单膝跪地，恭敬地道："属下在。"

冥帝微微一笑，道："现在这里没有外人，不用多礼，你站起来说话吧。"

确立了天琴的储君之位，此时冥帝心情极好。

"是，帝君。"冥生站了起来。

冥生身高在五尺左右，身材瘦小，看上去二十多岁，穿着圣冥殿冥卫的软甲，看上去并没有任何特殊的地方。

天琴看着冥生，这已经是她第三次见冥生了。冥生身上散发的气息非常危险，竟然令她十分警惕。

她深深地明白，现在自己虽然已经突破到冥魔大法第七重，但还远不是冥生的对手。

冥帝微笑道："刚才的一切你也都看见了，你觉得这些冥臣是真心归附于琴儿吗？"

冥生低着头，道："属下不敢贸然揣测，不过，面服心不服的恐怕大有人在。毕竟，他们都是冥界一方重臣，手上都有不小的势力。让他们臣服于之前从没在圣冥殿出现过的储君，恐怕很难。但只要有帝君您压制着，应该不会有任何人敢违背您的意愿。"

冥帝点了点头，道："不错，你看得很透彻。这些冥臣不服的确实大有人在，尤其是他们中最强大的十二个冥王。冥生，你是我在冥界中最信任的人之一，从今天开始，我要你不但要向我效忠，同时也要向琴儿效忠，你能做到吗？"

冥生再次跪倒，恭敬地道："帝君的命令就是属下的意愿，今后属下定当为储君效忠，至死不渝。"

冥帝亲自将冥生扶了起来，满意地微笑道："好，你并没有让我失望，我能感觉得到，你的每一句话都是完全发自内心的。忠心是你最大的优点，同时，也是你最大的缺点。你是辅佐我的最好人选，如果你能有琴儿一半聪明，今天这储君之位就应是你的了。"

冥生的心没有被打动分毫，他低着头道："帝君，冥生永远都是忠于您的，您如何吩咐，冥生就如何做。冥生对于储君之位从没有非分之想。"

冥帝扭头向天琴道："琴儿，我知道你一直很想知道冥生的身份，今天你已经继承了储君之位，现在是该告诉你的时候了。冥生的父母是冥界中最普通的冥人，很久以前，他的父母便被冥界某个权臣所害，冥生为了报仇，独自一人从遥远的北方来到冥帝宫外求见我。冥帝宫有冥卫守护，他又怎么进得来呢？但是，他并不气馁，一直跪在冥帝宫正门百丈外，不眠不休，等待着我召见。我听手下汇报后，觉得他很有意思，就命人带他进宫。冥生，把你见我时的第一句话告诉琴儿。"

冥生仿佛在说与自己没有丝毫关系的事情一般，淡淡地道："我见到帝君时，说的第一句是：我要将灵魂卖给您。"

天琴心中一惊，疑惑地看向冥帝。

冥帝的眼神有一丝茫然，他仿佛又想起了当时的情景，点了点头，道："是啊！当时你就是这么说的。冥生将父母被害的事全都告诉了我。害死他父母的那个冥臣在冥界中有不小的势力。冥生说，只要我能帮他杀了那冥臣，他就将灵魂卖给我，永生永世绝不背叛我。那时，他还是冥界中一个最普通的冥人。冥生，你接着说吧，我有些累了。"说完，他坐回了座位。

冥生低着头，道："当时帝君并没有因为我的弱小而轻视我，帝君告诉我，如果想为父母报仇，就必须依靠自己的双手。他收留了我，传授我冥界绝学，后来，我觉得自己有足够的实力对付仇人了，就偷偷潜入那冥臣府邸，将其碎尸万段。仇人死时，我父母已过世两千三百一十四年。"

冥帝轻叹道："当时，我本想让冥生在冥界中寻求一个职位。但是，他坚持要将自己的灵魂给我。于是，我让他做了圣冥殿的一个冥卫。冥卫中等级极为森严，他凭着自己的努力，一步一步走到了今天的位置。他就是一千冥卫的统领，在你来之前，只对我一人效忠。也是除我以外，第三个将冥魔大法修炼到第八重的冥人。琴儿，我希望不论什么时候，你都能把他当成自己的朋友，而不是下属，你明白吗？"

天琴深深地看了冥生一眼，恭敬地道："弟子明白。"

冥帝微微一笑，重新起身，双手分别拉住天琴和冥生，他道："那两个老家伙应该到了，你们跟我一起去见见吧。"

所有的冥卫同时隐没于暗处，没有发出一丝声响。

天琴和冥生在冥帝的带领下，来到了圣冥殿后的一个普通房间，房间中有两个人在等候。

天琴见到这两个人，不由得微微一愣，因为，他们正是自己刚认的义父，冥相月石和冥幽王。

冥幽王一看到冥帝就没好气地道："大哥，今天你这葫芦里到底卖的什么药？你怎么事先也不和我们哥俩通个气？"

冥帝嘿嘿一笑，道："要是我事先同你们通气，今天你们怎么能表现得那么精彩呢？"说着，他向身旁的天琴使了一个眼色。

天琴立刻心领神会，上前一步，恭敬地道："琴儿见过两位义父。"

冥幽王苦笑道："行了，现在你已经是储君了，应该我们给你见礼才对。"

月石的脸色有些黯然，他看着冥帝，道："大哥，你的伤势是不是又恶化了？"

# 第154章
# 镇元大仙的安排

冥帝叹息一声，道："老二，还是你明白我的心思。伤势倒说不上恶化，但也好不到哪里去，我能感觉到生命力正在不断地流失，除非能突破现在的境界，达到冥魔大法传说中的第十重，否则，我恐怕活不过千年了。所以，今天我才要先将琴儿的储君之位定下来。今后如果有变，有琴儿在，冥界也不至于大乱。

"琴儿啊，你这两位义父同冥生一样，都是我信任的人。在冥界之中，也只有这三人是我可以交心的。冥臣中强者如云，虽然表面恭敬，心中想法却不得而知。月石和冥幽表面上虽然与我对立，但其实都是最支持我的人。我们三人结拜，我为长，月石次之，冥幽再次之。正是因为有他们的暗中支持，我才不必费心太多。"

天琴微微一笑，道："师父，我明白。其实，刚才我就已经看出了些端倪，只是不敢肯定而已。"

冥帝一愣，道："你看出来了？"

天琴点了点头，道："就在您让我认两位义父的时候，他们眼中都闪过一丝惊讶，看您的时候还都露出一丝询问。月石义父隐藏得还好，但冥幽义父就比较明显了。当时我就怀疑，您是不是早与两位义父商量好了。"

月石微笑道："大哥，看来你让我们认的这个义女非同一般啊！琴儿心思缜密，确实可堪大任。"

他一向自诩为冥界最聪明的人，见天琴如此聪慧，自然多了几分喜爱。

冥帝微笑道："我的选择又怎么会错呢？冥幽，你那边的几个家伙反应如何？"

冥幽王顿了顿，道："十一个冥王的反应很强烈，刚出圣冥殿他们就拉住我问个不停，一再求我同你说清楚，他们可不是很支持琴儿。

"大哥，这十一个冥王不光自身强大，而且，他们拥有的势力非同一般，推崇他们的冥人几乎遍布冥界的每一个角落，这些你应该比我清楚。我虽然是十二冥王之首，但压制他们也不是那么容易的。一时或许尚可，但时间长了，我怕他们会不安分。"

冥帝沉吟道："最近这些年，冥界诸事都是由你和月石处理，你们联手的话，有没有可能将这些不满的声音全都压下去？"

月石摇了摇头，道："大哥，我们冥界是分领域而治的，每一个冥界重臣都掌握着一方势力，所有冥界重臣都绝对服从你的命令。如果你真的淡出，必然会有不满的冥臣出来捣乱，如果他们联合众多冥界重臣，我想，对琴儿统治冥界会非常不利。"

冥帝淡然道："二弟、三弟，你们说的都有道理，我明白，你们都不想让我从这个位子上退下去，但是，你们也明白，这几乎是不可能的。我的身体已经不允许我再留恋冥帝之位，我必须早做安排，我希望你们能全力支持琴儿，让她坐稳冥帝的位子。"

月石和冥幽王对视一眼，同时恭敬地道："谨遵大哥训示。"

冥帝的话很对，他们兄弟多年，月石和冥幽王又怎么舍得他从帝君之位上退下来呢？

月石轻叹一声，道："大哥，如果将来琴儿要坐稳冥帝之位，当务之急就是提升修为。如果我没看错，琴儿应该是刚刚踏入冥魔大法的第七重境界，这对成为冥界之主还远远不够。冥界是以实力为尊的地方，只要琴儿拥有相当于大哥你的修为，再有我们两个、冥卫的支持，问题就都迎刃而解了。大哥，你应该明白我的意思吧？"

冥帝淡然一笑，道："我自然明白，琴儿的事就不用你们操心了，我自会处理。现在，我需要你们做的，就是尽量为琴儿造势。我还要培养琴儿一段时间，然后就会进入死关，就算要死，我也要同天斗一斗，如果运气好，让我突破到从没有人达到的第十重境界，那在六界之中还有谁能与我争锋？"

他虽然说得洒脱，但是，月石和冥幽王心中都生出深深的忧伤，突破到第十重境界谈何容易，可以说他只有一线生机。

海龙只觉得自己身在炼狱，浑身不断传来灼热的疼痛感。

当海龙被托塔天王李靖吸入八宝玲珑塔之后，他就陷入了半昏迷状态。

八宝玲珑塔像一个巨大的旋涡，不断吸取着他体内的力量。

在被吸入之前，他就明白，受伤后的自己根本无法同托塔天王相抗。反正也要死了，就尽最后的努力吧。

他将全部法力都注入灭仙劫，发出狂暴一击。

可惜，他还没有看到结果，就昏迷过去了。

身体各处不断传来不适的感觉，海龙仅存一丝清醒，他在想：我死了吗？我就这么死了吗？飘渺，我对不起你，我没能将你救出牢笼。

现在他已经有些后悔了，在知道飘渺失踪后他实在太冲动了，没有考虑任何后果就去找仙帝算账，毁灭仙宫的过程固然痛快，但最后让自己陷入了绝境。

只是，得知飘渺失踪的消息后，他又怎么能平静下来呢？那毕竟是他深爱的妻子啊！

在海龙回想之时，痛苦的感觉渐渐消失了。他的意识逐渐清醒，但他再也感觉不到一丝法力，只发现自己在一个黑暗的空间中，周围的一切都十分模糊。

他不禁疑惑地想：人死了以后就是这样吗？为什么人死了还会有意识？如果要永远身处这片黑暗中，还不如让意识消失。飘渺、天琴、影、梦云、玉华姐妹、止水师姐，还有后天，你们如果知道我死了会不会很伤心呢？弘治，忘了大哥的承诺吧，大哥要失信了，我们再也无法相聚，希望你能和小机灵快乐地生活。其实，人界与仙、佛二界相比，更让自己留恋，在人界的生活要幸福得多。

"海龙。"一个低沉而缥缈的声音呼唤着。

海龙全身一震，陷入死寂的心又生出一丝希望，他想拼命大喊，却怎么也喊不出声。

黑暗中渐渐出现了一丝光明，一道透明的身影渐渐在海龙意识中显现。

海龙惊喜地看到，那竟然是自己最想见到的人之一。他急忙道："师伯，您快救救飘渺吧。她恐怕被仙帝抓走了。"

这透明的身影正是五庄观之主镇元大仙。

镇元大仙淡然一笑，道："海龙，这些都不是现在的你需要担心的，飘渺的事情我们会为你处理好。虽然这次你在仙宫中的行为很冲动，但也很令我们欣慰。还有许多事等着你去做，不要太沉迷于情爱。"

海龙愣了一下，道："师伯，您的意思是说，现在我还没有死吗？"

镇元大仙微微一笑，道："你是我们选中的人，又岂是那么容易死的？其实，这一切可以说都是我们安排的。在你大闹仙宫的时候，我和你师父就在仙宫不远处。现在，我是将神识探入你的意念之中，跟你谈话。你只不过是仙根和法力全部被封住了而已，并没有死。"

海龙心中大喜，但也充满了疑惑，问道："安排好的？师伯，您能不能说清楚一些？"

镇元大仙道："海龙，你先告诉我，你觉得自己现在的实力如何？"

海龙轻叹一声，道："当然是不足了，否则的话，我也不会被那托塔天王吸入塔内。"

镇元大仙颔首，道："不错，你现在的实力还不足以应付将来的危机。实力是要靠修炼一点一点增长的。为了提升你的实力，我和你师父定下了这个计划。只是我们没想到，你会掉入妖界。当我们在仙界重新察觉到你的气息时，这个计划已经开始实行了。飘渺那里你不用担心，你师父在仙帝即将得手时将她救了出来，等你完成此次历练，就可以去佛界同她见面，有你师父和光明祖师看护，她是绝对不会有任何危险的。"

海龙心中生出一丝怪异的感觉。

他发现，自己似乎是被利用了，虽然这个利用是善意的，但还是令他心中一阵不舒服。

不过，飘渺的平安也让他重新充满了希望，毕竟，这是他最为担忧的事。

他渐渐平静下来，表情淡然，道："师伯，您有什么安排，尽管说吧。"

镇元大仙道："海龙，我知道你有所不满，但不经历风雨怎么见彩虹？你先将在妖界中遇到的事情说说吧，能从那里回来，想必你吃了许多苦。"

海龙点了点头，从自己同梦云仙子一起掉入妖界时说起，一直说到同冥帝交谈后返回仙界。

镇元大仙听了海龙的叙述，神色微变，道："冥帝，那家伙居然还没有死吗？承受了如来佛祖如此强大的攻击，他竟然还能活着。海龙，你没有让我们失望，其实，就算你选择留在冥界，同妻子在一起，我们也不会怪你。我和你师父都经历过一段不平凡的感情。对于情之一字，我们都有所体会。为了仙、佛二界的大义，你能放弃自己最想过的生活，实在让我欣喜又意外。你确实长大了，我真的很欣慰。

　　"然而，现在仙界的形势很危急，仙帝已经在想办法除掉我们这些足以威胁到他仙帝之位的仙人了，并且开始付诸行动。仙界禁不起动荡，你是我们挑选出来的人，我们都会全力支持你。你一定很想知道自己在哪里吧？我告诉你，现在你所处之地，就是六界所有人都忌讳的地府。"

　　海龙心中一惊，道："地府？您不是说我没有死吗？我为什么会在这里？"

　　镇元大仙道："这就是我们的安排了。地府是一个超脱六界的地方，当仙人犯下大错时，仙帝有权将仙人打入地府十八层受苦。虽然你师父可以穿行六界，可以进入地府，但是，也不可能让神识和肉身全部进入。所以，我们才希望你大闹仙宫，一是为了警告仙帝，二是想让你的身体和神识可以全部进入地府。"

　　海龙突然明白了，道："师伯，您是想让我在这地府内历练吧？"

　　镇元大仙露出一个慈和的笑容，道："你很聪明，众所周知，地府是灵魂聚集的地方，但是，它同时也可以算是一个门派。"

　　"门派？"海龙疑惑地道。

　　镇元大仙点头道："仙界有仙帝掌管，佛界有佛祖掌管，人界有人王掌管，而地府，则是由地府祖师和众王掌管。人死后回归地府，地府王会根据其在阳间作为予以奖惩。所以有道是：莫言不报应，神鬼有安排。地府共有十八层，专门惩治那些为非作歹之徒。地府功法均诡异绝伦，令人防不胜防，但学起来甚易，可以速成。再者，地府人多势众，功法较为庞杂，如摄气诀，如烈火鞭，都是不错的功法，不过，这已经不能称为仙法了。

"地府中负责管理的并不是凡间所传的地府王，而是地府祖师，他可是一个相当有名的祖师啊！在他手下有十个地府王，实力超群，称为十王，另外还有两个修为稍低一些的王，分别是鬼王王方平和阴王阴长生。他们加起来，就是地府的中坚力量。

"地府的勾魂术是一种比较奇妙的法术，它针对的并不是身体，而是神识，别说凡人，就是修为不够的仙人中招，也会影响神识，受到很大的伤害。一个不好，神识被灭，立刻就会形神俱灭，永世不得超生。

"地府有三种与兵器有关的法术，分别是哭丧棒、追魂剑和烈火鞭。其中以烈火鞭为最，如果将这三种法术全都学会了，就可以施展地府的一种连击法术，连击法术名为神人鬼，同你的霹雳三打有异曲同工之妙。而且，此种法术三式之间没有任何停顿。

"烈火鞭中还有一种特殊攻击招数，名曰六重流转，中招者如同在地府烈火之中受苦，与勾魂术相比，六重流转对神识的伤害更大。摄气诀是地府的独特功法，极为霸道，练会之后，可以将对手的血气等化为己用。"

海龙听了镇元大仙对地府的介绍，心绪有些波动。

海龙最感兴趣的，就是烈火鞭中的六重流转，此法居然可以直接伤到仙人的神识，不可谓不霸道。再加上不次于霹雳三打的神人鬼，有这么多绝伦的法术，地府确实很强。

海龙微微一笑，道："师伯，那地府祖师既然拥有如此大的神通，为什么不单独开辟一界呢？反正地府同我们仙界也是格格不入的。"

## 第 155 章

# 最佳功法

镇元大仙摇头道："那是不可能的，地府祖师本属于佛界，虽然他身在地府，但他修炼的一直都是佛法，他乃佛界修为最高深的几个祖师之一，有他在地府威慑，就算那地府十王有什么企图，也绝对无法实现。"

海龙听完镇元大仙的解释，心思活络起来。

自己既然并没有死，就不能放下等着自己去做的事情，先不说以后冥界来攻打仙界，单是帮火湫找白虎王报仇，就不是一件容易的事。只有拥有强大的实力，才能起到不容忽视的作用。

镇元大仙微笑道："海龙，我问你一个问题，如果让你选，你想学我刚才说的地府功法中的哪一种？"

海龙没有任何犹豫，当即道："我要学追魂剑、哭丧棒和烈火鞭。"

镇元大仙露出一副很感兴趣的样子，道："你能给我一个理由吗？地府的勾魂术和摄气诀也是非常高深的法术，为什么你不选呢？"

海龙道："勾魂术和摄气诀虽然不错，但对我来说用处并不是很大，我有混沌之气，这是独一无二的，用摄气诀摄取过来的东西对我没有多大好处，勾魂术妙在可以伤到神识，但烈火鞭中的六重流转尤胜之，我何必舍精求粗？这两种法术恐怕很难派上用场，但追魂剑、哭丧棒和烈火鞭就不一样了。学会它们，我就能用出地府绝学神人鬼和六重流转。我想，有混沌之气这绝佳利器，这三种法术应该是比较容易练成的。

"您刚才说了，神人鬼就像我的霹雳三打，用出时中间没有任何停顿，如果在对敌之时，我能同时用出霹雳三打和神人鬼，恐怕我的敌人会很难应付这强大的六连击。而且，神人鬼这地府绝学与追魂剑、哭丧棒和烈火鞭有关，那一定可以用剑、棒、鞭任何一种仙器施展，我只需要用金箍棒，就可以施展六连击。当然，我也知道，同时施展霹雳三打和神人鬼这两种绝学需要很庞大的法力做后盾，这正是我要努力的地方。"

镇元大仙的目光中没有赞许，只有惊骇，一直以来，他虽然知道海龙很聪明，但没想到海龙居然聪明到如此程度。

他勉强平复心中的激动，叹息一声，道："海龙，你知道吗？现在你让我有一丝恐惧了。这个六连击的想法，是我、你师父、元始天尊，以及光明祖师在一起商讨多日后才给你定下的最佳功法，我没想到你竟然如此轻易就看透了。"

海龙愣了一下，道："师伯，我只是突然间想到的而已，地府的众多功法中，我最感兴趣的就是神人鬼和六重流转。"

镇元大仙点了点头，道："既然你已经明白自己在地府中应该做些什么，那我就不多说了。现在你的法力已经被托塔天王封住，我不会帮你解开，一切都要靠你自己努力，你要记住，地府是一个新篇章，你要从头做起。不要在乎用了多少时间，影和飘渺那里我会帮你处理好的。你要将全部心思都放在地府的历练中。等到你成为地府祖师的弟子，学成神人鬼绝学并解开托塔天王的封印之时，历练就结束了。"

海龙虽然很想飘渺，也想念影，但是，他更清楚的是，如果没有强大的实力的话，就无法保护自己的妻子。他坚定地点了点头，道："我会的。"

镇元大仙满意地点了点头，身上散发出强烈的光芒，海龙只觉得眼前一花，意识又陷入了昏迷。

不知道过了多长时间，海龙的意识再次清醒，浑身软绵绵的，用不出一丝力道，他挣扎着睁开眼睛，看到的却是一片暗红色。

周围充满了阴森之气，海龙感觉自己浑身一阵发冷。

冷这种感觉，海龙已经有上千年没有体会过了，他心中暗暗苦笑，看来自己的法力确实被封印了，所以自己才会有这种感觉。

力气在一分分地恢复着，但这只不过是能支持他最基本活动的力量而已。

"你已经醒了，为什么还不起来？"噼啪声中，一道黑影闪过，海龙只觉得身上传来一阵强烈的刺痛，疼痛刺激着他的神经，他条件反射地从地面上跳了起来。

他骇然发现，一个身高同自己相仿，皮肤干瘪，无比丑陋的"人"站在自己面前。

这"人"手中拎着一条粗大的铁链，刚才他之所以感到刺痛，应该就是被这铁链抽了一下。这"人"眼珠幽绿，目光中充满了森寒之气，看得他心中一阵发毛。

哗啦一声，铁链抖开，套上了海龙的脖子，沉重的铁链险些将海龙压倒在地。

海龙一个踉跄，才勉强站稳身体，他下意识地问道："你是地府十王之一吗？这里就是地府了吧？"

"哼，你一个被贬到地府的仙人还想见伟大的十王吗？我只不过是地府中一个普通的鬼卒，从今天开始，你就跟着我。如果不想受皮肉之苦，你就听话一些。"说着，鬼卒又拉了海龙一下，拽着他向黑暗的前方走去。

海龙心中暗叹：自己已经变成连一个普通鬼卒都无法反抗的凡人了，先前师伯还说他同地府祖师交情不错，难道就是这点交情吗？

海龙虽然心中如此想，但并未多说，他隐隐有一种预感，自己面临的一切，都是一种考验。

鬼卒拉着海龙，缓缓走入黑暗。

周围不断传来凄厉的嚎叫声，海龙感觉自己身上更冷了，脖子上套着的沉重铁链压得他双腿一阵阵发软。

鬼卒似乎不知道海龙的情况，没有一丝怜惜与同情，不断地用力拉着铁链。

海龙接连摔了几个跟头，但那铁链如同粘在他脖子上，怎么都不会掉落。

他心中生出一股倔强，每当摔倒的时候，就会用尽全力爬起来，虽然他的身体非常虚弱，但是，他还是凭着坚定的意志坚持了下来，他不知道剩下的路还有多长，但他告诉自己：不论如何，自己都不能倒下。

周围全是寒冷的阴气，海龙的嘴唇已经变成了青紫色，身体不受控制地颤抖着，他如同行尸走肉一般蹒跚前行，神志已经模糊，完全靠那股意志力才没有昏迷过去。

终于，鬼卒走到了目的地，停了下来，一把将他扯到自己身前，冷声道："见过鬼王大人。"

腿湾处传来一股大力，海龙身体一软，顿时跪倒在地，一股冰冷的气息扑面而来。

那似乎是水，无比冰冷的水。

海龙浑身极度痉挛，神志恢复了清醒，头在铁链的拉扯下缓缓向上仰起，他看到的是一个一身儒装的中年人。

鬼王？

这个称呼自己似乎听师伯提起过。

镇元大仙曾在海龙的意识中告诉海龙，地府中除了十王之外，还有两个王，其中一个就是鬼王王方平。

儒装中年人显得很和气，只是身上不断散发着淡淡的鬼气，手中拎着一根白色的棒子，他用棒子挑起海龙的下颌，淡淡地道："你就是托塔天王送来的那个海龙吗？"

海龙想点头，但被那根棒子挑着，头怎么也动不了，他只能用虚弱而模糊的声音道："是的，我就是海龙。"

中年人冷淡地道："我是鬼王王方平，从今天开始，你就是我手下的一个鬼卒，同其他鬼卒一起监督地府的冤魂新生。"

海龙愣愣地看着王方平，他没想到自己到地府来会有这样的际遇，刚想说些什么，就看到王方平的脸突然发生了变化，王方平从一个普通人突然变成了青面獠牙的狰狞厉鬼，一张大口，向自己喷出一股血腥气。

力量迅速地恢复着，海龙下意识地站了起来，他又有了凡人的力量，而且比刚清醒过来时感觉好了许多。

后来，他才知道，王方平用来帮他恢复体力的法术名为反五行摄气诀，他因为体内的气血补足了，所以才会瞬间恢复力量。

王方平变回了先前的样子，用手中长棒将海龙脖子上的铁链挑到鬼卒手中，伸出另一只骷髅骨爪，朝海龙的身体轻弹几下，海龙只觉得身体一沉，一套厚重的铠甲就落在了自己身上，紧接着，右手中多了一样东西。

海龙定睛看去，竟然是一柄五股钢叉。

虽然海龙已经有了凡人的力量，但被这么一身重铠和五股钢叉压着，他连走动都变得吃力起来。

王方平扭头看了一眼带海龙来的鬼卒，挥了挥手中的棒子，道："你可以带他到崔玉那里去了。"

鬼卒恭敬地道："是，鬼王大人。海龙，跟我来吧。"

此时，鬼卒对海龙明显客气了许多。说完之后，他扭头向黑暗中走去。

现在海龙已经放下了一切想法，他知道，自己只能走一步看一步，他深信，镇元大仙和孙悟空绝对不会害自己。当下，他拖着沉重的身体，一步步跟上那鬼卒。

鬼卒走了一会儿，突然停了下来，扭头向海龙一笑。海龙看到他的笑容，险些吐出来，勉强道："鬼卒大哥，有事吗？"

鬼卒道："我是巳阴鬼卒，你可以叫我巳阴，现在我们已经是同僚了。你累了吧？我刚穿这身重铠的时候也非常不适应。我真是羡慕你啊！刚到咱们地府就能成为一个鬼卒，要知道，从冤魂成为鬼卒可是非常不容易的，要不是因为我是冤死的，恐怕现在我还在做苦力呢。"

海龙一愣，道："成为鬼卒也是一件不容易的事吗？"

他确实累了，见这巳阴鬼卒对自己和善了许多，就停下脚步喘息起来。

巳阴鬼卒点了点头，道："当然不容易了，只有最强大，且心地善良的才有可能成为鬼卒。在地府中当鬼卒不知道有多好。在我们地府可没有什么尔虞我诈，鬼卒虽然生活平淡了一些，但至少不用钩心斗角。而且，鬼卒是可以保留记忆的，这对我来说是最重要的，每当我感到寂寞时，就会想想过去的事。或许你不相信，过去，我曾是一个商人，现在想起当时的事，就更觉得地府好了。在这里，我很满足。"

海龙听了巳阴鬼卒的话，不禁对地府兴趣大增，他点头道："我相信你。巳阴大哥，既然你是鬼卒，那学习过地府中的功夫吗？比如追魂剑、哭丧棒之类的。"

巳阴鬼卒露出艳羡的目光，摇了摇头，道："我还不行呢，现在我只被传授了惊魂掌而已，其他的地府绝学我还没资格学。海龙兄弟，你不知道，其实惊魂掌也是很不错的，我听说，惊魂掌修炼到极限时，威力并不在地府其他法术之下。等到了崔玉判官那里，有机会我教你。"

海龙心中对巳阴鬼卒生出一丝好感，道："那我先多谢巳阴大哥了。不过我有一个问题，为什么之前你用铁链拉着我时什么都不说，现在却肯说这么多？"

巳阴鬼卒嘿嘿一笑，道："在地府中，等级是非常森严的，除了我们尊敬的地府祖师以外，最大的就是十王。地府十王之下，就是我刚才带你拜见的鬼王王方平和阴王阴长生，他们两个在地府是同一个阶层的，平常的时候，十王都不大管事，地府中琐碎杂事都是由这两位处理。

"在鬼王和阴王之下，是无常，比无常再低一级的就是判官。我们即将见到的崔玉大人就是判官之一，不过，他同别的判官可不一样，权力要大得多，地位几乎可以同鬼王和阴王齐平。而我们俩都是地府的勾魂使者，地位是平等的。

"之前我之所以不理会你，是因为你还是地府最低级的小鬼，说出来你别生气，我见过太多小鬼了，早就麻木了，根本不屑与他们交谈。而且上面有规定，不许我们对普通小鬼透露太多地府的事。而现在你就不一样了，做了勾魂使者，也算是地府底层管理者，我知道的，你自然可以知道，我好不容易有一个说话的对象，自然要跟你多说一些了。我也该换上衣服了，要不然，崔玉大人看到了，他会生气的。"

话音未落，他就把铁链扔到一旁，摇身一变，身上顿时多了一套同海龙一样的重铠，手上拿着同样的五股钢叉。

"走吧兄弟，我们边走边说。"

## 第156章

# 勾魂使者

海龙同巳阴鬼卒缓缓前行，没走多远，突然看到一群身穿白衣，低着头缓缓前行的人，奇异的是，他们是飘浮在空中的，脚离地面有三寸左右。

没等海龙发问，巳阴鬼卒就主动说道："这些就是普通的小鬼了，没有任何记忆，只有在判官们施加法术时，他们才会聚到一起，到地府中去受苦。"

海龙疑惑地道："每一个小鬼都要受苦吗？那不是很不公平吗？比如，一个好人死了，还要到地府受苦，就不太合适吧。"

巳阴鬼卒叹息一声，道："这你就不明白了，让他们去十八层地府受苦是有深意的。在我们地府受苦，那是为了磨炼，否则，他们进入流转之河后，根本无法经受那样的苦，一旦魂飞魄散，就永远也不可能获得新生了。所以说，地府让他们受苦都是为了他们好。何况，一般的小鬼也只是到前三层地府中受苦而已，那种痛苦是比较容易扛过去的，只要忍耐一段时间，就解脱了。只有那些十恶不赦之人，才会到更深的地府受苦。要知道，十八层地府是一层比一层恐怖的。"

海龙若有所思地道："原来是这样，那我用不用去十八层地府受苦呢？"

巳阴鬼卒摇了摇头，道："这我就不知道了，不过你已经成了勾魂使者，我想就应该不用了吧。十八层地府那个地方还是不去为好。你看，咱们到了，那里就是崔玉大人办公的地方。"他指着的地方冤魂极多，一个个不断朝他们这里飘来。

巳阴鬼卒叹息道："在咱们地府中，最辛苦的就要数崔玉判官了，他几乎没有休息的时间，每一个冤魂获得新生之前，他都要用生死簿核对一遍，以确认这个冤魂应该下第几层地府。而我们的任务就轻松多了，我们只需要带着那些人穿过流转之河，前往新生潭，帮他们一下。这样的人，一万个魂魄中能有一个就不错了，所以，我们大多数时间都是闲暇的。走吧，我带你过去报到。"

海龙跟着巳阴鬼卒从魂魄旁穿过。

一会儿的工夫，他们就来到了一座大桥上。

大桥远方是一片朦胧的灰色雾气，魂魄都是从那里有序而来的。在大桥正中，站着一个身穿白色长袍，头戴书生方巾，手上托着一本大簿的人。每一个魂魄走到他面前时都要停一下，他在簿子上翻查一下后，才会放其通行，他身旁站着七八个鬼卒，都是一副听候差遣的样子。

海龙随巳阴鬼卒上桥，巳阴鬼卒走到那白衣人身旁，恭敬地道："判官大人，鬼王大人命我带这新来的鬼卒过来拜见，听您差遣。"

崔玉没有吭声，只是回头瞥了海龙一眼。

海龙看得一愣。

崔玉面如冠玉，竟是一个美男子。他随手朝一旁指了指，然后继续查阅他的簿子。

巳阴鬼卒拉着海龙，站到了鬼卒的末尾，低声道："我们在这里等候就可以了，每过完一千个魂魄，就有一个鬼卒可以去休息。你看，我排第九，你是第十，这就是说，要过完一万个魂魄才能轮到你去休息。反正现在也没事，我们就闭目养神吧。"说完，他不再吭声，一动不动地站在那里。

所有鬼卒都是一身重铠，头盔遮住了他们的面庞，他们站在那里，无法分辨出谁是谁。

身上厚重的铠甲越来越沉，海龙渐渐有些吃不消了。过了一会儿，他突发现了一个妙处，如果站的姿势正确，铠甲是可以相互支撑的，这就是说，只要姿势正确，就可以不承受铠甲的重量。这一发现令他兴奋不已，最起码，他不会像之前那么辛苦了。

地府中的一切对于海龙来说都是新奇的，但是，他从来没有在这里多停留一段时间的想法，毕竟，他还要回仙界，还要去见自己心爱的妻子。

反正站着也是站着，他也缓缓闭上双眼，去探察体内的混沌之气。他很清楚，混沌之气只是被封印住了而已，并没有消失。但是，当他凝目内视的时候，吃惊地发现，他竟然失去了内视的能力，闭上眼睛就是一片漆黑，除了能隐隐听到自己的心跳声外，什么都感觉不到。

是啊！封印又岂是那么容易冲破的呢？

虽然如此，但海龙没有丝毫气馁，既然无法找到混沌之气，那自己干脆就从头练起，反正刚进入修真界的时候，自己不是也什么都不会吗？他回想着以前的种种，对自己充满了信心。最后，他静下心，开始修炼起来。

海龙的修炼方法很简单，也很困难，他将意念集中在丹田，然后让意念从丹田出发，按照记忆中混沌之气运行的路线而行。意念高度集中，不断顺着经脉上行，当意念游走完一周后，他发现自己身上的中衣已经被汗水浸透了，而且精神极为疲惫，但依然没有发现混沌之气的一丝踪影。

海龙闭目休息，他当然不会放弃，他相信，世上无难事，只怕有心人。或许自己选择的道路是最曲折的，但自己只要一直走下去，就一定会有结果。

精神是很难恢复的，海龙又要保证自己的身体不会倒下去，所以现在他无法集中精神，让意念按照之前的路线在经脉中行走一圈。地府中人是不在乎时间的，当崔玉审核过一千个魂魄，一个鬼卒去后面休息时，他才恢复精神。

不知不觉中，海龙的意念力已经按照混沌之气的运行路线在体内走了八圈，前面的第八个鬼卒已经去休息了，海龙的身后又多了八个鬼卒。他暗暗计算着，每一个鬼卒都要等一万个魂魄通过后才可以休息，休息的时间差不多是一万个魂魄通过的时间，如此循环往复。

此时巳阴鬼卒已经排在最前面了，海龙身上大汗淋漓，当意念转完第九圈后，海龙开始休息，这时巳阴鬼卒偏过头来，低声道："海龙，别睡了，待会儿我走了以后，就要由你来盯着，如果崔玉大人发现你在睡觉，恐怕你会受到很严厉的惩罚。"

海龙听了他的话，不禁心中一暖，他没想到，在地府中也会有人这么关心他。他轻轻地点了点头，活动了一下脖子，这才发现身体有些僵硬了。

正在这时，一直在翻阅簿子的崔玉突然轻咦一声，朝面前的一个魂魄道："你阳寿未尽，我命人带你去还阳吧。"说完，他偏头看了看巳阴鬼卒，又看了看海龙，道，"巳阴，你带这新来的鬼卒一起去认认路，省得他以后找不到。然后你们就不用过来了。"

巳阴鬼卒恭敬地道："是，崔玉大人。"

然后，他用低低的声音向那魂魄道："随我还阳。"说完，他当先朝桥下而去。

海龙不敢拖延，赶忙拖着僵硬的身体跟了上去，两人带着魂魄缓缓下了桥，顺着一条蜿蜒曲折的小路而行。

巳阴鬼卒呵呵一笑，向海龙道："兄弟，没想到我们能一起休息。这路你可要记熟了，以后，这就是你经常要走的路了。其实从这里到新生潭还是很好走的，只有这么一条路。"

两人向前走着。

前方的景物渐渐发生了变化，迷雾渐渐散去，露出了不远处的深渊，深渊旁站着十个鬼卒，一个身穿红衣的人像崔玉一样，翻阅着手上的簿子，在他的身旁列着一排白衣褴褛的魂魄。

巳阴鬼卒低声道："凡是经受完十八层地府刑罚的小鬼都会在获得新生之时到这里来，至于未来变成什么，就要看他生前如何了。"

海龙心中突然生出一丝明悟，他明白，地府之所以地位超然，恐怕最重要的原因就是这里是六界的一个中转站，也是六界的基础。

巳阴鬼卒碰了海龙一下，道："咱们快走吧，送走这个人以后，我们就可以回去休息了。"说着，两人带领那魂魄顺着深渊旁的一条小路前行，走了一会儿，当海龙感觉到浑身已经变得酸软无力时，巳阴鬼卒终于停了下来。

淙淙的流水声传入海龙耳中，他凝目看去，惊讶地发现，前方居然有一座黑色的小山，一个高三丈左右的白色小瀑布不断从山上落下，在山下汇聚成一汪潭水，水潭清澈见底，看上去非常纯净。

巳阴鬼卒微笑道："兄弟，很惊讶吧？这是我们地府最美的地方，新生潭。"

紧接着，他扭头一推那魂魄，喝道："去吧……"

魂魄缓缓飘入潭水之中，连一朵水花都没有溅起，那魂魄就化为一股青烟消失了。

巳阴鬼卒拍了拍手掌，满意地道："任务完成。只要通过新生潭，就能恢复来地府之前的样子。海龙，什么时候你能被允许进入这里，什么时候你就能重新成为仙人，连法力都可以恢复。"

海龙心头大震，返回仙界的路竟然离自己只有几步之遥，自己只要多走几步，就可以回去了。他警惕地看了身旁的巳阴鬼卒一眼，偷偷地向前挪了一步，巳阴鬼卒仿佛没看到，正看着一旁的什么。

海龙问道："巳阴大哥，你是说，只要跳入这水潭之中就可以返回自己原来的世界，什么都不会改变吗？"

巳阴鬼卒点了点头，道："是啊！这里可是魂魄最向往的地方，不过，我可不想回去了，人间有什么好，还是当勾魂使者舒服。"

海龙又向前挪了一步，突然，他趁着巳阴鬼卒不注意，用尽全身的力量朝新生潭跑去。巳阴鬼卒并没有追他，隐藏在头盔下的双目露出一丝冰冷。

只是几步距离而已，转眼海龙就跑到了新生潭旁，但就在这时，他突然停住了，内心非常矛盾，跳还是不跳？

只要跳下去，自己就可以回到仙界，就可以去找飘渺和影，只要跳下去，自己就将变成强大的仙人，而不是地府中的一个鬼卒。但是，自己真的能跳下去吗？

如果跳了，恐怕自己永远也无法再回到地府，永远也不能学到地府的绝学。可是，自己是多么想赶快见到飘渺啊！

巳阴鬼卒的声音从海龙背后传来："海龙，你不是想跳下去吧？这可是违反地府规定的。现在回来，还来得及。"

海龙转过身，微微一笑，道："怎么会呢？我不会跳的，现在我已经是地府中的勾魂使者，自然要遵守地府的所有规定，我只是想看看，这新生潭中有没有游鱼而已。"

在这个瞬间，他已经想清楚了，他决定不跳，两情若是久长时，又岂在朝朝暮暮？为了以后，现在他只能选择不跳，自己一定要凭自己的力量冲破封印，达到师伯的要求后再返回仙界，那时候，自己的实力绝对会提升一个台阶。

巳阴鬼卒头盔下的双眼中露出一丝欣慰，他道："海龙，走吧，我带你去阴阳塔，然后你跟我回我那里休息吧。"

海龙走到巳阴鬼卒身旁，疑惑地道："阴阳塔？那是什么地方？"

巳阴鬼卒道："我们这些鬼卒虽然是不吃东西的，但也会感到疲倦，阴阳塔聚集了六界的阴阳之气，在那里，我们可以迅速恢复体力。每次执行完任务，勾魂使者等地府中人都要到那里去一次，恢复体力。等到了那里，你就不会感觉疲惫了。"

海龙已经有些习惯地府与仙、人两界的种种不同了，在巳阴鬼卒的带领下，拖着疲惫的身躯顺原路返回，一路行来，他发现地府的路线并不复杂，有规律可找，他努力地记着这些道路，毕竟，他恐怕要在这个世界生活一段不短的日子。

往回走了不久，海龙就再也坚持不住了，巳阴鬼卒的情况显然比他好得多，他自告奋勇地背起海龙，缓缓向地府深处走去。

开始时海龙还能保持清醒记路，但这段时间他都没好好休息过，实在太疲倦了，终于坚持不住了，在巳阴鬼卒的背上睡了过去。

不知道过了多长时间，海龙被巳阴鬼卒唤醒了，他发现，自己已经到了另一个地方。

海龙的周围有不少鬼卒，他们三五成群地聚在一起，但彼此交谈的不多。

他前方不远处，有一座仅有三层的宝塔，这座宝塔同妖界的妖王塔比起来实在太渺小了，不过三丈高，宝塔外围有一圈院墙，院墙大门外有一些鬼卒在排队，每当另一边的大门中走出一个鬼卒，这边就会放进去一个。出来的鬼卒们聚在一起，或站或坐，都在休息。

巳阴鬼卒道："这里就是阴阳塔了，我们正在排队，等一会儿就可以进去。"

队伍井然有序，果然如巳阴鬼卒所说，只是一会儿的工夫就轮到了他们，在巳阴鬼卒的搀扶下，海龙走进了阴阳塔外围的院墙。一踏入大门，他就迫不及待地向阴阳塔走去。巳阴鬼卒一把拉住他，道："你去干什么？"

海龙一愣，道："你不是说在阴阳塔内可以恢复力量吗？我们赶快去吧，我都快累死了。"

巳阴鬼卒笑道："你看看，周围谁像你这么急。这个院子就属于阴阳塔，我们只需要等一会儿就可以。"

海龙向周围看去，果然，鬼卒们都在院子里站着，自己刚才的举动已经引起了其他鬼卒的注意，大家套着头盔的头都转向自己这个方向。

正在他不知该如何是好的时候，一片淡淡的红雾突然从阴阳塔中涌出，转眼间就包裹住了在场大部分鬼卒的身体，其中包括他和巳阴鬼卒。他只觉浑身一阵舒爽，不光体力完全恢复了，连精神也达到了最佳状态。

巳阴鬼卒伸展了一下自己的身体，拍着海龙的肩膀，道："怎么样？这下舒服了吧？"

"确实舒服。原来世上还有这种神奇的地方，要是仙界也有这种好地方，那该多好啊！"

巳阴鬼卒微笑道："阴阳塔可是我们地府独有的。咱们走吧，后面还有许多排队的兄弟等着呢。"

两人一同走出了院子。

体力和精神全部恢复后，海龙觉得一阵神清气爽，他突然感觉，地府的生活也不是那么难过了。

巳阴鬼卒道："海龙，走吧，到我的鬼屋去，先前鬼王大人吩咐过我，以后你就跟我住在一起。"说着，他将身上的重铠脱了下来，就这么一下，重铠就不知道被他用法力藏何处去了。

"海龙，你刚成为勾魂使者，五年之内都不能脱下重铠，就忍耐一些吧。"

此时海龙已经恢复了体力和精神，心情极好，笑道："这也没什么，就算是一种磨炼吧。走，我到你那里去看看，你还答应教我惊魂掌呢。好兄弟，谢谢你这段时间的照顾。"

巳阴鬼卒愣了一下，道："你叫我什么？"

"好兄弟啊！我对地府不熟悉，你一直在帮助我，我把你当兄弟看待有错吗？"海龙一边说着，一边搂上了巳阴鬼卒的肩膀。

巳阴鬼卒脸上露出一个怪异的表情，道："兄弟？已经有很多年没人这么称呼过我了。"

海龙呵呵笑道："怎么？难道你不愿意认我这个兄弟吗？不管以前如何，现在我们都是地府的勾魂使者，又将住在一起，反正我已经把你当兄弟看待了。"

巳阴鬼卒的脸色恢复吧正常，他反手搂住海龙的肩膀，道："好，兄弟，我们是兄弟了。我有兄弟了，哈哈。海龙，走，我教你惊魂掌去。"

日子一天一天过去了，地府中并没有白昼和黑夜之分，据巳阴鬼卒说，海龙已经来地府大约一年了。

在这一年的时间中，他已经熟悉了这里的生活。

每过一段时间，他就会同巳阴鬼卒一起到那座大桥上听从崔玉差遣。

据巳阴鬼卒说，那座大桥名往生桥。其实大多时候他们只需要站在那里，一年来，需要他送到新生潭还阳的魂魄，也不过三个而已。现在他已经绝了通过新生潭回去的心，一心一意留在地府中，因为，就在一个月前，他经过不懈的努力，在运转意念时终于感觉到了一丝混沌之气，虽然只有一丝，但他心中万分欢喜，对打破封印充满了信心，每天花在运转意念上的时间更长了。

现在，每次到往生桥上执行任务时，他至少可以催动意念按照混沌之气运行的路线运转三百圈，他发现，他的精神力在这一年里有了长足的进步。经过一个月的努力，那丝混沌之气变得更加清晰了。

海龙下了往生桥后，脚步轻快地朝自己的"家"走去。

他和巳阴鬼卒的鬼屋中只有他们两个，屋子是用不知名的石头建成的，非常坚固，除了有些阴冷之外，倒也没什么特别的地方。

现在他每天感觉最幸福的，就是到那阴阳塔恢复体力和精神力。每次他在进塔之前，都用意念催动他那一丝混沌之气急速运行，将精神力消耗殆尽后再进去。

如果不是巳阴鬼卒警告他过一段时间才能去阴阳塔一次，他真想耗在那里。如果不考虑意念力提升消耗的混沌之气，混沌之气恢复的速度一定能快很多。

海龙在阴阳塔内修炼完后，神清气爽地从院子中走了出来，大步朝自己的鬼屋而去，他刚走到鬼屋不远处，就看到巳阴鬼卒一个人在那里发呆，他赶忙放轻自己的脚步，当距离巳阴鬼卒还有九尺时，猛地跳了起来，喝道："看掌！"

他在空中加速，一掌向巳阴鬼卒的肩膀拍去。

巳阴鬼卒也不回头，向左侧跨出一步，身体诡异地一转，反手朝海龙拍来一掌。

海龙连挡都不挡，右手带着一团幽绿色的光芒，按上了巳阴鬼卒的肩头。

两人几乎同时打中对方，海龙岿然不动，巳阴鬼卒却痛叫一声，向后退了几步才站稳。

巳阴鬼卒怒道："你小子又偷袭我，仗着身上穿着重铠是不是？我也有。"说着，他快速套上自己的重铠向海龙扑了过来。

穿着重装铠甲，两人都显得很笨重，但是他们用的掌法依然透出一丝诡异。

惊魂掌是地府勾魂使者等都会的法术，没有固定的招式，每一掌都能集中鬼气，带着强大的杀伤力从刁钻的角度袭击对手。

足足练习了一年后，海龙对这没有固定招式的惊魂掌已然烂熟于心，凭借着他过人的天赋，他很快就领悟了惊魂掌吸收地府鬼气攻敌的精髓。

虽然他只在地府待了一年，但实力比巳阴鬼卒弱不了多少。两人已经闹惯了，每次见面时都会用惊魂掌跟对方打招呼。

海龙很清楚，自己的惊魂掌每天都在进步。

在往生桥执行任务的时候，他除了运转自己的意念催动混沌之气以外，其余的精力都用在琢磨惊魂掌上，所以他才会进步神速。但奇怪的是，不论他进步速度多快，巳阴鬼卒都同他保持在一个水平，他们交手这么多次，每次结果都是一样——平手。他曾经怀疑过，也试探过，但没有任何结果，后来，他无意中发现巳阴鬼卒也在刻苦修炼时，心中就释怀了。

"海龙，你小子也出手太重了吧？"巳阴鬼卒疲倦地坐倒在地，没好气地道。

海龙比他强不了多少，坐在他身边不断地喘息着，道："你手就轻了？我身上的伤可不比你少。谁让你老不认输？你要是认了，我不就放过你了吗？"

巳阴鬼卒哼了一声，不屑地道："就凭你，还想让本大使者认输，别做梦了。你不服的话，咱们就用五股钢叉硬拼一场。"

海龙白了他一眼，身体向后一倒，就那么躺在地上，道："你厉害，只要现在你还能拿动五股钢叉并站在我面前，我就认输。"

巳阴鬼卒愣了一下，也学着海龙的样子躺了下去，嘿嘿一笑，道："现在我确实没什么力气了。看来，咱们兄弟的法力还真是差不多。哦，对了，过几天地府要举行升判大会，你参不参加？我已经给自己报名了。这次，我相信自己一定能行。"

海龙一愣，道："什么是升判大会？以前我怎么没听你说过？"

巳阴鬼卒神秘地一笑，道："这升判大会很久才举办一次，我没告诉过你吗？呵呵，那真是我疏忽了。升判大会是专门为我们这些勾魂使者举行的，大会的前五名都可以升一级，成为地府判官，判官不像勾魂使者这样忙碌，而且判官可以专心修炼一段时间，用不着天天去执行任务。一想到当判官的好处，我就要流口水。”

海龙心中一动，问道：“那当了地府判官以后，是不是就能学习其他的地府绝技？地府判官能比勾魂使者多学些什么呢？”

巳阴鬼卒低声道：“能多学的可不少啊！我们作为勾魂使者，现在只会最基础的惊魂掌，做了判官，能学的东西就多了不少。最有用的就是我们地府的闪躲法术鬼影迷踪，这鬼影迷踪术一旦学会，以后我们就不用愁了，实力绝对可以登上一个新台阶。

“此外，判官还能学到基础的摄气诀、勾魂术，以及哭丧棒。判官就不用拿着这破钢叉了，每个判官都会派发一根哭丧棒，那感觉，真是威风极了。”

海龙听着巳阴鬼卒的话，心中一阵好笑，暗想：你如果看到我的金箍棒，还不知道要羡慕成什么样子呢。不过，看来当上地府判官是一个不错的选择，至少自己可以学到期待已久的法术哭丧棒，至于鬼影迷踪术、摄气诀和勾魂术倒无所谓，一旦混沌之气恢复了，根本不需要这些，筋斗云绝对要比那鬼影迷踪术强得多。

海龙想到这里，立即坐了起来，道：“巳阴大哥，勾魂使者上哪儿报名参加升判大会？我也想参加。你不是一直自认是勾魂使者中的佼佼者吗？你兄弟我的水平同你也差不多，如果你能升判，我也一定能升。”

巳阴鬼卒呵呵一笑，道：“你这小子，我就知道你会心动，早就替你报名了，升判大会的初赛明天举行。前十场都是淘汰制。输的就直接失去机会，赢的晋级，这就是说，如果想升判，要先连赢十场。不论怎么说我都是你大哥，你可不要给我丢脸啊！"

　　海龙突然想到了一个问题，疑惑地道："巳阴大哥，十场淘汰赛？那有多少勾魂使者参加这次升判大赛啊？"

## 第157章
# 升判大会

巳阴鬼卒神色不变，道："估计怎么也有一百万吧。谁不希望自己能升为地府判官呢？一百万人就算经过十轮淘汰，也还有上千人。"

"一百万？"海龙不禁目瞪口呆地看着巳阴鬼卒。

巳阴鬼卒嘿嘿笑道："我们地府至少有一百万勾魂使者，你不要忘记，地府可是以人多势众出名的，小鬼更是不计其数。我这已经是最保守的估计了，明天咱们只要在咱们这边的分赛区比就行了。别多想了，赶快休息会儿吧。积攒好体力明天好参加升判大会，参加完比赛后，我们还要到往生桥上值勤呢。"

勾魂使者是分区域居住的，每个区域有一千左右的勾魂使者，由于参加选拔的勾魂使者人数众多，前九场的淘汰赛就分区进行，最后在每个区域脱颖而出的两个勾魂使者再到地府唯一的城市——酆都参加最后一场淘汰赛。

海龙和巳阴鬼卒自然也要到自己的赛区参赛。经过一年的相处，海龙同巳阴鬼卒之间已经产生了真正的兄弟之情，他暗暗期盼着，自己千万不要同巳阴鬼卒分到一起，这样，他们才有可能都进入决赛。

第二天一大早，海龙和巳阴鬼卒就来到了升判大会的分赛区。

正如巳阴鬼卒所说，几乎所有的勾魂使者都来参加升判大会了，因为，这是勾魂使者升为判官的唯一途径。

今天将举行两场淘汰赛，也就是说，赢的人都要比赛两次才行。两人顺利地抽了签，正如海龙期盼的那样，他们被分在了不同的比赛场地。

有五十个判官负责他们所在分区，每一场都有一百个勾魂使者同时进行比赛。

一时间，鬼气弥漫，这比赛关系到能否升为判官，每一个勾魂使者都拿出了自己的看家本领。

由于来得比较晚，海龙同巳阴鬼卒的比赛都被安排在后面。比赛的速度是很快的，勾魂使者们几乎打几个照面就可以分出胜负。输的人立刻回自己的岗位去，赢的则留下来参加第二场。

巳阴鬼卒嘿嘿笑道："海龙，你可要小心些，马上就该咱们出场了，你要是第一场就被淘汰掉，我可不饶你。"

海龙捶了他一拳，笑道："你自己小心就是了。我是那么容易输的吗？"

为了能学到哭丧棒，他可不能输啊！

两人的第一场比赛终于开始了，通过之前的观察，海龙发现这些勾魂使者的实力不如自己，大多数比赛中，勾魂使者们都放弃了五股钢叉，而选择用惊魂掌对敌，毕竟，这是他们学到的唯一一种地府法术。海龙和巳阴鬼卒也不例外，都选择了惊魂掌。

这不过是普通的分区比赛，根本没有擂台，比赛就在空地上举行。勾魂使者们穿上重铠，外表看起来都差不多，监赛判官一声令下后，海龙的对手立即笨拙地扑了上来，双掌带着幽绿色的光芒向海龙的头顶和胸前拍去。

虽然混沌之气被封印了，但海龙的实战经验十分丰富，没有强大的法力，筋斗云自然用不出，但逍遥游最基础的步法还是可以运用的。海龙的左脚神妙地向左踏出一步，身体一侧，双膝弯曲，顿时躲过了对手的攻击。接着，海龙吐气开声，双掌吸取鬼气，拍向那勾魂使者的右肋。

没有强大的法力，惊魂掌的威力十分有限，而勾魂使者身上又穿着厚重的铠甲，所以海龙虽然拍中了那勾魂使者，也只是打得对方一个踉跄而已。

那勾魂使者怒吼一声，猛地转过身，向海龙扫来一腿。海龙心中暗叹，如果换作以前，挨了自己一掌，恐怕这勾魂使者早已经变成飞灰了。

海龙虽然在脑海中感叹法力被封一事，但手上丝毫不慢，既然法力不够，战斗就要靠技巧了。在对方冲到面前时，他站直了身体，左脚向后移了半步，同时左掌劈上了对方的大腿，挡下了对方的攻击。

虽然双方的力量都差不多，但腿要比手有力，海龙虽然挡住了对方的攻击，但左掌被震得生疼。那勾魂使者下意识地劈来一掌，想要乘胜追击。

海龙心中暗笑对方上当时，右手灵活地前伸，在空中轻微地扭转了一下，顿时叼出了对方的手腕，同时，海龙突然向后倒去。

那勾魂使者本就是前冲之势，再加上海龙这一拉，便随着海龙倒了过去，眼看就要压在海龙身上了。

正在这时，海龙双腿弯曲，双脚撑在那勾魂使者的胸腹之间同时发力，顿时将对方蹬了出去。

砰的一声，那勾魂使者重重地摔在九尺之外，由于身上穿着重铠，这一摔着实不轻，那勾魂使者挣扎了半天都没有爬起来。

海龙蹬飞对手后立即站了起来，他刚才用的这招，还是小时候惯用的，名叫兔蹬鹰，凭借腿力将对方蹬出去。没想到千多年后，他竟然在地府中再次用上了，这些勾魂使者确实有些木讷。监赛判官有些惊讶地看了他一眼，宣布他这一场胜出。

只不过交手几下就获得了胜利，海龙并没有耗费太多的体力，他活动了一下身体，到一旁等候巳阴鬼卒。

他刚站定，巳阴鬼卒就扬扬得意地回来了。

不用问，海龙也知道，他这好兄弟已经顺利通过第一场淘汰赛了。

巳阴鬼卒用力地拍了拍海龙的肩膀，轻叹道："哎，兄弟，输了不要紧，以后你就替大哥我加油吧。不过，真没想到你这么快就输了，我知道你心里难过，就不说你了。"

海龙一掌拍掉巳阴鬼卒的手，没好气地道："去你的，你才输了呢。我那对手笨得很，三两下就被我收拾了。"

巳阴鬼卒一愣，道："被你收拾了？这么快？不会吧？我还费了点力气呢。不错，不错，看来你小子还是有前途的嘛。"

海龙笑道："和我打擂台的勾魂使者实在有些木讷，哪儿有你狡猾？我只不过故意露了一个小破绽，这勾魂使者就上当了。"

巳阴鬼卒显然心情极好，道："什么叫我狡猾？我那是智慧，就你那点小伎俩还想在我面前耍弄吗？休息会儿吧，我们还有第二场。"

第二场比赛很快就开始了，海龙的对手依旧用的惊魂掌，虽然法力并不弱于现在的海龙，但依旧非常笨拙，简单的几下就被海龙借力摔倒在地。

巳阴鬼卒同样获得了胜利，两人都通过了第一天的淘汰赛，还来不及交换一下心得，就匆匆地跑去往生桥值勤了。

海龙站在后面，一时还轮不到他，他看了一眼依旧在仔细看着簿子的崔玉，心道：这判官确实辛苦，自从自己来了以后，还没见他休息过呢。时间还早，自己先修炼一会儿混沌之气吧。

他体内的混沌之气虽然仅有一丝，但在他已经强大许多的意念催动下快速地动了起来。

海龙突然发现，意念强大后是那么美妙，他虽然还不能内视，但已经可以凭借超强的意念控制身体的每一块肌肉。渐渐地，他沉迷在了这种可以掌控一切的感觉中，不知不觉地，意念竟然分成数股，一股催动混沌之气运行，另外的几股意念则分别注意着外面的动静和思考惊魂掌的诀窍。

这种一心多用的神奇感觉令他身心俱爽，最令他兴奋的是，即使将意念这样分开，他依然没有丝毫疲倦的感觉。

海龙体内的这一丝混沌之气，是他凭借至阳之体，按照混沌之气的修炼方法吸收地府鬼气修炼出来的，混沌之气的特性是可以由任何灵气转化，虽然他的火属性混沌之气有局限，但鬼气并不在这个局限内，虽然他以前修炼得来的法力被封印了，那一丝由鬼气转化而来的混沌之气反而非常纯净，只是因为太少，威力才不怎么大。

时间一点一滴地过去了，意念分流后，精神力消耗的速度比原来快了很多，当前面三个勾魂使者去休息时，他已经感觉到疲倦了。但他不惊反喜，他很清楚的是，精神力只有在不断消耗和补充的过程中才会进步。

"快，抓住那个魂魄！"一直十分平静的崔玉突然大声呼喊。

只见一个白色的魂魄飘起，正向远方逃逸。海龙不假思索地大喝道："给我回来！"

那魂魄猛地停在空中，海龙身上仿佛散发着一股吸力，那魂魄在他灼灼的注视下飞了回来。

崔玉惊异地看了海龙一眼，伸手锁住那魂魄的喉咙，沉声道："胆敢在黄泉路上不喝孟婆汤，我惩罚你到第四层地府受苦，押他去。"

两个勾魂使者顿时如狼似虎地扑了上去，崔玉手上发出一道白色的光芒，那魂魄顿时惨叫一声瘫倒在地，任由两个勾魂使者押走。

崔玉看向海龙，淡然道："刚才你用什么法术将那魂魄召回来的？"

身为地府最强大的判官，他还是第一次看到刚才这种情景。

海龙一愣，道："我也不知道，我只是喊了一声，那魂魄就回来了。"他确实不知道，先前正在思考意念力的事，呼喊只是下意识的行为。

崔玉冷哼道："他既然敢不喝孟婆汤，又怎么肯自己回来？你……"说到这里，他突然脸色一变，似乎想到了什么，挥挥手，接着道，"算了，继续执行你的任务。"

说完，他又开始翻他的簿子，魂魄一个接一个从他面前走过，仿佛刚才什么都没发生过。

海龙松了一口气，同时心中一动：是啊！正如崔玉所说，那魂魄既然要逃走，又怎么肯回来呢？难道，真是自己无意中用出了什么法术？他不断回想着当时的情景，他大喊了一声时，所有的意念瞬间集中，虽然他已经很疲倦了，但这股意念力还是非常强大的，然后仿佛有一股无形的冷流从他身体里溢出，紧接着那魂魄就回来了。

难道说，是他的意念力将那魂魄拉了回来不成？

这也太不可思议了。

但这无疑是非常好的现象，影就拥有控物的能力，但那同自己用意念力去控物还是不一样的，她的是异能，异能一旦出现，就不会消失。而他靠的是强大的意念力。意念力削弱后，他就做不到控物。

海龙想到这里，心思就活络了起来，他看了一眼身边的巳阴鬼卒，集中精神，注视着巳阴鬼卒的右手，果然，那股冷流又出现了，在精神集中的情况下，那股冷流缓缓溢出他体外，轻轻地拉了巳阴鬼卒的手一下。

巳阴鬼卒的手轻轻一动。

他立即觉得脑中一阵疲倦，那股冷流随之失去了控制。他瞬间领悟，用意念力控物消耗的精神力是将意念分散的几倍。

巳阴鬼卒仿佛并没有察觉，依旧站在那里。海龙强忍着心中的狂喜，暗道：真是塞翁失马焉知非福啊，如果不是法力被封印，恐怕自己永远也无法发现意念力还能这么用。

意念力强大的好处简直太多了。

要知道，在用法术攻击时，往往会消耗许多法力，如果他用意念力将输出的所有法力都束缚在一起，那他的攻击力无形中就会增强许多。他如同打了鸡血一般，心中充满了兴奋，甚至连疲倦都感觉不到了，现在他就想全身心投入对意念力的练习之中。

漫长的任务终于结束了，海龙疲倦地同巳阴鬼卒来到阴阳塔，接受淡红色雾气的洗礼后，精神恢复到了最佳状态。

巳阴鬼卒疑惑地道："海龙，今天你是怎么回事？怎么你一喊，那魂魄就回来了？"

海龙知道，就算他向巳阴鬼卒解释意念力的事巳阴鬼卒也未必能听懂，他只要努力下去，早晚都会离开这里，还是让巳阴鬼卒过平静的生活吧，所以，他还是不要跟巳阴鬼卒说太多为好。他想到这里，苦笑道："我怎么知道？或许是我嗓门太大，吓到了那魂魄吧。"

"呸！你骗鬼啊！魂魄虽然胆子不大，但也不太可能被大嗓门吓倒。"巳阴鬼卒捶了海龙一拳，"算了，我不问你了，赶快回去吧，咱们再切磋切磋，就又该去参加升判大会了。"

海龙看着巳阴鬼卒，心中一阵好笑，骗他可不就是在骗鬼吗？见他不再多问，海龙也乐得清闲，两人愉快地回了鬼屋。

在升判大会上，海龙和巳阴鬼卒都走得很顺利，前八场几乎没费太多力气就脱颖而出，成了分区的前四名。

在海龙的期盼下，最后的分组令他十分满意，他和巳阴鬼卒分别对阵另外两个勾魂使者，也就是说，他们只要能胜，就可以双双去酆都参加最后一场的淘汰赛。

海龙看着面前的勾魂使者，没有任何担忧，前面遇到的对手虽然一个比一个强，但无非就是惊魂掌熟练一些，吸收的鬼气多一些。仅仅凭智慧，他就可以轻松获胜，所以，他并未将今天的对手看在眼里。

监赛判官一声令下，最后的两场比试同时开始，巳阴鬼卒大喝一声，扑向对面的勾魂使者，同时，那个勾魂使者也扑了过来，两人硬碰硬地对打起来。

海龙这边却非常怪异，海龙同他对面的勾魂使者都没有动，彼此透过头盔盯着对方。

从比赛开始到现在，他一直都是等对方开始攻击后，寻出破绽后发制人，可今天这对手竟然没有主动攻击，他不禁心中凛然，也同时谨慎起来。

海龙对面的勾魂使者淡淡地道："小子，我已经注意你很久了。你还是认输吧，虽然你很聪明，但聪明无法弥补实力的差距。这次升判大会，我一定能升为地府判官。"

以前的比赛都是上来就开打，勾魂使者主动跟海龙说话还是第一次出现。

海龙眉头微皱，看着对方，道："你说这些话是想动摇我的心志吗？那你就错了，我虽然没看过你前面的比试，但是，我对自己有充分的信心。"

那勾魂使者冷笑一声，道："小子，记住我的名字，我叫子丑，是厉鬼。"

子丑骤然前冲，速度竟然是其他勾魂使者的几倍，他的右臂竟然不受重铠的限制，骤然伸长，向海龙头顶抓来。

五根指骨上幽绿色的光芒足足五寸长，他的手臂尚未到，海龙就感觉到头皮一阵发麻。

厉鬼，海龙曾经听巳阴鬼卒说起过。厉鬼刚进入地府时就同普通小鬼不一样，他们在死时心中都充满了极度强烈的怨恨，怨念无法消散，到了地府就会成为厉鬼。

厉鬼是无法重获新生的，他们生性凶残，在地府中没有人愿意同他们来往，他们只能停留在地府，凭超凡的凶煞之气，往往比一般鬼卒要厉害得多。

厉鬼的数量极少，而且大部分生前做了不少恶事，被罚在十八层地府中受苦，永不超生，只有冤死的厉鬼才能在地府任职，海龙没想到自己运气这么"好"，一下子就遇到了一个。

海龙的意念力极为强大，他在回忆着厉鬼的由来之时，也同时做出了反应。他如同僵尸一般向后一滑，同时将吸收的鬼气集中在右腿，朝对方的手臂踢去。

"噗"的一声轻响，他向后翻了一个筋斗，踉跄几步后才站稳身体，对方的鬼气比他强大许多，他体内气血一阵翻涌，他吃惊地看到，护住他腿部的坚实重铠竟然出现了五个凹陷，只要再受一击，似乎就要被穿透。

好强的鬼气啊！

厉鬼子丑的双爪同时从身体两侧扬起，他发出一声凄厉的嘶吼，闪电一般向海龙冲来，双掌带着重重鬼影，朝海龙的头抓去。

海龙不敢硬接，展开逍遥游最基础的步法，在空地中游走起来，不断闪避着对方的攻击。但对方的速度在他之上，他虽然凭着神奇的逍遥游步法，一时不至于落败，但明显已经落在下风，只能用惊魂掌偶尔偷袭一下。

可是，对方的速度实在太快了，而且鬼气充足，根本不是他能对付的。

在鬼气的逼迫下，他根本无法伤到对方。

在速度和力量面前，正如对方所说，智慧几乎没有用武之地。

海龙清晰地感觉到他的体力在不断减少，心中暗想：难道自己真要用那一丝混沌之气吗？即使自己用了，混沌之气如此微弱，能够同对方对抗吗？

突然，他心中一动，想起了在这几天刻苦修炼的意念力。

或许，这新发现的力量能起到一些作用吧。

海龙想到这里，心思顿时活络起来，身体侧移，躲过子丑的一爪，意念集中，他知道他的意念力还不足以控制住对方全身，所以只选择了那只爪子，果然，意念力出奇制胜，对方的爪子被定在了空中。

子丑对这突如其来的变化感到十分吃惊，攻击的速度一下子就慢了许多。

海龙要的就是这种结果！

他将意念力、鬼气集中在右拳，重重地打在了子丑的头上。如果只有鬼气，他绝对打不破除如此坚实的头盔，但意念力发挥出了出乎意料的作用，不但增强了这一拳的攻击力，将子丑的身体击飞，而且竟然刺入了子丑脑海，他能清晰感受到子丑脑海中强烈的怨恨。

子丑重重地跌倒在地，闷哼一声，但厉鬼的身体确实强悍，他扭着有些弯曲的脖子，挣扎着就要爬起来。海龙下意识地想到，如果他起不来就好了。

子丑仿佛接到了命令一般，身体一震，重新躺回地上不再动弹。海龙只觉得脑海中不断传来疲倦的感觉，身体一阵摇晃，他勉强站稳身体，但神志已经有些模糊了，就连监赛判官宣布他获胜时他都没有反应过来，直到同样获胜的巳阴鬼卒将他拖到阴阳塔，他才恢复神志。

体力和精神力在慢慢恢复，海龙不断地喘息起来，他看着身旁的巳阴鬼卒，问道："巳阴大哥，我这是怎么了？刚才我赢了吗？"

巳阴鬼卒点了点头，道："你赢了，咱们都可以到酆都去参赛了，这可是我们勾魂使者最大的荣耀啊！可是，我真不明白你是怎么赢的。我一直很奇怪，子丑那家伙跑哪里去了，怎么感受不到他的气息。

"你不知道，子丑一直是我们区勾魂使者的老大，只是前些日子不知跑哪里去了。本来我还庆幸他没有参加这次升判大会，没想到，他还是来了，而且还成了你的对手。他可是我们这边最强的，你居然能赢他，真是没想到，我拉你出来的时候，他还没醒呢，以后你可要小心了，他在我们这边可是有很大的势力。他绝不会甘心输掉。"

海龙苦笑道："我也不知道自己是怎么赢的，反正不管怎么说，我们都已经成功了，不是吗？巳阴大哥，谢谢你把我拉到这里来。"

"谢什么，我是你大哥，照顾你难道不是应该的吗？"巳阴鬼卒没好气地捶了海龙一拳。

此时，海龙心中一直在想：先前到底是怎么回事？似乎是自己的意念力摧毁了对方的意志，让他陷入了昏迷之中，意念力还能这样用吗？看来，自己本身就是一个巨大的宝库，如果自己能将这宝库完全开启，冲破封印就是非常容易的事了。海龙想到这里，心中一阵舒畅，道："巳阴大哥，咱们该上岗了吧？要是我们迟到了，恐怕崔玉大人会发怒。"

巳阴鬼卒嘿嘿一笑，道："不用上岗了，我们得到了去酆都的参赛权，所有任务都由其他兄弟代替执行，我们只需休息几天，就可以去酆都了。哎，一想起酆都我就兴奋，要知道，我们伟大的十王可都在那里啊！要是我们从升判大会中脱颖而出，得到哪位王的指点，今后我们就可以成为地府中举足轻重的人物了。"说着，他开始兴奋地手舞足蹈起来。

海龙无奈地摇了摇头，道："单是在我们这里，那厉鬼子丑就这么难对付，到酆都参赛的勾魂使者们恐怕都不是弱者，想进前五谈何容易，我们尽力而为就是了。后面的比赛什么时候开始？从这里到酆都有多远？"

巳阴鬼卒道："这话倒是在理，不过，我相信以咱们的实力，还是有一拼之力的。距离比赛开始还有一个月的时间呢，从我们这里到鄷都，只需要五天就能走到。回去后我们要好好修炼一段时间，这样把握就更足了。"

海龙笑道："那还等什么，我们赶快回去吧，时间可是不等人的。"

一个月后，鄷都。

鄷都是地府最重要的地方，地府十王全都居住于此。从外表上看，除了充满了阴森鬼气以外，这里就像一座人界的大城池。不断有形形色色的鬼卒、鬼兵来回穿梭。

鄷都也是唯一拥有地府居民的地方，一些无法新生的魂魄都会聚集于此。

海龙和巳阴鬼卒好奇地走进了鄷都，巳阴鬼卒显然不是第一次到这里来，不断给海龙介绍着周围的一切。

"海龙你看，那就是无头鬼，他们虽然没有脑袋，但还拥有一定的智慧，同长舌鬼一样，都是鄷都最常见的居民。"巳阴鬼卒指着一个没有脑袋，晃动着身体前行的魂魄道。

海龙已经习惯了地府中的种种奇闻，笑道："看来在地府最大的好处就是死不了，连脑袋没了都能生存下来。巳阴大哥，我们已经来晚了，赶快到升判大会举行的地方去吧。否则误了比赛，咱们就没机会成为判官了。"

得到了前来鄷都的参赛权以后，海龙同巳阴鬼卒都进入了闭关修炼状态，当他们醒来时，距离升判大会举行只有四天了，这些天来两人拼命赶路，才在最后时刻赶到了鄷都。幸好鄷都中有四座阴阳塔，他们才没有力竭的危险。

巳阴鬼卒点了点头，道："是啊！我们赶快走。今天是最后一场淘汰赛呢，希望对手不要太强才好。"

海龙笑道："你不是对自己很有信心吗？怎么还会怕对手强？"

巳阴鬼卒没好气地道："我不是怕，难道省些力气不好吗？这一个月你小子不知道在干什么，连门都不出，待会儿别输了丢人才好。"

海龙道："只要你自己别丢人就行了，我的目标可是挺进前五。"

巳阴鬼卒轻车熟路地在前面带路，海龙紧随其后，两人很快就来到了酆都的西侧。

在这里有一个巨大的校军场，升判大会就是在此举行的。已经有近三千个勾魂使者在这里集合好了，负责守卫的判官刚准备封门，就看到海龙和巳阴鬼卒风风火火地冲了过来。一个判官皱眉道："你们怎么这么晚？"

# 第158章
# 酆都

　　巳阴鬼卒将自己和海龙所在区域的参赛牌递了上去，赔笑道："我们不是故意迟到的，只是有些事耽搁了，还望判官大人通融。"

　　那判官很好说话，核实了他们的参赛牌后就将参赛牌递了回去，努了努嘴，道："你们赶快进去吧，再晚一点就来不及分组了。"

　　海龙和巳阴鬼卒谢过判官，快速冲进了校军场。

　　这里其实就是一大块空地，周围环绕着黑色的高墙，三千勾魂使者整齐地排列在那里，前方一个高台上，一个一身黑衣，头戴尖顶长帽，脸色惨白的鬼正在宣布分组情况。

　　巳阴鬼卒告诉海龙，台上的那个，就是比判官还高一级的无常。几乎所有无常都是地府十王、鬼王，以及阴王的弟子，他们的修为远在判官之上，在地府中都有很高的地位。

　　巳阴鬼卒和海龙连忙到一旁交上自己的参赛牌，排到了队伍的最后面。由于人数众多，最后一场淘汰赛正式开始前，无常光宣布比赛顺序就足足用了一个时辰。海龙和巳阴鬼卒再次气运爆发，对手都是比他们早进来一会儿的勾魂使者。由于地方有限，只能容纳一百人同时比赛，海龙和巳阴鬼卒也乐得清闲，在一旁休息起来。同他们俩比试的两个勾魂使者显然也是认识的，在一旁不断打量他们，显然在判断他们的修为。

海龙并未在意对方的目光，将注意力集中到比赛场上，此时，第一场比试已经开始了。这最后一场淘汰赛果然同区域赛不一样，每一场比试都打得非常激烈，整个校军场中幽绿色的鬼气纵横，不断传来凄厉的吼叫声。

海龙看了一会儿，扭头向巳阴鬼卒道："巳阴大哥，我先休息一下，等轮到我们的时候你叫我。"说着，他闭上了双眼。意念一动，他就进入了心如止水的状态。巳阴鬼卒有些诧异地看着他，头盔下的面庞上露出一个淡淡的微笑。

海龙体内的混沌之气在快速运行，由于周围鬼气充盈，海龙吸收起来要比在鬼屋中快得多。

这一个月的时间并没有白费，在来酆都之前，海龙惊喜地发现，他已经恢复了内视的能力。

拥有了内视的能力，他就能看清体内的一切。

他发现，在他的灵台处有一个红色光团，光团之外，有一层七彩光芒，显然七彩光芒就是封印住他法力的禁制。一路行来，每次休息的时候，他都试着用意念力配合混沌之气攻击封印禁制，他知道，只要他能将封印禁制破开一点，联系到里面的红色光团，那这封印禁制就可以轻易破除。

但是，托塔天王所下的封印禁制又岂是那么容易破的？

七彩光芒虽然看上去并不强大，但实际上比海龙以前见过的任何禁制都要坚韧得多。而且，这七彩光芒中似乎还蕴含着一股澎湃的火之力，海龙那丝混沌之气一攻到，立刻就会被这股火之力融化。

先后试了几次并失败后，海龙明白，以他现在的情况，不论他如何努力，都是不可能突破这个封印禁制的。

他只能不断吸收鬼气，修炼混沌之气，等混沌之气强大以后再破解封印禁制。

尽管对托塔天王的封印禁制无可奈何，但海龙还是对他进步的速度很满意，毕竟只是一年的时间，他就恢复了内视的能力，这样下去，再修炼一段时日，他总是能够破解封印禁制的。如今，当务之急就是尽快达到此行的目的，学到那三种地府绝学。

海龙不断将外界的鬼气融入体内。

鬼气虽然是灵气的一种，但跟混沌之气完全不是一个级别，每得到一丝混沌之气都需要转化极为庞大的鬼气。现在海龙体内的混沌之气虽然比一个月前多了一些，但也微不足道。

好在他的意念力有了长足的进步，在地府中，他完全可以心无旁骛地修炼，意念前所未有的集中，现在，除非做极为损耗意念力的事，否则，他根本不会感到疲惫。

当海龙清晰地感觉到他体内的混沌之气比先前多了一些，意念力也更为强大之时，他被巳阴鬼卒叫醒了。他伸展了一下有些僵硬的身体，向巳阴鬼卒道："轮到咱们了吗？"

巳阴鬼卒点了点头，道："兄弟，你可真能睡啊，足足睡了一整天。马上就要轮到咱们了，我观察了咱们的对手，那两个家伙虽然比不上子丑，但恐怕也不好对付，待会儿你可要小心一些。"

海龙知道，巳阴鬼卒虽然经常取笑他，但是真正关心他的人，他点了点头，道："巳阴大哥，你也要小心。我们一定能成功。"

终于，轮到他们出场了。

这是最后一场淘汰赛的最后一场比试，海龙和巳阴鬼卒分别在校军场东西两块相距较远的地方参加比试。在高台上的黑无常宣布比试开始后，最后一场比试正式拉开了帷幕。

海龙的对手比他还要高大许多，他哭笑不得地发现，惊魂掌在他这对手手中用出时，竟然成了大开大合的掌法，虽然这种用法让惊魂掌失去了诡异，但对方凭借对鬼气凝聚的充分认识，给他带来了很大的威胁。

对方每一掌拍出时带起的鬼气都足以损坏他身上的重铠。

以前不论是在人界还是在仙界，海龙最喜欢的应敌方法都是硬碰，可现在在法力不如对方的情况下，他又怎么能硬碰呢？他只能用对付厉鬼子丑时的办法，以逍遥游的基础步法围绕着对方游走。

由于对方比较高大，显得有些笨重，所以他也不是全无机会，他先后几次利用灵活的身法躲到对方无法顾及的死角攻击到对方，但对方不光有坚实的重铠保护，而且身体也极为强韧，受到他的攻击，竟然连晃都不晃一下，他心中暗叹：看来，自己不用意念力攻击是无法将对手击败了。

海龙趁着对手再次凶猛地扑过来时，飞身而退，双手在胸前划了一圈，聚集了一团幽绿色的鬼气，然后猛地将鬼气向对方掷去。

对方不屑地哼了一声，暗想：这种力度的攻击，根本连自己的重铠都伤不到。他索性不躲，身体一转过来，就迎着鬼气冲了上去。

突然，他感觉脑海仿佛被尖针用力地刺了一下，这种疼痛太剧烈了，他顿时失去了知觉。鬼气袭到后，他高大的身体顿时重重地向后倒去。

海龙站直身体，对意念力的攻击力极为满意，虽然对手身体强悍，但脑海没有防御力，意念力没有任何先兆的攻击顿时刺激得他晕了过去。

海龙获胜后，就迫不及待地去寻找巳阴鬼卒，巳阴鬼卒的比试还没有结束，而且打得非常激烈。当海龙赶到时，巳阴鬼卒还在和对手硬碰硬地攻击着，双方身上的重铠都有些扭曲变形了，可见承受了多么强的打击。

海龙大声呼喊着给巳阴鬼卒加油，巳阴鬼卒听到他的声音，变得兴奋起来，攻击变得更加凶猛了。终于，在他一记重拳揍上对手的胸口时，对手再也撑不下去，重重地摔倒在地。

赛后，海龙和巳阴鬼卒到判官安排的住处休息，一进入房间，海龙就拉住巳阴鬼卒问道："巳阴大哥，以前我怎么没发现，你的身体竟然这么结实？你可不知道，我遇到的那家伙防御力有多么强，你的那个对手，似乎也不弱。"

巳阴鬼卒得意扬扬的地道："今天知道你大哥我的厉害了吧？与咱们对上的那两个勾魂使者都是铁身鬼，身体防御力非常强，很不好对付。不过，有一件事我一直没告诉你，你大哥我也是铁身鬼。以前你和我能打成平手，都是我在让你。"

海龙疑惑地道："是这样吗？你是成心不告诉我的吧？"

巳阴鬼卒干笑两声，不再多说。

海龙心中不由产生了几分疑惑。他发现，他越来越看不透他这巳阴大哥了。巳阴大哥的力量似乎会随着对手的变强而变强。

之后的比赛顺利得多，海龙凭着他的意念力和灵巧的身法，一一击败对手，成功地挺进了前十，巳阴鬼卒的比赛验证了海龙的疑惑，巳阴鬼卒虽然遇到了不少强悍的对手，但总能在最后关头将对手击败，也进入了前十。

明天，就是决定哪五个勾魂使者可以成为地府判官的时刻了，但海龙心中始终如同压着一块大石头一般很压抑，他几乎可以肯定，巳阴鬼卒定然有什么事情瞒着他。

他一直将巳阴鬼卒当兄弟看待，可巳阴鬼卒有事欺瞒他，他心中不断传来阵阵疼痛。

"兄弟，我回来了。"巳阴鬼卒一进门就先向海龙打了一个招呼，"我已经帮你打听清楚了，明天你的对手是一个无头鬼，你可要小心了。"

无头鬼？这样的对手海龙还是第一次遇到，既然对方没有脑袋，他就不能用意念力击败对方了，只能用别的办法。此时他的心已经不在比赛上了，他站起身，走到巳阴鬼卒面前，用双手抓住巳阴鬼卒的肩膀，正色道："巳阴大哥，我有一件事要问你，你一定要老实地回答我。"

巳阴鬼卒一愣，道："什么事？我的事你还不清楚吗？有什么可问的？"

海龙沉声道："巳阴大哥，自从我到地府后，我们就从来没有分开过。你对我的帮助，我始终铭记于心，我也一直都将你当成亲兄弟看待。所以，我希望你不要对我有所隐瞒，我已经忍了许多天了，如果我没猜错，明天只要我能获胜，你也一定可以成为地府判官，对不对？告诉我，你到底有什么事情瞒着我，只要你肯说出来，我们依然是好兄弟。巳阴大哥，你知道吗？我最恨的就是欺骗。"

巳阴鬼卒身体一震，但他很快就冷静下来，轻笑一声，道："兄弟，我知道你总有一天会发现的，但没想到这一天竟然来得这么快。不错，我确实有些事情瞒着你，但现在还不是将那些事告诉你的时候。但有一点你要相信我，这一年以来，我也同样把你当成亲兄弟看待，我对你，始终没有任何不良的居心。你不要再问，也不要多说，明天，是决定你是否能成为地府判官的时刻，只要你能成功当上地府判官，我就将心中的秘密告诉你。你如果是一个男子汉，就答应我的要求。"

巳阴鬼卒停顿了一下，微笑道："我在没进入地府前，俗家姓刘。"

海龙轻叹一声，道："巳阴大哥，我知道你是没有恶意的，而且我也能猜到，你一直待在我身边，肯定同我师伯有关。我不再多问，希望明天你能如约将所有的事情都告诉我，始终处于猜忌中，实在是一件痛苦的事情。我答应你的要求。"

巳阴鬼卒点了点头，道："好，不愧是我的兄弟。不过，我要提醒你，你明天的对手非常强大，而且是无头鬼，你那意念力攻击除了能减缓对手的攻击速度以外，起不到太大作用，你自己可要多加小心。我也很希望明天你能够顺利成为地府判官。"

海龙听了巳阴鬼卒的话，身体剧震，失声道："你、你怎么知道我在比试中用的是意念力？"

巳阴鬼卒淡然一笑，道："我们相处了一年，如果连这点我都不知道，我也枉称为……"说到这里，他停顿下来，"海龙，明天一切就有答案了，为了这个答案努力吧。我只希望你记住一件事，不论何时，我都是你最好的兄弟，这是不会改变的。"说完这句话，他推门而出，门重重地关上了，但难以关住海龙心中的疑惑。

虽然海龙猜想过很多可能，但巳阴鬼卒的话实在令他太吃惊了。要知道，意念力是他从来没有宣之于口的秘密，他实在不明白，巳阴鬼卒到底是用什么方法知道的。对于他这巳阴大哥的神秘，他心中不由得生出了一丝恐惧。

海龙深吸一口气，努力不再去想这些，毕竟，当明天他成为地府判官时，一切都会水落石出。

无头鬼是吗？好，我就先击败你再说。他想到这里，对胜利的渴望空前膨胀，既然巳阴鬼卒已经提醒过他，那明天这场比赛一定非常艰难。

酆都城西校军场，今日将是决定哪五个勾魂使者能够升为地府判官的重要时刻，按照以往的情况，凡是能通过升判大会成为地府判官的勾魂使者，都会得到地府重用，有些甚至会得到地府十王的赏识，直接升成无常。

毕竟，能从上百万勾魂使者中脱颖而出，必然是地府中不可多得的人才。

校军场已经被划分为五块，五场比试将同时进行。在正面的高台上，摆放着十二张大椅，校军场周围，早已经围满了勾魂使者，他们都想看看，最后到底谁能升为地府判官。

海龙神清气爽地走出房门，巳阴鬼卒一晚都没有回来，他知道，现在多想没用，只有今天获胜，他才能得到答案。刚出门，他就碰到了不速之客。

十一个勾魂使者将他围在中间，为首的，正是在区域赛时被他用意念力击败的厉鬼子丑。

这十一个勾魂使者谁也没有吭声，隐藏在头盔下的幽绿色光芒若隐若现。海龙心中暗暗苦笑：子丑你什么时候来找我报仇不好，偏偏要选择今天这么重要的时刻。他的意念力在这段时间已经取得了长足的进步，击败这十一个勾魂使者并非不可能，但是，就算他能用意念力让这十一个勾魂使者丧失行动能力，精神力也会消耗极大，这样一来，他还怎么去参加今天的决赛？决赛就要开始了，他根本来不及去一次阴阳塔。

子丑突然伸出手，拍向海龙的肩膀，海龙肩头一沉，右脚向后滑动，躲开了子丑这一拍。

子丑显然愣了一下，无奈地摇了摇头，道："海龙兄弟，你别误会，我今天来并没有恶意。"

海龙听了他的话，不禁一呆。没有恶意？没有恶意你带这么多人来干什么？

子丑看出了海龙心中的疑惑，叹息一声，道："我们这次到酆都来，擅自离开岗位，回去后一定会受到处罚。本来，我确实是想带着这些兄弟报复你，因为，你剥夺了我成为地府判官的机会。其实我们早就到了，酆都的比赛已经进行了一个月，虽然我们看不到你比赛的具体情况，但都知道每天的结果。当初，你不知道用什么方法击败了我，我心中着实不服气。但是，随着你的名字不断出现在胜利榜上，我就知道我错了。不论是在什么地方，'侥幸'这两个字根本不能替失败开脱，你能走到今天这一步，是你自身实力的体现。现在我已经认清了失败的事实，对你心悦诚服。我知道你和巳阴关系很好，你愿意多我这么一个朋友吗？"

突如其来的变化令海龙有种啼笑皆非的感觉，他真是以小人之心度君子之腹了，他伸出大手，在子丑的手上拍了一下，微笑道："多一个朋友总比多一个敌人要好，我为什么不愿意呢？今天去替我加油吧。子丑，相信我，我既然剥夺了你成为地府判官的机会，就一定会替你完成这个心愿。我们已经是朋友了。"

子丑是被冤死的厉鬼，心中一定有很深的悲哀，他从来没有将子丑当成敌人看待过。

十一个勾魂使者同时欢呼一声，子丑大喝道："你这家伙起这么晚，还不赶紧的，决赛可就要开始了。来，兄弟们，我们抬着他去。"

酆都大街上出现了奇异的一幕，十一个勾魂使者抬着一个勾魂使者飞快地朝酆都城西校军场而去，他们所过之处，酆都居民们都不禁侧目相看。

重铠发出整齐的声音，子丑等十一个勾魂使者全力奔跑着，一会儿的工夫，他们就来到了校军场外。

十一个勾魂使者将海龙放了下来，子丑沉声道："海龙，记住你刚才对我的承诺，今天不论如何你都要得到升为地府判官的机会，否则，我们兄弟可不会原谅你。你不光是代表你自己，也是代表咱们整个区域，巳阴那家伙也不知道跑哪里去了，估计已经进去了，你也赶紧去吧。"

由于他们是淘汰赛的失败者，所以他们并没有进去观看比赛的权利。

海龙拍拍子丑的肩膀，笑道："别的我就不说了，你们只需要等待我胜利的好消息就足够了。"说完，他大步走了进去。

当海龙进入校军场内后，第一眼就看到了巳阴鬼卒，巳阴鬼卒站在离他不远的地方，同一个勾魂使者对视着，连看都没看他一眼。

"海龙使者，赶快到你自己的位置去，你已经来得很迟了。"负责督导比赛的黑无常沉声道。

海龙答应一声，跑到了他的比赛场地。

他上下打量着他的对手，确实如巳阴鬼卒所说，他的对手是一个无头鬼，身材中等，无头鬼穿着厚重的铠甲，没有脖子，双肩中间的血似乎还没有干透，如果不是他早已经适应了地府，恐怕还没比赛就先要吐了。

无头鬼既然没有脑袋，自然也没有眼睛，但海龙能清晰地感觉到，无头鬼在不断地观察他。

站在高台上的黑无常突然朗声道："所有地府人员听令，恭迎地府十王、鬼王大人和阴王大人。"

海龙听到黑无常的话，心中顿时兴奋起来，地府十王、鬼王和阴王，可都是地府的中坚力量啊！所有的勾魂使者都躬身低头，海龙偷偷看去，只见鬼王王方平第一个登上了高台，在他身后，是一个脸色发青的中年人，身上的装束同王方平一样。在鬼王、阴王之后，十个体态相似，一身青色长袍的老者们登上了高台，他们的脸都被黑雾挡住了，无法看清。

黑无常恭敬地将十二王引到早已经摆放好的大椅子前后，转身面向在场的勾魂使者，道："在场的都是地府勾魂使者中的佼佼者，由于在地府中地位较低，所以绝大多数人都没有见过地府十二王。今日，我就替你们引见一下。第一位，鬼王王方平，第二位，阴王阴长生。另外十位，就是大家都知道的地府十王。从第三位开始，依次是秦广王、初江王、宋帝王、平等王、伍官王、地府王、泰山王、都市王、变成王、五道转轮王。所有勾魂使者，大礼参拜。"

勾魂使者们纷纷拜倒在地，海龙也不例外。

毕竟，现在他只是地府中一个小小的勾魂使者而已。

虽然他的法力被封印了，但他还是可以清晰感应法力的高低。他发现，在高台上的十二王中，修为最低的就是鬼王王方平，按照黑无常介绍的顺序，越往后，修为越高。在场修为最高的，就是五道转轮王，而人间广为流传的地府王只是排在第五位而已。

怪不得师伯说地府实力强大，不算鬼王和阴王，那地府十王，哪一个的修为都不在梦云仙子之下，为首的五道转轮王和变成王似乎比在仙界时的他还要强大一些，应该已经步入大神通领域了。

鬼王王方平冲黑无常挥了挥手，道："开始吧。"

"是，鬼王大人。"黑无常恭敬地答应一声，转向在场的勾魂使者们，"众使者起身，升判大会最后一场，开始。"

黑无常话音刚落，海龙就突然发现那无头鬼不见踪影了，紧接着，他背后传来一股大力，他应声扑向前方，意念一动，他落在地上时轻巧地翻滚一圈，顿时化解了大部分冲力。

他不禁暗自惊呼：好快！

没等他多想，背后再次传来一股劲风，他没有任何犹豫地施展逍遥游，闪过了无头鬼的攻击。

无头鬼从海龙身旁滑过，单脚点地，身上的重铠仿佛没有重量，根本无法影响他的行动，他抢起右腿，直接踢向海龙的头侧。

逍遥游虽然神妙，但此时海龙无法展现其千分之一，眼看无头鬼的重腿将至，无奈之下，他只得用出了意念力，无形冷流涌出，在他面前化成一面盾牌，挡住了无头鬼的重腿。

盾牌碎裂时，无头鬼的腿已无力，不能再攻到他身上，他心中一喜，知道意念力又进步了。

机不可失，他猛地扑出，朝刚落到地面的无头鬼扑去，双掌诡异地一翻，带着幽绿色的鬼气扑向无头鬼。

奇怪的是，那无头鬼并没有闪躲，海龙的双掌同时拍在无头鬼肋下，但是，令海龙吃惊的事情发生了，接住他全力的一击后，那无头鬼只是身体一晃，一步都没有退，抬起右腿，将他重重地踢了出去。

胸口传来一阵剧痛，海龙只觉喉头一腥，顿时喷出一口鲜血，重重地摔在了地上。

在无头鬼踢中他的时候他就明白了，他的对手不光是无头鬼，同时也是一个铁身鬼。这样的对手让他怎么对付？意念力除了延缓对方的攻击外根本起不到什么作用，怪不得巳阴鬼卒要提醒他。

海龙在地上打了一个滚，躲过无头鬼的一记重踩，摇摇晃晃地站了起来，他突然格外想念在仙界时风光的日子，而现在，一个小小的勾魂使者都能将他逼得这样狼狈，如果他的法力没被封印，这样的无头鬼他一下能打百个！

无头鬼接连几次攻击都被海龙用意念力配合逍遥游化解了。但是，刚才那一记重腿令海龙受了不轻的伤，护住他胸口的铠甲已经被踢破了。疼痛感不断传来，他感觉他的身体越来越沉，似乎随时都有可能崩溃。他知道，现在他只能孤注一掷了，不论他是成功还是失败，今天的比赛都将结束。

无头鬼在空中一个翻转，又向海龙踢来一脚，无头鬼的目标，正是海龙盔甲破裂的地方。海龙眼中闪过一道冷光，他没有闪躲，看着那只穿着铁靴的大脚不断逼近。无头鬼的脚尖处闪烁着强烈的幽绿色光芒，显然这一脚集中了无头鬼全部的力量。

无头鬼的脚重重地踢在了海龙重铠破裂的地方，海龙显然早有准备，将所有的意念力都集中在胸口部位，布成一道厚实的防线。但是，之前为了对抗无头鬼，他的意念力已经消耗太多了，再加上这一脚集中了无头鬼全部力量，所以他被击中的胸口顿时一阵麻木，麻木过后，剧烈的疼痛骤然传来，他听到了骨头碎裂的声音。

意识一片模糊，失败了吗？我失败了吗？不，我不能败，我还没有得知巳阴大哥的秘密，我不能败。

海龙猛地睁大了双眼，浴血奋战。他左手紧紧地抓住无头鬼腿上的铠甲，而他的右手骤然发生了变化。护着右手和右臂的重铠瞬间被撑破了，在周围勾魂使者们惊讶的注视中，他的右臂骤然变成了深紫色，右手握成拳，他没理会不断发力的无头鬼的腿，一拳重重地轰在了无头鬼的胸膛。

一股紫色的气流骤然而出，巨响声中，无头鬼的上半身被炸成了飞灰，他从无头鬼升级为无身鬼了。

海龙踉跄了几步，接连喷出几口鲜血，但是，他并没有倒下去，是的，在最后关头，他凭毅力支撑住了身体，用体内为数不多的混沌之气刺激龙翔臂，发出暴击，一举打败了他的对手。

身体一晃，再晃，当海龙看到监赛判官宣布他获胜时，他终于再也无法支持下去，重重地倒在尘埃之中，在晕倒前的瞬间，他朝着巳阴鬼卒那儿看去，心中在想：巳阴大哥，我赢了，你可要说话算数啊！

很快，他进入黑暗之中，失去了所有知觉。

## 第159章
# 一切随缘

清凉的气流不断传入体内，海龙只觉得身上轻松不已，他的记忆还停留在昏倒之前，他下意识地大喊道："巳阴大哥，巳阴大哥。"

又是一股清凉的气流传入体内，海龙身体一震，缓缓睁开了眼睛，周围虽然有些昏暗，但他还是能看清周围的一切。

他竟然在校军场的高台上。

而他面前，端坐着地府的十二王。

二十四道没有包含任何感情的目光聚集在他身上，他们似乎在观察着什么。

鬼王王方平淡然道："海龙使者，我宣布，从今天开始，你就是地府判官了。在你醒来之前，其余四个勾魂使者已经受到了封赏。本次升判大会的参与人数为历届之最，能夺得最后的胜利尤为不易，我们允许你提出一个我们职权之内的条件，这是对你额外的赏赐。"

狂喜瞬间淹没了海龙的心，一个职权之内的条件？他的要求并不高，只是希望学到哭丧棒、追魂剑和烈火鞭而已，这个要求地府十二王是一定能够满足他的啊！他不再犹豫，正要开口提出时，一个熟悉的声音突然在他耳边响起："海龙，子丑他们为了给你加油擅离职守，现在已经被抓走了，你快求鬼王大人赦免他们吧，否则，他们恐怕会受到极为严厉的处罚啊！"

海龙一下子就认了出来，这正是巳阴鬼卒的声音。

海龙听到巳阴鬼卒的话，有些茫然起来，他该怎么办？子丑不过是他刚认识的朋友，难道他要为一个刚认识的朋友放弃这个千载难逢的好机会吗？他如果抓住这个好机会，就可以学到渴望已久的三大绝学。那样的话，他就有可能早日破解托塔天王的封印禁制，能够早些回到仙界去。只要有理智，自然知道应该选择什么。

海龙第二次张口，看着鬼王王方平，道："我……"

王方平淡淡地道："这很难决定吗？你可以把条件提得高一些，只要是我们能够做到的，我们一定会答应。我说出的话，从来没有不算数的。"

海龙心中充满了苦涩，他深吸一口气，做出了决定。

"鬼王大人，为了给我加油，和我同区域的十一个勾魂使者擅离职守，我希望您能赦免他们的罪过，这就是我的条件。"

内心经过激烈的挣扎后，海龙艰难地做出了选择，他相信，机会总是有的，他绝对不能为了自己不顾朋友，毕竟，不论什么时候，他都是一个重情重义的人。明知道这样做对他没有实际好处，但他还是如此选择了。

王方平脸上露出一丝惊讶，他道："就是这个要求吗？难道你不想学地府高深的法术吗？这对你来说可是一个不可多得的机会。要知道，在地府中，实力才是能说明一切的。这个机会可只有一次，失去了，就永远都无法再有。"

海龙既然已经有了决定，心也就放宽了，他微微一笑，道："多谢鬼王大人提醒，不过，我已经下定了决心，绝不会改变。在我心中，兄弟之情远比切身利益重要，尽管我与他们认识的时间不长，但我觉得，这是值得的。如果我不能将兄弟摆在利益之前，我就不配当他们的兄弟。"

鬼王冷硬的面庞上露出一个笑容，他道："有意思，你很有意思。好，如你所愿，我们会赦免你那些朋友擅离职守之罪。而且你判官的身份不会变。"

海龙刚想谢过鬼王，周围突然升起大片的雾气，他不明所以地呆立着，一会儿的工夫，雾气就笼罩了整个校军场，在场所有的勾魂使者都融入了雾气之中，消失不见，雾气蔓延到他和地府十二王十五尺外时却再也无法向他们逼近半步。

鬼王王方平第一个站了起来，紧接着是阴王阴长生，地府十王也陆续起身，海龙只觉得眼前一花，他就被地府十二王围在了中间，此时他根本没有生出一丝抵抗的念头，如果这些地府强者真要对他不利，他抵抗也是徒劳的。就算处于最佳状态，他也绝不可能同他们抗衡。毕竟，十二王是除了地府祖师以外地府最强的人。

鬼王王方平面带微笑，向海龙点了点头，道："不错，很不错，你让我们非常满意。不愧是斗战胜佛的徒弟，镇元大仙的话很对，现在你的心志已经成熟了，毅力也超出常人。"

海龙不动声色地道："那这么说，你早就知道我的身份了，是吗？我经历的一切都是你们安排的吗？"

王方平道："是也不是，不过你遇到的绝大部分意外都是我们安排的。你经过我们的重重考验后，今日才能站在这里。否则，你以为我们地府的绝学是能轻易外传的吗？在刚进入地府时，你法力全失，难免会不适应，但你丝毫没有气馁，而是不断努力，甚至领悟了意念力的运用之法，这是目前连我们也没有做到的。尤其是，你在面对新生潭时，没有选择就此逃脱恢复法力，令我们非常佩服，那时，你就已经通过了第一关。"

海龙只觉得背后直冒冷汗，他尽量让气息平稳一些，问道："那如果当时我选择跳入新生潭中，我会变成什么样子？"

鬼王王方平显得很淡漠，看着海龙道："如果当时你跳下了新生潭，那你将恢复法力回到仙界，重新做你的仙人。但是，你也将永远失去学习地府绝学的机会，我们已经给了你机会，是你自己坚持不下去，即使是镇元大仙，也怪我们不得。"

海龙深吸一口气，暗道：幸亏自己没有选错，否则师伯的一番苦心就白费了。

"那这么说，之后的一切都是对我的考验了？"

王方平道："你也可以这么说。你在同巳阴鬼卒一起修炼的一年中，展现了超人的禀赋，以一个凡人身份开始，努力修炼，最终成了勾魂使者中的佼佼者，这是很不容易的。在你刚参加升判大会的时候，你参加的每一场比试都是真实的，你面对的勾魂使者没有一个曾手下留情。厉鬼子丑鬼卒是你前一阶段的最后考验，即使压力很大，你也没有畏惧，而且对意念力有了新的领悟，击败子丑鬼卒，成功来到了酆都。"

海龙的脸色沉了下来，他突然想到了一个问题，凝视着王方平道："鬼王大人，如果一切都如您所说，那么，巳阴大哥也是你们安排的人了。他同我之间的兄弟之情难道都是假的吗？"

他回想着这一年多来巳阴鬼卒对他的关心照顾，顿时心中一阵绞痛，难道那些都是假的吗？

王方平眼中露出一丝怪异，神色有些无奈，他道："你们之间的兄弟之情是真是假不是我能判断的，有机会，你还是问他自己吧。今天是我们对你最后的考验，一个是考验你的能力，你成功了。我们都知道你在仙界时修炼的混沌之气全被封印住了，但没想到你这么快就能重新修炼出了一些，并成功地将实力相当于高级判官的无头鬼打成重伤，你很奇怪吧？明明你将无头鬼的上半身都打没了，为什么我会说他只是重伤。

"你不要忘记，这里是地府，在这里想变成活人不容易，但已经是鬼了，又怎么会再死一次呢？没有我们的允许，任何鬼都不可能轻易魂飞魄散。一个是考验你的心性，你也成功了。最让我们欣慰的是你在应对无头鬼后的表现，如果刚才你提出另一个条件，不是为子丑他们求情，或许你同样能学到地府绝技，但是……"

说到这里，他突然停顿下来，眼含深意地看了海龙一眼，没有再继续说下去。

海龙心中一动，惊喜地道："那这么说，虽然我已经用完了那个条件，但你们还是愿意将地府绝技传授给我吗？"

　　他的心热了起来，如果他真的能学到地府绝技，那之前发生的一切就不算什么了。

　　只是，他怎么也想不明白巳阴鬼卒的事，就算地府要时时考验他，也没必要让一个勾魂使者对他这么好啊！

　　王方平微微一笑，道："并没有那么容易。现在你已经是地府判官了，我可以收你为徒，传授你哭丧棒法。你也可以选择拜其他王为师，学习地府绝技。但是，你只能选择一个。我们十二个人中，只有一个能助你实现梦想。你如果选错了，恐怕就无法学到神人鬼了。"

　　话音一落，地府十二王就绕着海龙转了起来，王方平的声音再次响起："你可要好好选了，如果错了，就没有下次机会。"

　　海龙心中苦笑：这让自己怎么选啊！自己对地府的这些王者一点都不了解，怎么可能一次就选对呢？他不由得问道："鬼王大人，您是不是应该给我一些提示啊？否则，就这么让我选，对我有些不公平吧？现在我连各位的名字都有些记不清楚呢。"

　　"一切随缘，如果你与地府有缘，自然能够做出正确的选择，否则的话，你也怪不得我们不将绝学传授给你。选择吧。你只有一次机会。我可以再向你说一遍我们的名讳，除了我和阴王以外，十王的称号分别是秦广王、初江王、宋帝王、平等王、伍官王、地府王、泰山王、都市王、变成王、五道转轮王。你自己记清楚了。"

　　十二王转动的速度更加快了，此时海龙的意念力已经极为强大，虽然他眼前的身影在不断变换，但他没有一丝头晕眼花的感觉，意念不断集中，他凝神注视着每一个从他身前闪过的地府王。时间渐渐过去了，他失望地发现，地府十二王都是一脸淡漠，不论他观察得多么仔细，都无法从他们身上发现一丝破绽。随着时间的推移，他的眼睛渐渐有些酸涩了，注意力过度集中，对他的意念力消耗极大，此时他已经有些疲倦了。王方平的声音再次响起："海龙，你选择好了吗？我们不可能无休止地在这里等待。"

海龙脑海中犹如划过一道闪电，他暗道：与其这样耗下去，自己还不如拼一下，说不定，自己的判断是正确的。他想到这里，就不再犹豫，正色道："各位不必再转了，我已经想好了。我的选择，就是地府王大人。"

十二王停止了转动，王方平眼露惊讶之色，道："海龙，你真的想好了吗？你确定要选择地府王？你要知道，真正的地府和人间的传说是不一样的。在我们地府十二王中，地府王的实力只排在第五。现在你如果要改，还来得及。"

海龙微微一笑，道："鬼王大人，我发现地府的人真是单纯得可爱，如果您不说这句话，我或许还有些犹豫，您这么一说，我就可以肯定，我选对了。至于原因嘛，有两个。首先，地府王大人是人间传诵最广的王，我想，地府王大人身上总有一些神奇的地方。其次，就要谢谢鬼王大人了，我本来只是赌运气的，经您这么一说，我就知道我的选择是正确的。"

他充满信心地看着王方平，等待王方平的确认。

没等王方平说话，地府王就从十二王中走了出来，地府王无形的威严令海龙有些喘不过气来，毕竟他现在的修为还很弱。阴森的声音响起："不错，确实不错，你的脑子真是很灵活，你很聪明。你的选择是正确的，恭喜你通过了最后一关。人间对我的传诵虽然有些夸大，但在地府中，确实是我管事最多。并且，除了菩萨以外，我是地府十二王中唯一擅使追魂剑的，你如果选择了其他人，那么将失去学习追魂剑的机会。"

海龙压制着心中的喜悦，尽量平静地道："那这么说，您肯收我为徒，传授我神人鬼，是吗？可是，我能正确选择，有很大一部分是靠运气。"

# 第160章
# 巳阴的身份

　　地府王摇了摇头，道："有的时候运气也是很重要的，这次并非是你的运气好，而是你确实同地府有缘。不过，我不能收你为徒，你是斗战胜佛孙悟空的弟子，我可不想抢他的徒弟。而且，我传你地府绝学，还有其他原因，让你选择只是为了看我们之间的缘分。现在你可以走了，顺着这条路走到尽头，你心中的疑惑将被解开，你将得到你想得到的一切。"

　　十二王闪到两旁，他们背后的浓雾向两旁分开，露出一条漆黑的通道，通道仿佛没有尽头，向着远方延伸，在漆黑通道的另一头，仿佛有一个声音在呼唤着海龙，海龙下意识地迈开脚步，缓缓朝前走去。

　　周围陷入漆黑，海龙只能勉强看清前方笔直的道路，他不知道现在他身在何方，也不愿意多想，潜意识告诉他：走下去，走到尽头，就会得到想从这里得到的一切。

不知道走了多长时间，他感觉有些疲倦，就停下脚步，看着漆黑的周围，脑海突然陷入了一片空白。

从他在地府清醒的那一刻开始，地府中发生的一幕幕不断在他脑海中闪过，巳阴鬼卒为他做的一切是那么清晰。

"巳阴大哥，你和我的兄弟之情是真的吗？不要欺骗我，我真的不愿意失去你这个好兄弟啊！"

他痛苦地抓住了他的头发。

前面突然亮了起来，海龙茫然抬头，只见他前面不远处出现了一道白蒙蒙的光芒，那是一道光柱，十分纯净，他焦躁的心顿时平静下来，一道淡淡的身影浮现了出来。

他惊讶地发现，那人身体修长，身高在六七尺左右，一身白袍，双手背后，身上宝光若隐若现，没有一丝鬼气，背对着他站着，他只能看到一头乌黑的长发。

海龙对这个突然出现的人很好奇，他想问，但偏偏问不出口，这个突然出现的人带给他一种熟悉而亲切的感觉，但他可以断定，这是他与这人第一次相见。

那人缓缓转了过来，身上的白色光芒逐渐淡化，海龙看到的是一张年轻的俊脸，他看上去只有十七八岁，英俊的脸上没有一丝瑕疵，微弯的眉毛使他的脸看起来非常柔和，嘴角处露出一丝淡淡的笑意，他道："海龙兄弟，不认识我了吗？我是你大哥啊！"

他的声音同他的长相完全不相称，低沉而阴冷，甚至有些嘶哑，但是，这个声音听在海龙耳中犹如天籁，充满了震撼力，海龙失声叫道："巳阴大哥！"

是的，英俊青年口中发出的声音与巳阴鬼卒的一模一样。

海龙想扑上去，但此时他发现，他根本无法动弹，丝毫无法拉近同白衣青年之间的距离。

英俊青年笑了，他的声音变得清朗悦耳："海龙，我真的没想到，你竟然能够成功通过所有测试。这下，那十二个家伙也没什么好说的了。我虽然向你隐瞒了身份，但是，在你第一次称呼我兄弟的时候，我就认了你这个兄弟。或许，你会认为你的年纪比我大，但是你错了，我同仙帝是同时代的人。"

海龙喃喃地道："原来如此。"

英俊青年微笑道："我还有一个称号，地府祖师。"这句话说完后，一道微弱的金色光芒从他身下升起，笼罩了他全身，金莲座托着他的身体缓缓飘浮起来。

海龙目瞪口呆地看着面前这佛力明显不在光明祖师之下的地府祖师，心头五味杂陈，说不出是什么滋味。

他竟然同堂堂地府祖师称兄道弟了一年多时间，这简直太不可思议了。

一切的疑惑瞬间迎刃而解。

巳阴鬼卒如果不是地府祖师，怎么可能随着他的进步而增强，永远和他处于同一个水准呢？怎么可能每次比赛都刚好与他错开呢？怪不得刚才鬼王王方平的神色有些怪异，巳阴鬼卒是地府祖师，鬼王当然不能多说。

原来所有的一切都是巳阴鬼卒暗暗安排的，而且，巳阴鬼卒竟然就是掌管整个地府的最高祖师。

地府祖师的声音变得很柔和："兄弟，我听到你说出这两个字的时候，心真的好舒服，好暖。你在地府中经历的一切都是我安排的，你没有让我失望，顺利地通过了一关又一关。地府中的生活是寂寞的，我曾经受过镇元大仙的恩惠，当他跟我说要让你来地府中学习地府法术的时候，我就决定亲自来考验你，毕竟，这是多年后，我第一次与地府外的人接触。

"你带给了我很多新奇和快乐。或许，你心中在恼我，不懂为什么我要这样欺骗你，其实，我也是迫不得已。我来地府之前，地府十二王就已经存在了，我虽然是地府最高的统治者，但也必须接受他们合理的意见。

"虽然他们不敢质疑镇元大仙的威名，但地府法术从未外传，所以，他们一致要求对你进行考验，只有你通过这些考验，他们才肯承认你拥有学习我地府法术的资格。兄弟，你还愿意认我这个大哥吗？"

海龙勉强平复着内心的激荡，有些苦涩地道："大哥，你真是瞒得我好苦啊！说起来，我真是高攀了。"

地府祖师摇了摇头，道："高攀从何而谈？在佛家眼中，众生平等，能有你这么个兄弟，我也很高兴。海龙，你知道吗？当我第一次看到你眉宇间那股忧愁时，就不自觉地被你吸引，混沌之气不愧是最纯净的先天之气，你身上那股莫名的气息令我几乎无法抗拒。这里是我的空间，走吧，我带你到我休息的地方去。"

地府祖师一挥大袖，所有的光芒瞬间消失，海龙只觉得眼前一暗，就有了脚踏实地的感觉。

周围渐渐有了光芒，地府祖师的身体不再是那么虚幻了，海龙发现，他在一间简陋的石屋中，这里除了一张石床以外，并没有其他东西，微弱的光芒似乎是墙壁发出的，这里没有门，竟然是一个密闭的空间。

地府祖师微微一笑，道："这里就是我修炼的地方，很惊讶是吗？其实这没什么，我早已看透了繁华，我喜欢这个地方，对我来说，修炼之地只要干净，整洁就足够了。"

海龙确实很惊讶，地府祖师的地位显然要比圣兽青龙高得多，甚至连镇元大仙也无法与他相比，但他居住的地方，竟然如此简陋。

地府祖师微微一笑，道："你此行的目的我早已清楚，在你初来地府还在昏迷时，我就通过神识之间的沟通，知道了你身上曾经发生过的事，我没想到你竟然经历了那么多，你承受的痛苦一点也不比当初的我少。

"兄弟，不要对痛苦有所不满，这一切都是注定的，我相信，你总有苦尽甘来的一天。不过，有一点我要向你说明，虽然你是我兄弟，但我绝不会帮你解除你身上的封印禁制，你如果想修为有所突破，就必须要凭你自己的力量破解托塔天王的封印禁制，否则，下次再遇到他，你一样会束手无策。

"混沌之气是非常神奇的存在，如果单是托塔天王的封印禁制，根本无法封印你的混沌之气，所以，你身上的封印禁制是双重的，另一重的基础是水属性法力，同你的火属性混沌之气相比，这股水属性法力虽然本质差了些，但要强大得多，所以才能完成封印住你的混沌之气。"

海龙看着比他自己要矮上不少的地府祖师，坚定地道："大哥，我从来没想过靠别人解除封印禁制，我相信，凭我自己的实力，我一定能做到。既然我已经通过了考验，你是否能将神人鬼传授给我呢？"

地府祖师微笑道："当然可以。哭丧棒、追魂剑和烈火鞭的基础虽然是摄气诀，但你的混沌之气是可以代替摄气诀的。而且，地府法术偏重于火属性，对你来说，学习这些有益无害，有一点你要记清楚了，你如果想破解体内的封印禁制，就要取百家之长，只有将学到的法术熔为一炉，你才可能取得真正的突破。据我所知，你的妻子可是等你等得很心焦啊，你能否尽快突破，就要看你自己的领悟力。地府同仙界、人界都不同，这里一年，相当于仙界和人界的百年，否则，你以为往生桥那里为什么会有那么多冤魂呢？"

海龙失声道："一年相当于百年？那这么说，我已经在地府待了一百多年吗？"

地府祖师点了点头，道："不错，正是这样。你虽然很聪明，但绝对无法在仙界短短一年时间中凝聚出一丝混沌之气，并将意念力提升到连我都很惊讶的程度。地府一年，相当于外界百年。"说着，地府祖师伸出一只手，按住海龙的额头。

海龙只觉得身体一震，一股澎湃而浑厚的佛力瞬间注入他体内，这股佛力非常温和，先顺着他所有经脉流转一圈，然后缓缓归于灵台，同他修炼出的那一丝混沌之气融合，混沌之气顿时壮大了数十倍，竟然已经可以凝结成团了。

地府祖师道："凝神，静气。我输入你体内的是你比较欠缺的佛力，在佛力的刺激下，你体内全由鬼气转化得来的混沌之气会产生质变，你再修炼时就会容易得多。用意念力感受我传授给你的东西，法术不多，只有四式，记清楚了。"

纷乱的画面不断在海龙脑海中闪现，他放松身体，将地府祖师传授的法术深深地记在心中。

法术确实只有四式，其中包括一式棍法、一式剑法和两式鞭法，但其修炼方法极为繁杂。

精纯的佛力依旧不断滋润着他的身体，混沌之气依然在壮大，虽然尚不能同以前相比，但渐渐凝结成一颗拇指关节大小的混沌丹。

混沌丹意味着什么他当然明白，有了它，他的修炼就能收到事半功倍的效果。这种好机会他又怎么会放过呢？

他抛开脑海中一切杂念，分出大部分意念，催动着混沌丹内的混沌之气按照原本的路线运转起来，在意念的控制下，混沌之气快速运转，吸收地府祖师佛力的速度明显加快了。

地府祖师的佛力仿佛无穷无尽一般，当海龙完全进入入定状态后，佛力依然在源源不绝输入，海龙体内那颗混沌丹越来越小，对此海龙不惊反喜，那是混沌丹逐渐凝实的迹象啊！

混沌丹越坚实，其蕴藏的混沌之气就越庞大。他这个大哥虽然说不会帮他解除封印禁制，却不惜耗费大量佛力来成全他，这种无私即使是亲兄弟恐怕也无法做到。

不知道过了多长时间，混沌之气终于充斥着海龙体内每一处，地府祖师输给他的佛力固然重要，但他这一年多凭强大的意念吸收的鬼气也起到了至关重要的作用，正如地府祖师所说，佛气和鬼气相融，绝不是一加一等于二那么简单，他清晰地看到，灵台的混沌丹已经有了以前的二分之一那么大，短短的时间内就能有如此成就，他难掩心中的狂喜，佛力早已停止注入，混沌之气运行完最后一周后归于灵台。

## 第 161 章

# 绝学

　　海龙睁开眼睛，看到的是一脸笑意的地府祖师，输出大量佛力似乎并对他没有什么影响，他神色不变，似乎什么都没有做。

　　海龙激动地扑了上去，抓住地府祖师的肩膀，道："大哥，我、我该怎么谢你才好啊？"

　　地府祖师眼中露出一丝异样，微笑道："既然是兄弟，还说什么谢。你的混沌之气比我想象的还要神奇得多，这次修炼过后，你应该获益匪浅吧？"

　　海龙点了点头，激动地道："是的，我体内已经充满了混沌之气，以前学的仙法现在我都可以用了，多谢大哥成全。"

　　地府祖师轻叹道："当初，我和镇元大仙约定，你最多只能在地府停留三年的时间，也就是仙界的三百年，如今时日已过三分之二，这最后的一年，就是你领悟我传授你的四式法术的时间，你一定要抓紧时间，不可荒废一日。"

海龙愣道："大哥，你是说，我这次修炼了一年的时间吗？仙界又过去了一百多年。时间过得可真快啊！"

地府祖师不着痕迹地挣脱了海龙的双手，道："不要不知足了，短短一百多年，你就拥有了超过大罗金仙的法力。只要你能突破体内的封印禁制，修为必定能更上一层楼，你一定已经记熟了那四式法术，现在你还有什么疑问吗？如果没有，我把这里让给你，你就自行修炼吧。"虽然地府祖师表面上没有什么异样，但一次性为海龙输入了大量佛力，他也需要潜修一段时间才能恢复。

海龙道："大哥，为什么你传授给我的哭丧棒、追魂剑都只有一招？包括六重流转在内，烈火鞭总共也不过两式而已。"

地府祖师微笑道："法术在精不在多，哭丧棒、追魂剑和烈火鞭的招式都很繁复，如果你想都学全，恐怕一年时间不够。神人鬼三连击可以用这三种法术中的任何一式组成，所以，一样你只学一式就足够了，多则无益。

"你的法力已经恢复了一些，这样你就可以使用金箍棒了，哭丧棒就可以用金箍棒来练习，追魂剑也可以用棒代剑来练，至于烈火鞭，你就用我这条缚龙束练吧。"

红光一闪，一条红色长鞭飘浮在海龙面前。

海龙听了地府祖师的话后，心中已经明白，面前这条长鞭比梦云仙子的情丝还要长上几分，大概三丈长，鞭身上刻着奇异的纹路，红光若隐若现，他能清晰感觉到这条缚龙束上蕴含的极为霸道的佛力。

他伸出手，将缚龙束抓入掌中，一股热流从掌心传来，整条鞭子宛如同他融为了一体，手腕轻抖，缚龙束上的佛力顿时如同湖水一般泛起一圈圈涟漪。

地府祖师微笑道："这条缚龙束极为霸道，是用九个龙子身上的一段龙筋连接炼制而成，我入佛界后，力量由霸道转为温和，早已经用不上此物，就将它送给你吧，也算是我给你的见面礼。你要记住，地府的六重流转极为霸道，一旦命中对方，至少可以消灭对方三分之一的神识，不可轻易使用。同时，六重流转在使用的时候会对使用者自身造成很大的负担，使用者的身体会有片刻僵硬，所以，在使用六重流转之前，你必须先做好防护。"说到这里，他将双手缓缓合拢在胸前，石屋骤然发生了变化，原本只有几丈见方的屋子瞬间扩大了百倍，宛如一个地下广场。

地府祖师深深地看了海龙一眼。随后，她的身影在海龙面前渐渐淡化，周围突然亮了几分，海龙定睛看时，地府祖师的身影已经消失了。他的神秘，令海龙觉得他越发深不可测。

海龙深深地看了一眼地府祖师消失的地方，运转法力并输入缚龙束，红光缠绕而上，顿时消失在海龙的左臂。

混沌之气的大爆发，给海龙带来一种再世为人的感觉，他深吸一口气，感受着体内澎湃的混沌之气，迫不及待地召唤出金箍棒。

光芒一闪，金箍棒出现在他掌中，在混沌之气的催动下，金箍棒上的金光照亮了整间石室。

金箍棒上的法力内敛，他身随棒走，刹那间，万道金光充斥石室，霹雳三打在顷刻间完成了。

一切都是那么自然，阔别已久的充满力量的感觉令他心中充满了兴奋。

海龙集中意念，将千钧棒法圆转如意地耍了一遍，当最后一式结束时，海龙正好站在石室的正中间，他看着手中无坚不摧的金箍棒，自言自语道："飘渺、天琴、影，你们等着我，我一定会用最快的速度破解封印禁制回到你们身边。"

休息了片刻后，海龙才发现这间石室并不简单。

石室的墙壁、顶部和地面，都有强大的佛力禁制，虽然他并没有用千钧棒直接攻击禁制，但换作没有禁制的普通地方，单是溢出的混沌之气，也不是石头禁受得起的，既然周围有禁制保护，那么他就可以全身心投入修炼。

地府祖师传授给他的神人鬼三式分别是哭丧棒的小楼夜哭、追魂剑的追魂夺魄和烈火鞭的烈火焚神。地府祖师没有告诉他，这三式都是三种法术中最强大的招式。

由于海龙以前惯使棒法，所以哭丧棒的小楼夜哭他很快就能够上手了，同千钧棒法的浩然博大不同，哭丧棒充满了阴森之气，小楼夜哭一式一旦使出，对手就会被摄人心魄的凄厉之音扰乱心志，然后无数幽绿色的光影就会带着庞大的鬼气从刁钻的角度瞬间袭至，给对手以致命一击。

海龙绝顶聪明，又专心致志，三个月的时间过去后，他已经将地府祖师传授的四式运用得极为熟练了，甚至连神人鬼也可以勉强用出，虽然他还不能发挥出神人鬼真正的威力，但也做到了七八分形似。

海龙体会最深的就是烈火鞭的特殊招式六重流转，这也是所学的地府法术中他最喜欢的一式。

在这三法四式之中，就数六重流转他领会得最快，对于普通地府鬼卒来说，六重流转太难了，因为，它需要鬼卒耗费极大的意念力控制鞭子，但对于他来说，就没有这份忧虑，这倒不是说不需要耗费意念力，而是因为这点意念力对他来说不算什么。

当海龙发现这点时，才真正明白当初地府祖师引导他提升意念力的苦心。

意念力对于学习地府法术实在是太重要了。

海龙站在石室中央，微微有些喘息，三个月了，他已经领悟了哭丧棒、追魂剑和烈火鞭这四式的奥妙，到了破解体内封印禁制的时刻了。

三个月过去了，仙界过去了二十五年啊，海龙不光学会了他想学的地府法术，而且他体内的混沌之气也有了长足的进步，今天，他将对体内封印禁制发动攻势。

海龙盘膝坐在地上，将意念集中于灵台，封印禁制和他的混沌丹都在灵台，他的心志早已成熟，现在的他没有了以前的毛躁，虽然心中有些紧张，但他还是小心地将混沌之气聚于灵台，以全部意念引导着混沌之气沿经脉运行一周，将状态提升到最佳后，才准备向封印禁制发起进攻。

混沌丹已经稳定，海龙小心地将它转移到环绕着红色光芒的七彩光芒外，混沌丹在海龙强大的意念力催动下缓缓变形，这是以前的他想都不敢想的，但现在的他轻易就做到了，圆锥形的混沌丹以尖端轻轻地碰触了一下七彩光芒，他顿时身体一震，一股剧烈的疼痛瞬间传遍他全身，令他不禁一阵痉挛。

试探过后，海龙不由得心中暗惊，托塔天王这封印禁制确实霸道，似乎已经同他体内的所有经脉连接在一起，他如果强行破解这封印禁制，那么势必会给经脉带来极大的负荷，而且通过刚才的接触，他发现，那封印禁制极为坚韧，他能否破解还是一个未知数。时间是紧迫的，他又如何能浪费呢？他一咬牙，深吸一口气，一股气将意念力注入圆锥形的混沌丹中，不顾一切地冲击七彩光芒。

"轰——"七窍同时出血，海龙的身体剧烈地颤抖着，他成功了，那七彩光芒出现了一道裂缝，但是，他也失败了，因为七彩光芒后面的蓝色的禁制挡住了混沌丹的余力，他突然想起了地府祖师的话，那蓝色的禁制应该就是地府祖师所说的水属性禁制了。如果没有第一个禁制，他还是最佳状态，或许能一鼓作气将这第二个禁制冲破，但是，现在他连一个指头都动不了了。

海龙之前的判断是正确的，托塔天王布下的封印禁制确实同他的经脉相连，他先前的全力一击，反弹到了他自己身上，如此强大的攻击，又怎么是他能够承受的呢？

虽然他的身体极为坚韧，但这一次冲击令他百脉俱伤，所以现在的他根本无法动弹。

海龙并没有因为没有完全成功而灰心，他早就做好了心理准备，对于他来说，失败并不可怕，这次虽然没有完全成功，但他得到了很多启发。

以意念力催动混沌丹直接攻击是绝对不行的，他粗粗计算了一下，如果想一次性破解两个封印禁制，那现在他能调动的法力必须两倍于被封印之前，因为，在破解第一个禁制之后，他必须留下部分法力支撑着第一个禁制上的裂缝，否则，一旦托塔天王布下的第一个禁制封闭，他就会与第一个禁制后的法力失去联系，修为立刻就会大损，而仅破解托塔天王的禁制和撑住裂缝，就需要耗费与被封印之前相当的法力。可是，他现在的混沌丹不过是以前的五分之三而已，法力距离突破封印需要的相差太多了，别说是一百年，以现在这样的修炼速度，就算是一千年，他也未必能够做到。

　　毕竟，当混沌之气达到一定程度后就会遇到瓶颈，现在被封印的法力虽然无法调动，但还是占据了他灵台不小的地方，因此他每次修炼时混沌之气都要绕一绕路。他理清思路后，便彻底否定了先前的做法，确定这种方法是绝对不可能成功的。

　　海龙不断在脑海中回想着他修炼过的功法，试图从中找出适合他的。但是，所有仙法都被他一一否定了。

　　毕竟，仙法都是要依靠法力来施展的。而突破禁制的最佳方法也少不了法力。

　　但是，现在他哪儿有足够的法力啊！

　　难道他真的要苦修混沌之气吗？

　　不，他不能用这种笨办法，飘渺已经等了他那么长时间，他怎么能让飘渺再等下去呢？

　　地府祖师既然说他还有一年时间，就一定不是随口一说，肯定有一种特殊的方法，可以让他在短时间内冲破禁制，可是，那到底是什么方法呢？

　　唉，要是他的混沌之气像金箍棒那样无坚不摧就好了，如此必能一举成功，只要能让他节省点时间，他就算多受点苦也是值得的。只要有金箍棒在，就算布下封印之人达到了大神通境界，封印也不是不可冲破的。

想到这里，海龙突然眼睛一亮，似乎想到了什么。

金箍棒，金箍棒吗？

那是同他身心相连的仙器啊！

它既然叫如意金箍棒，或许能够化为法力融入他体内，而且，现在他已经可以控制混沌丹变形了，如果让混沌丹变成他的样子，手持金箍棒在体内发出霹雳三打和神人鬼，那还有什么封印能阻挠他呢？怪不得地府祖师说他想冲破封印就必须依靠地府法术，两个连续攻击，就算是三个封印，他也有可能冲破，对，一定是这样。

念及于此，海龙不禁哈哈大笑起来，一不小心牵动经脉，顿时疼得一阵痉挛。

"你的想法倒不错，不过如果真的那么容易，我又何必让你修炼一年？一旦你在体内发出霹雳三打和神人鬼，恐怕封印还没破，你就爆体而亡了。你以为，你体内的经脉能禁得起你那样折腾吗？"无奈的声音响起，地府祖师出现在了海龙身旁。

白皙而洁净的手按着海龙灵台的位置，纯净的佛力如同春雨一般滋润着他体内受损的经脉，地府祖师的佛力确实深不可测，只是一会儿的工夫，海龙体内的经脉就恢复如初，只是法力损耗极大，现在他还有些虚弱。地府祖师的手刚离开他的身体，他就迫不及待地道："大哥，我想的那方法不行吗？可只有那样，我才能依靠我自己的力量冲破封印啊！我真的再想不出别的办法了。"

地府祖师右手一吸，让海龙站了起来，他赞许道："你的思维真是很活跃，我本来以为，你需要我点拨一番才能明白，看来现在不用了。你没想错，那确实是唯一的办法，但并不是像你想象的那样用，如果照你那样用，你体内的经脉根本负荷不起。所以，你在向封印发动攻击前，必须先找到保护自身的办法，否则，就算你真的冲破了封印，突然出现的肆虐法力根本不是你的身体能承受的，会给你带来无法想象的灾难，两股法力相遇，不管是融合还是排斥，都是不可控制的，那时，就算是我想救你，恐怕也会力不从心。"

海龙脑子转得极快，他听地府祖师这么一解释，顿时明白了其中的道理，点了点头，心有余悸地道："大哥，我太急功近利了，还要请你教我。"

地府祖师微笑道："我想的办法自然是你不可能想到的，不过，现在还不是教你的时候，我不想让你冒险。什么时候你能将六连击用得圆转如意，我就什么时候将具体的办法传授给你。你不用反驳，你现在的情况我知道，但是，你以为你现在用的那个就算六连击了吗？先不说霹雳三打和神人鬼之间的联系有多弱，单是神人鬼，你也远远未领会其精髓。

"兄弟，一年的时间已经不能再少了，你还要多加修炼才行。六连击最关键的地方，就在于你体内混沌之气的转换，虽然霹雳三打可以用混沌之气使出，但神人鬼的基础必须是鬼气。想让六连击一蹴而就的话，你就要在霹雳三打完成之前将混沌之气转化成鬼气，而且还不能影响霹雳三打的威力。"

地府祖师随手一吸，就将隐藏在海龙左臂上的缚龙束吸到了手中，他沉声道："兄弟，看清楚了。"

他一只手握住鞭柄，另一手抓住鞭身，双臂上抬，使出了神人鬼。

神人鬼最奇异的地方，就是可以用棒、剑、鞭中的任何一种使出。

狂风忽起，转瞬间包围了海龙，让海龙退无可退。

凄厉而刺耳的声音刺激着海龙的脑神经，几乎能让人精神失常。缚龙束犹如毒蛇一般，挥洒出绵密的棒影，强大的压力令海龙无法移动分毫。

眼看缚龙束就要缠住海龙之时，压力突然消失了，寒光一闪，再闪，三闪，三道光芒几乎没有间歇地带着慑人的森然之气分别刺在了海龙的眉心、胸口和小腹。

海龙只是稍微感觉到了一点刺痛，寒光就消失了，正是追魂剑法中的追魂夺魄，这一式的精髓就是一个"快"字。

海龙感受着地府祖师的神人鬼，知道他自己还远远没有达到要求，不由得叹为观止。

但这一切还没有结束，三道寒光消失的同时，他仿佛坠入了深渊，缚龙束由刚化柔，鞭影重重，如同地府火焰一般缠上了他身体的每一个部分，他的神志一阵模糊，身体一软，不由得跌倒在地。烈火鞭不但能攻击肉身，同时也可以干扰神识，烈火焚神更是其中精华。

一切在眨眼间就完成的。

小楼夜哭、追魂夺魄、烈火焚神之间没有任何停顿，在缚龙束的颤动中完成了。他深深地体会到，如果地府祖师真的要攻击他，他就算有一百条命也已经完蛋了。

红光一闪，如同游龙一般的缚龙束重新回到了海龙的左臂上，地府祖师淡然道："兄弟，看清楚了吧？你也练了神人鬼，应该能明白其中的奥妙，不要急于练习六连击，等你将神人鬼练到我这种程度后再说吧。至于混沌之气与鬼气转换的方法，就要靠你自己去摸索了。修炼是取巧不得的，付出一分耕耘才能有一分收获。现在还有九个月，你好自为之，当你的六连击完全成形后，我再来指点。"

地府祖师的身影又消失了，但他刚才使用神人鬼时的余威在石屋中挥之不去，海龙不断回想着地府祖师在三式衔接时鬼气的运转，心中顿时有了一丝体悟。

海龙盘膝于地，进入了修炼状态，他必须先恢复法力才能练习神人鬼。

既然地府祖师说有办法让他冲破封印，那他现在最首要的任务，就是彻底领悟六连击。

付出了这么多努力才得到的机会，他又怎么会不上心呢？他放下了返回仙界的急切之心，终于进入了领悟六连击的征途。在这宽阔的石屋中，他的修为正在一分一毫地增长着。


冥界冥帝宫，天琴刚刚从圣冥殿出来，准备开始修炼，一个低沉的声音就响了起来："殿下，臣有事禀报。"

天琴不用回头看，也知道来人是谁，称她为殿下，而且能让她感觉不到气息的，在冥界中也只有冥卫统领冥生了。她微微一笑，扭头道："冥生大哥，我不是跟你说过吗，以后不要叫我殿下，直接叫我的名字就好。"

冥生低着头，淡淡地道："尊卑有别，我怎么能称呼殿下的名讳呢？"

天琴知道此人性格极为固执，无奈地道："随你吧，你来找我是有什么事吗？是不是师父叫我过去？"

冥生点了点头，道："帝君请殿下去一趟。"

天琴微笑道："那咱们现在就走吧，别让师父等久了。"说着，她朝冥帝修炼的地方走去。

"等一下！"冥生叫住天琴，"殿下，还有一件事我要向您禀报。上次您交给我的四个人，经过百年的训练，实力已经提升了许多。他们从人界而来，修炼速度要比普通冥卫快得多。而且，他们对您似乎非常忠心，都向我表示希望能留在您身边。我想，现在您已经是储君了，也需要一些随从，他们身为中级冥卫，勉强可以完成这个任务，您希望他们过来守护您吗？"

天琴心中一动，如果不是冥生提起，百年后的今天，她都快忘记那四个人了。

他们就是她在人界时认识的妖宗宗主金十三、坦拉族族长金十四、羌族族长魔哈和苗族族长索托。

当初冥帝就说，他们四个人供她调遣。

她继承了储君之位后，有感于他们四人实力不足，就将他们交给了冥生。

此时听冥生一说，她心中顿时升起了一股亲切感，点了点头，道："好吧，等我从师父那里回来后，你就让他们来见我。"说完，她刚要去找冥帝，就发现冥生露出一副欲言又止的样子，不禁问道，"冥生大哥，还有别的事吗？有什么你就直说吧，你也知道我的性子，不喜欢绕弯。"

冥生犹豫了一下，道："是这样的。不久之前，人界中又有两人成功渡劫，他们的修为都不低，而且天赋极好，由于帝君一直在闭关，冥幽王殿下就让他们先留在我那里，我见他们非常有潜质，就将他们收入了冥卫，他们曾经提起过您的名讳，还想要见您，似乎在人界时与您很熟，而且，他们也认识金十三等四人。他们一个叫戾峰，一个叫戾无暇，是一对夫妻，您认识吗？"

天琴听了冥生的话，失声道："什么？戾峰？戾无暇？他们竟然也升入冥界了，太好了，这下海龙可以放心了。冥生大哥，这两个人同我关系非常密切，现在你立刻带他们来见我，我想带他们见一下师父。"

她是海龙的妻子，自然明白戾峰对海龙很重要，自然不能像安排金十三四人那样安排他们，而且，有海龙在，他们一定会真心帮助她，希望师父能给他们一个机会吧。

冥生犹豫了一下，道："可是，帝君让您现在就过去，耽误的话……"

天琴微笑道："没事的，师父那里我自然会去解释。你快点将戾峰他们带来就是。"

现在她真的很希望能立刻见到戾峰和戾无暇。

冥生无奈地点了一下头，骤然消失在天琴面前。

既然他无法让天琴打消立刻见戾峰、戾无暇二人的心思，那他就只能用最快的速度引两人前来了。

一会儿的工夫，在冥生的带领下，戾峰和戾无暇一起来到了天琴的修炼室。

他们虽然知道是天琴要见他们，但当他们看到天琴时，还是不禁一愣。

毕竟，他们都没有见过天琴的真容。比如戾峰，他只是听海龙说过天琴是他的妻子而已。

他们一进入大门，就看到了一个一身黑色长裙的女子，戾无暇一向自诩容貌不错，但当她看到天琴时，不禁自惭形秽起来。

从容貌上来看，她并不逊于天琴，但在气质上就要差远了。

天琴已经修炼到了冥魔大法第七重的中段，修为远不是他们这些人可以相比的，又继承了冥界储君之位，身上自然而然带着一股威严，而且天琴那一头银发是如此耀眼，脸上露出一丝淡淡的微笑。

戾峰和戾无暇在打量天琴，天琴也同样在看着他们。

他们二人并没有什么变化，只是气息比以前收敛了许多，显然升入冥界之后，他们都有所突破。

看着他们有些疑惑的眼神，天琴微笑道："我忘记了，你们这还是第一次见到我的真容吧。以前是邪祖时，我一直都竭力隐藏着形貌。既然你们都已经升入冥界了，那戾天宗主呢？他的修为在你们之上，难道他没有成功渡劫吗？"

戾峰听天琴提到戾天，眼睛顿时红了起来，哽咽道："义父、义父他老人家为了成全我们，将自己的所有修为都传给了我们，这才使我们成功渡劫升入冥界。我该怎么称呼你？你是大哥的妻子，我就叫你嫂子吧。"

天琴扑哧一笑，看了一眼庚峰身旁脸色有些变化的冥生，道："还是不要了，这里毕竟是冥界，咱们年纪相差不大，无暇姐应该比我还大一些，你们叫嫂子太别扭了。"

她轻叹一声，眼中露出一丝迷蒙之色："没想到庚天宗主就这么去了，一切自有定数，你们也别太难过了。"

冥生咳嗽一声，道："殿下，帝君还在等着您呢！"

天琴点头道："庚峰、无暇姐，你们跟我一起去见师父吧。虽然海龙不在，但我是他的妻子，应该照顾好你们。我只要在冥界一天，就绝不会让你们吃苦。"

随后，她带着庚峰和庚无暇朝冥帝修炼的地方走去。冥生走在最后面一言不发，但他的神色有几分阴郁。

庚峰一边跟着天琴向前走，一边低声问道："天琴姐，你升入冥界后有大哥的消息吗？我最后一次见他时，他已经成功渡劫了。"

## 第162章
# 谎言

　　天琴身体一震，扭头看了戾峰一眼，轻轻地点了点头，道："两百多年前，我们见过一面，他很好，修为已经提升到了很高的境界。他的师长们在仙界、佛界都有很高的地位，我想，现在他应该和飘渺姐姐在仙界幸福地生活着吧，我也很想念他。但你也知道，仙、冥两界一向对立，至少现在我们是不可能在一起的，不过，不论什么时候，我都是他的妻子。"

　　戾峰长出一口气，道："只要大哥没事就好。天琴姐，大哥能娶到你这样的妻子，真是他的福气。"

　　天琴没有再说什么，片刻之后，他们就来到了冥帝修炼的密室外，天琴恭敬地向密室道："师父，弟子天琴求见。"

　　冥帝的声音从里面传出："和你同来的是什么人？琴儿，你应该知道，师父是不喜欢被打扰的。"

天琴恭敬地道："师父，和我同来的是我在人界时的朋友，他们天赋极好，我是为了增强冥界的力量才带他们前来见您的。"

冥帝停顿了一会儿，他的声音才再次响起："那你们进来吧。冥生，你在外面守候，没有我的命令，不可让任何人进入。"

天琴三人走进密室。

密室中的布置朴素简单，几丈见方的地方只有几个极大的书架，冥帝居中盘膝而坐，双目微合，就像一个普通的老人，身上没有一丝强者的气息。天琴向戾峰、戾无暇使了一个眼色后，跪倒在地，恭敬地道："弟子天琴给师父请安。"

戾峰和戾无暇也赶忙跟着跪了下去，道："戾峰（戾无暇）拜见帝君。"

冥帝依旧闭着眼睛，淡淡地道："你们都起来吧。"说完，冥帝缓缓睁开眼眸，两股黑气没有任何预兆地飞射而出，戾峰和戾无暇同时身体剧震，不断痉挛。

天琴站起身，仿佛没有看到戾峰夫妻的样子，恭敬地站在一旁，她知道，冥帝在检验戾峰他们的修为和天赋。

半晌，黑气消失，戾峰和戾无暇如获大赦一般不断地喘息着，冥帝点了点头，道："不错，你们的天赋确实不错。既然你们是琴儿的朋友，我就暂时收你们为记名弟子吧。以后你们当一心辅佐琴儿，不可有任何差错。"

刚才被冥帝查看修为和天赋时，戾峰和戾无暇心中充满了恐惧，他们来冥界几年了，早已适应这个强者为尊的世界，他们清晰地感觉到，冥帝就像一座巍峨的大山，而他们则是山脚下的一粒尘埃，别说抵抗，就连喘息都有些吃力。在冥界能拜冥帝为师，绝对是冥人求之不得的机遇，他们都是聪明人，立刻再次跪倒在地，恭敬地道："参见师父。"说完，他们没有丝毫马虎地行起了三拜九叩大礼。

冥帝依旧坐在那里，等二人施礼后，才淡然道："以后琴儿就是你们的师姐了，琴儿，你可以将冥魔大法传授给他们，过段时间，就让他们到妖界中去历练一番吧，等他们达到了你当初的水平，你再放他们回来。"

天琴愣了一下，道："师父，一定要让他们去妖界吗？"

冥帝道："若想成为冥界的人上之人，就必须先吃得苦中之苦，没有去妖界历练，你能有今天的成就吗？"

戾峰毅然道："师父，我们愿意前往妖界，不论后面的路多么艰难，我们都不会放弃修炼。"

冥帝苍老的脸上露出一个微笑，他道："其实，我早就注意到你们夫妻了，冥界中发生的任何一件事都无法逃过我的眼睛。戾峰，你身上最让我欣赏的就是坚毅的心性。在这方面，你不但要强过无暇，同时也要强过琴儿。只要你能在五百年之内返回冥界，你将来的成就必定不在琴儿之下。琴儿接任了冥帝之位后，有你们二人辅佐，我也能放心了。现在你们可以出去了，冥生会安排你们在冥帝宫的住处。等琴儿将冥魔大法传授给你们后，我自然会安排你们进入妖界。"

戾峰和戾无暇谢过冥帝，同时看了天琴一眼后悄然退了出去。

天琴知道冥帝有话对她说，低着头，道："师父，对不起，我给您添麻烦了。"

冥帝慈祥地一笑，道："不，你并没有给我添麻烦。我做的每一个决定都是以冥界利益为出发点的。如果庚峰和庚无暇不堪造就，你以为我会收他们为记名弟子吗？你没说错，他们的天赋都不在你之下，只比你丈夫海龙差一点而已。可惜当初海龙被孙悟空抢走了，否则，我这冥帝的位子当传给他才是。孩子，有一件事我不知道应不应该告诉你。"

天琴心中一紧，她还是第一次见到冥帝这么犹豫，道："师父，什么事让您如此犹豫？难道您的身体……"

冥帝摇了摇头，道："我虽重伤且久久未愈，但一时还死不了。这件事是关于你的。我也不能总瞒着你，当初海龙离开妖界时，我在他身上留下了一丝我的神识。所以，虽然他身在仙界，我也能知道他身上发生的一切。"

天琴大惊，道："师父，您的意思是海龙出事了吗？他、他怎么了？"

冥帝轻叹一声，道："海龙这孩子性子执拗，他返回仙界后，就立刻去仙宫找他的另一个妻子，不知道什么原因，同仙宫发生了极大的冲突，最后被仙宫中的托塔天王李靖封印在八宝玲珑塔中。"

天琴听了冥帝的话，心中万分担忧，道："师父，这都是两百多年前的事了，您为什么不早些告诉我？"

冥帝并没有在意天琴言语上的冲撞，叹息道："我告诉你了你又能怎样？当初我同如来定下的十万年之约未到，现在我恐怕连海龙那个师父孙悟空都很难斗过，我告诉你，只会让你徒增悲伤而已。"

天琴不断地喘息着，身上的黑色气息若隐若现，她咬住下唇，心中方寸已乱，恨不得立刻飞到仙界去寻找海龙。

"师父，那后来呢？难道海龙一直被封印在八宝玲珑塔内吗？他师父和师伯都是大神通者，难道他们一直都见死不救吗？"天琴神色焦急地问道。

冥帝淡然道："救？如果他们要救，今天我就不会告诉你这些了。海龙毁坏了接近三分之一的仙宫，还毁坏了近十个大罗金仙和天君的肉身，之后又刺杀仙帝，如此重罪，仙帝岂能饶他？他那师父和师伯虽然是大神通者，但仙帝毕竟是仙界之主。在他犯下弥天大罪后，他的师父和师伯也多说不得。最后在镇元大仙的建议下，仙帝命令托塔天王封印他的法力，将他打入十八层地府受苦。我想，或许他的师父、师伯都已经放弃了他吧。地府是一个神秘的地方，我的神识在他进入那里之后就消失了，他现在如何，我也不清楚。"

"十八层地府？"天琴眼中寒光四射，"如果海龙有一丝损伤，我必定要踏平仙界。"

冥帝深吸一口气，道："琴儿，你现在的修为还远远不够。海龙在十八层地府中虽然会受到无尽折磨，但他身具混沌之气，应该不会有性命之忧。你如果想救他，就必须去地府一趟，地府很强大，而且修为高者众多，虽然比不上仙界，但也相差不远。"

天琴毅然道："不论那里有多少强者，我都一定要去，如果海龙死了，我活着还有什么意义？"

冥帝摇了摇头，道："此事急不得。海龙是不会死的，但他受到的痛苦会一天天加深。地府在名义上归仙界管辖，我们冥界没有直接通向地府的通道。你如果想去地府，就必须先去仙界，只有在仙界中找到连接地府的通道，才能如愿。但仙界极大，连接地府的通道又非常重要，必然有修为极高的仙人守护。所以，你如果想让他少受点苦，就必须先占领仙界，然后灭掉地府，这样才能救他出来。"

天琴身上不断散发着强烈的杀气，瞳仁已经变成了纯白色，她冷冷地道："我不管是谁困住了海龙，也不管有多少人横梗在我们中间，凡是胆敢阻拦我的，我必见神杀神，见鬼杀鬼，我一定要在最短时间内将海龙救出来。"

冥帝眼中闪过一道寒光，颔首道："几百年之后，我同如来佛祖定下的十万年之约就将满了，那时候，我们冥界大军进攻仙界，就不算违约。不久后我就要闭死关修炼，琴儿，冥界大军需要一个修为强大的将领，否则，必然不是仙、佛两界的对手。你想救海龙，就必须在这短短的几百年中达到冥魔大法第九重境界，只有这样，你才能够成功。你有信心吗？"

天琴坚定地点了点头，道："不论前路如何困难，我都一定要达到那个境界。师父，还要麻烦您指点我。只是，海龙还要在地府多受几百年的煎熬。"

她白色的眼眸恢复成黑色，潸然泪下，她的心好疼，她真的好想念海龙啊！

冥帝叹息道："或许这是海龙命中有此一劫吧。现在你能做的，就是替他报仇，救他脱离苦海。冥界中一直有一个秘密，这个秘密只有历代冥帝才知道。只要努力，任何一个冥人都能够修炼到冥魔大法第八层，但第九层对于冥人来说是可望而不可即的。之所以如此，就与那不可公之于众的秘密有关了。

"其实，突破冥魔大法的第九重并不是很难，只要知道另一套心法。只有修炼了这套心法才能达到冥魔大法的第九重。冥界从诞生以来，已经出了两任冥帝，我是第三任冥帝，前两个冥帝都是因为研究这种心法走火入魔而亡，我的运气很好，有两个冥帝留下的修炼笔记参考，在经过一番努力后，我终于完善了那套心法。

"我只有一百年的时间了。在一百年内，你必须突破冥魔大法第八重境界，这样，我才能在闭死关之前，将那套心法传给你。天魔刃中有我大部分的力量，到时，只要我帮你融合天魔刃，在五百年内，你绝对有机会突破冥魔大法第九重境界，那时，在冥界就再没有谁能够同你抗衡，有月石和冥幽二人辅佐，你带领我冥界大军杀入仙、佛二界，定能一战功成。"

天琴凝重地点了点头，道："好，师父，您放心，百年之内，我一定会达到冥魔大法第八重境界。等处理完戾峰和戾无暇的事，我就立刻闭关。"

冥帝从怀中摸出一个瓷瓶递给天琴，道："这是我早年炼制的魔神丹，魔神丹是用我冥界上等的药草为材，用特殊方法炼制而成的。你修炼时每十年服用一颗即可，否则，你再努力，百年时间内也不可能达到冥魔大法第八重境界。"

天琴面无表情地接过瓷瓶，道："谢谢您，师父，我绝对不会辜负您的期望。"

她暗暗发誓：海龙，你等着，我知道你受苦了，但你的苦绝不会白受，我要踏平仙界为你报仇。任何伤害过你的人我都不会放过。

冥帝淡然道："好了，琴儿，你先出去吧。修炼时不可过于冒进，戾峰他们的事还需要你来安排。"

天琴点了点头，恭敬地向冥帝行礼后转身走了出去。冥帝看着她的背影，露出一个得意的微笑，自言自语道："琴儿，你虽然很聪明，但海龙是你的死穴，他的一举一动都可以牵动你的心，这次，仙界恐怕有难了。只有心有执念，才会成功。对不起了孩子，为了冥界，我不得不欺骗你，不过，我说的大部分也是事实。总有一天，你会明白我的苦心。如来，你这老家伙不知道死了没有，希望你没死，我真想看看你吃惊的样子。那时我如果还活着，必将亲眼看到琴儿统御六界的英姿。哈哈，哈哈哈哈。"

"霹——雳——三——打——"金光骤然四射，千钧澄玉宇、谈笑退天兵和倒挂老君炉在电光石火间完美衔接在一起，一道道棒影似实似虚，难以捉摸，千钧棒法海龙早已完全领悟，虽然他的法力不如以前，但与以前相比，千钧棒法用出时丝毫不弱，甚至更为神妙。

站在海龙面前的地府祖师脸色凝重，看着棒影向他劈来，双手掐动法诀，一圈圈乳白色的涟漪向外散去，从正面迎难而上。轰鸣之声不绝于耳，无坚不摧的金箍棒发挥到了极致，每一下轰击都会击破他的一个防御禁制，但他的防御禁制如无穷无尽一般，总能及时补上，承受住海龙的攻击。

眼看霹雳三打的余威即将消失时，海龙突然身体一转，他手中的金箍棒光芒一变，使出神人鬼，这地府绝学同霹雳三打的衔接没有一丝生硬的地方，浑然天成，在霹雳三打的威力由盛转衰之时，哭丧棒中的小楼夜哭就接了上来，紧接着追魂夺魄、烈火焚神如同狂风暴雨一般紧追不舍，即使是地府祖师，面对这似乎无破绽的攻击也不禁谨慎起来，双手连连掐动法诀，十指残影如同盛放的鲜花，这宽广的石室中不断回响着气劲碰撞的声音。整间石室被狂暴的气流席卷，墙壁上的光芒忽强忽弱。

六连击完成了，地府祖师轻喝道："好！"他话音一落，海龙最后一式烈火焚神也已落幕。

直到这时，地府祖师才发现海龙手中原本拿着的金箍棒不知道什么时候消失了，取而代之的正是他所赠的缚龙束，他心中不禁疑惑起来，神人鬼三式用棍、剑、鞭三种法宝中的任何一种都可以施展，为什么海龙会临时将金箍棒换成缚龙束呢？

他双手掐动法诀，两个乳白色的光罩将烈火焚神的力量完全阻挡在外，虽然缚龙束是一件威力相当强大的仙器，但攻击力依旧比不上金箍棒，这最后一击他反而挡得轻松一些。

海龙见状，阴阴一笑，放下了手中的缚龙束。

地府祖师消耗完烈火焚神的力量才看到海龙的样子，顿时惊呼道："好小子，你竟然七连！"

话刚说到这里，海龙的身影就化为一个巨大的红色旋涡，旋涡上端就像一张狰狞的大口，要将地府祖师吞噬，那暗红色的光芒无比妖异，其中充斥着勾魂荡魄的魔音。

海龙用的正是烈火鞭中的攻击强招——六重流转。

白光一闪，地府祖师手中多了一条用佛力凝结成的长鞭，他无奈地摇了摇头，做出同海龙一样的动作，他乃地府祖师，对六重流转再熟悉不过，闪烁着白光的旋涡几乎没有任何停顿，瞬间与闪烁着暗红色光芒的旋涡碰撞在了一起。

两色光芒在空中相遇的地方发出了剧烈的摩擦声，它们之间并没有立即见胜负，反而是在彼此消磨，砰的一声轻响，一道身影从相互消磨的旋涡中飞了出来，在地上打了一个滚才勉强站起身，但碰撞的余威犹在，这道身影又踉跄了几步才站稳。

　　碰撞的余威完全消失后，地府祖师的身影从旋涡的中心显现出来，他一脸惊讶之色，看着正在剧烈喘息的海龙。

　　此时海龙的法力已经消耗大半，施展七连击的代价实在是太大了，海龙道："大哥，现在你可以教我冲破封印的方法了吧？"

　　地府祖师点了点头，道："短短六个月的时间，你能有如此成就真是大大出乎我的意料，如果你的实力同我相等，那刚才我恐怕会在这七连击下吃亏。你能不能告诉我你是怎样做到的？我真的很好奇。尤其是，你是如何将霹雳三打与神人鬼衔接在一起的？"

　　在将神人鬼传授给海龙后，地府祖师本以为海龙能在剩下的九个月内将六连击完美地衔接在一起就已经非常不错了，但海龙的表现大大出乎他的意料，海龙不但完美地将霹雳三打和神人鬼衔接在了一起，而且还将六重流转也融入了其中，虽然这样会消耗更多的力量，但毋庸置疑的是，这样产生的威力更大。连他抵挡起来也感到颇为费力。他实在想不明白，海龙是如何做到的。

　　海龙嘿嘿一笑，道："大哥，这就叫只要功夫深，铁杵磨成针。那天看过你的演示之后，我心中始终憋着一口气，每天除了打坐恢复法力以外，就毫不停息地修炼，由极为用心，一个月后，我就能熟练运用神人鬼了。虽然我还不能像你那样做到神乎其技的地步，但我觉得这已经够了。然后我又用了一个月的时间，这个月内，我什么招式都不练，将意念分为两股，一股用来催动体内的混沌之气运行，而另一股则在思考该如何进行灵气转换，当初你说的话很对，有混沌之气在，这两种三连击对我来说都是很容易学会的，但想将它们衔接在一起，最困难的就是灵气转换。

"千钧棒法浩然博大，必须要混沌之气、仙灵之气或者佛气施展，而神人鬼是地府绝学，必须靠鬼气施展。混沌之气是可以转化成任意一种灵气的，所以，我用霹雳三打时就必须以它为基础。至于如何能将神人鬼衔接得如此顺畅，其实还是拜大哥所赐。"

地府祖师一愣，道："拜我所赐？你说详细一点。你到底是用什么方法在霹雳三打完成之前瞬间将混沌之气转化成鬼气，而且又不损霹雳三打的威力的？"

海龙得意一笑，道："其实这并不难，而且说起来还非常简单，大哥你身属佛界，虽然是地府之主，但修炼的还是佛法，体内的还是佛气。所以你是无法做到的，而我的混沌之气的神奇之处就在这一点。我说拜你所赐，是因为在你暗中指引下我对意念力有了深刻的体悟。正是意念力的原因，我才成功将两者衔接在一起。"

地府祖师似乎明白了，道："你是说用意念力将它们分开吗？"

海龙点了点头，道："是的，那天我想通了之后，就开始用意念力去控制混沌之气。霹雳三打加神人鬼这个六连击虽然神奇，但毕竟不可能消耗掉我全部的力量，所以，我用意念力将现有的混沌之气分成两部分，其中一部分转化为鬼气，另一部分不变。在施展霹雳三打的时候，我就调动混沌之气，在霹雳三打即将完成前，我根本不用再进行灵气转化，等霹雳三打完成时，直接用意念力提取那早已经转化好的鬼气，再施展神人鬼就可以了。一开始的时候我还有些不适应，力量和六连击之间总不能默契配合，所以我就一直不停地苦练，直到这几天，我做到心至法至后，才呼唤大哥前来。现在只要我意念力一动，体内的混沌之气或者鬼气就会立刻出现，至于六重流转，只是刚才我突然想到后临时才加上的，在我完成神人鬼时，你还在抵御烈火焚神，趁此机会，我用出六重流转，就可以避免那瞬间的僵持，等你发现的时候，我已经将那威力发挥出来了。不过大哥的修为确实令我佩服，无论怎样，我都无法战胜你。"

地府祖师深吸一口气，平复着激荡的情绪，他从来没见过比海龙悟性更强的人，其举一反三的能力已经无法用言语来形容，他轻叹道："兄弟，你也用不着妄自菲薄，等你冲破封印后，你的实力定不会与我相差太多。以后，当你的混沌之气大成时，你的修为就会在我之上了。只需要你将学过的功法默契配合，六界中能制住你的人几乎没有。你说的方法虽然简单，但如果没有混沌之气，没有强大的意念力，是不可能做到六连击的。大哥真为你感到高兴。"

海龙眼中寒光一闪，道："大成境界我是不敢想了，在我进入地府之前，混沌之气也不过刚刚进入中成境界。等我回到仙界后，定不会与那仙帝老儿善罢甘休。大哥，既然我可以如此顺畅地转换灵气，那是否能在六连击的基础上再加上一些连击呢？比如雪山三连击。"

地府祖师失笑道："你这小子还真是贪心，不论是千钧棒法还是我地府绝学，在六界中都是最上乘的功法，有了六连击你还不知足吗？其他门派的功法我都很熟悉，没有什么好的连击。雪山三连击虽然勉强可以算是一种上乘仙法，但属于寒性，不适合你，而且雪山三连击是日曜星君丁满自行钻研出来的，不如霹雳三打和神人鬼这两种功法浑然天成，其中不但有破绽，而且在施展时中间不是毫无停顿，并不是一种很好的仙法。海龙，你要记住，兵贵精不贵多，就算你能勉强用出九连击，也只是徒具其形而已，除了华丽的外表，九连击的威力可能还不如你全身心用出的六连击大。一切不可操之过急，你明白吗？"

## 第163章
# 六连击的成功

地府祖师顿了顿，接着说道："其实，你现在需要的不是这些，而是另一种仙法，能够让敌人暂时失去行动能力的仙法。如果有了那种仙法，再配合你的六连击，你的实力将踏上另一个台阶。你想想，如果在对敌之时，你先用那仙法，让敌人暂时失去行动的能力，哪怕只有一瞬间，也足够你施展六连击了，承受六连击全部威力，恐怕就是佛祖也难保不伤啊！"

海龙露出一丝惊喜的神色，道："大哥，你说的这种仙法我见过，广寒宫的绝情鞭法中有一个攻击强招叫情网，情网施展后可以困住对方。你是不是会这种仙法？教我一个吧。"

上次他见梦云仙子施展后，心中就大为惊叹，只是后来为了救飘渺，没来得及询问其中奥妙。

地府祖师摇了摇头，道："绝情鞭法只有女子才能修炼，你就别想了。虽然我也会这种法术，但无法教你。我用的佛法名叫紧箍咒，得自于观音菩萨，也可以让人暂时失去行动力，当初你师父孙悟空就曾经在此法上吃过大亏。

"不过，施展此法不单需要佛力，还需要对佛法有精深的了解，以你现在的情况，还不太适合。上次见镇元大仙时，我和他曾分析过什么法术是最适合你的。

"我们发现，有两种法术或许能派得上用场，这两种法术关系到两个门派。今后如有机会，你只需学到其中之一即可。不过，这恐怕不是那么容易的。现在我将那两个门派的情况告诉你，今后如果有机会你可以学学，如果没有良好的机会，你也不要强求。"

海龙点了点头，道："大哥，你说吧。我先了解其中情况，至于以后如何，就随缘好了。"

地府祖师微笑道："说得好！随缘。你小子还有几分佛性，怪不得斗战胜佛会收你为徒。我所说的束缚对手的法术也称为麻痹法术。"

忽然，海龙打断道："大哥，你先让我猜一下，你说的这两个门派中有雪山派对不对？"

地府祖师一愣，摇了摇头，道："没有雪山派，你为什么会这样猜？"

海龙皱眉道："没有吗？如果没有麻痹对手的仙法，那丁满为什么能研究出雪山三连击呢？"

地府祖师没好气地道："你这小子，能将招式连在一起施展，本身就是极为高强的法术了，就算无法麻痹对手，也能爆发出强大的攻击力。你不可亵渎了这连击之法的名声。就像你现在的六连击，以你现在的境界，回到仙界后，就算遇到两个托塔天王，你也必然能安然无恙，不至于被抓住。"

海龙道："大哥，雪山派的连击之术我见过，确实非常厉害，你有没有克制的办法？当我的六连击对上那三连击时，难道我就只能同他们拼出手速度吗？还是我的六连击能占一些便宜？"

地府祖师道："我并没有太好的克制之法，不论是仙人还是我们佛界中人，当修炼到了一定境界之后，谁略胜一筹，就要看谁的修为更深厚，谁能坚持更长的时间，面对进攻型的对手，千万不能让他将攻势完全展开，否则会变得非常被动，只有以攻对攻才是最好的办法。

"从本质上讲，你的六连击比雪山三连击要强许多，但如果丁满和鳗鱼两人联手，你就不好对付了，除非你在法力上完全压制住他们。所以我才会建议你学一种麻痹对手的法术。这种法术一定要有非常大的成功概率才行，否则，一旦失败，对手没有麻痹，你却因为法术反噬而麻痹了，那将完全处于被动，任由对手宰割。"

海龙心中一动，道："大哥，我师父曾经说过，在修炼混沌之气后，我就能够学习任何非寒属性的法术，所以说，我也可以学习别派的定身麻痹法术了吧？

"等对手被我用麻痹法术定住后，我再以无坚不摧的金箍棒使用六连击，恐怕大神通者也很难同我抗衡。毕竟，连续被金箍棒打上六下可不是一件舒服的事。现在我终于完全明白师父让我修炼混沌之气的苦心了。"

地府祖师点了点头，道："混沌之气是夺天地造化的先天之气，只要你学习的时候小心一些就是了，要以你自身的混沌之气为原动力，不管你学的是不是仙法，你都不要生搬硬套，只需领悟法术背后的原理即可。

"而且，我所说的麻痹法术，并不是定身术那样的普通法术。定身术只对修为比施术者低很多的对手才有用，而我所说的麻痹法术，即使用在修为与你相当的对手身上，也至少有百分之七十的成功率，甚至可以让修为比你高深的对手麻痹一段时间，这才是真正上等的麻痹法术。像你说的绝情鞭法中的情网就是此类。"

海龙听着地府祖师的话，一阵心痒难耐，他如果真的能学到此种法术，那在对敌之时，几乎就可以立于不败之地。他有些急躁地道："大哥，那你快告诉我，那两个门派到底是哪两个？"

地府祖师似乎回想起了什么，仰头看向石室顶部，轻叹道："第一个是龙宫，也是唯一在凡间的仙派了。天下居人之土地，共分四大部洲：曰东胜神洲，西牛贺洲，南赡部洲，与北俱芦洲，后四洲合并，是为现今之神州也。

"除此之外，天下多为汪洋大海。而这汪洋大海又有东南西北之分，各由东海龙王敖广、南海龙王敖钦、北海龙王敖顺、西海龙王敖闰四兄弟掌管。这四海龙王乃仙帝遣于凡间，专管降雨。

"这四海龙王之下又有众多河龙王、井龙王，及其他水族。虽说这四海龙王于天庭中官非极品，但在凡间无人可比，只是四海龙王常年身处深海，故不为世人所知。水中就更是四海龙王的天下了，真可说是敖广跺一跺脚，整个海域都晃三晃。

"龙宫其他法术我都不看重，唯有那风波十二叉，确实是极品仙术，当此法配合龙族的龙形搏击之术时威力极大。龙族之搏击以力见长，全身上下无处不可伤人。龙族每发一招，必竭尽全身法力，故威势惊人，锐不可当。

"其中最强大的舍身之法更是将龙族的攻击力提升到了极限。而我看重的风波十二叉招式多变，那普通的几式叉法倒没什么，最重要的是特殊攻击招式。就是你现在最需要的麻痹法术，名为无尽风波。

"此法成功率极高，我曾同敖广切磋过，论实力，敖广比我差得远，但敖广向我使用的三次无尽风波竟然成功了一次，我被定住后，至少有三次呼吸的时间无法移动，这就已经足够了。"

海龙喃喃地道："东海龙宫，风波十二叉，大哥，这风波十二叉一定是东海龙宫的不传之秘吧？想学到确实不是那么容易。"

地府祖师微笑道："敖广那个人秉性还不错，就是有些小气，想学敖广的风波十二叉确实不容易。一切还要看机缘。其实，成功率高的麻痹法术还有一种，名叫枯骨刀，其中的特殊攻击威力极强。但那是邪功，我不赞成你修炼。

"这个门派也排不上名次，乃一个低等的邪派，后来被托塔天王李靖的三儿子哪吒三太子收服。此派名叫无底洞，已经多年未曾出现过了，恐怕枯骨刀已经失传了吧。"

海龙一愣，道："哪吒三太子？来这里之前，我还同他交过手，不过他不但没有全力和我相拼的意思，还助了我一臂之力。"

地府祖师道："哪吒三太子修为极深，尚在丁满之上。托塔天王李靖一家都是支持仙帝的，但他们并不属于仙宫，只是外援而已。哪吒三太子修为不在他父亲之下，他的仙器乾坤圈、混天绫和风火轮都是威力极强的仙家法宝。

"由于被他降伏的无底洞之主最早出现于人间的无底洞，所以我们都以无底洞称之。无底洞的最强法术就是枯骨刀，此法虽然邪恶，但也有它的神奇之处，其特殊攻击招式名为'破绽'，一旦成功，也可以将对手定住，让对手任凭自己宰割。后来无底洞之主玉鼠精被他收服后，枯骨刀法似乎也就此失传了。"

海龙听了地府祖师的话，心想：仙界中的仙法居然如此驳杂，且各有各的特点。就拿这无底洞来说，虽然无底洞没有仙家高手，连无底洞之主玉鼠精恐怕都不是自己的对手，这枯骨刀却如此神奇。真不知道那哪吒三太子是怎么想的，居然连这么有用的法术都不学，任由它失传。就算它本身是邪恶的，但只要用于正途不是一样的吗？

"大哥，你的意思是，让我找机会去龙宫学习那无尽风波吗？现在我已经有了金箍棒和你送我的缚龙束，到时候如果再加个钢叉，这种冷兵器是不是太多了？用起来也比较麻烦。"

地府祖师道："有的时候你确实很聪明，可有的时候你怎么就这么笨？叉法就一定要用钢叉来用吗？你就不会变通一下吗？你的混沌之气已经完全可以随意塑形，到时你用混沌之气凝聚出一柄混沌叉应该不难吧？

"我刚才说了，让你只学人家法术的精髓，而不是全部，就像神人鬼一样。该告诉你的我都已经说清楚了，等我离开后，你就可以试着冲破封印，就用你想好的方法。只不过，在冲击封印禁制之前，你必须做好一件事。"

海龙明白，地府祖师接下来要说的事就是冲破禁制的关键，他道："大哥，你说吧。"

地府祖师道："你想的方法很对，用意念力将你体内的混沌丹塑造成你的样子，然后再借用无坚不摧的金箍棒，必然能一举成功，但想不殃及你体内的经脉就难了。

"所以，你用意念力为混沌丹塑形时，不单要将混沌丹塑造得与你的外表一样，也要在混沌丹内塑造出同样的经脉。这样的混沌丹就叫混沌元神。这样，当你冲击封印禁制时，混沌元神就可以牵动你的经脉，而起到一定的防护作用。

"这样一来，你虽然同样会受到不轻的伤害，但总不至于爆体而亡。你要记住，你用意念力塑造混沌元神之时一定不可大意，混沌元神内的每一条经脉都要同你本身的完全一样，这样混沌元神才能与你本身气机相连，提供最大的帮助。

"我教你的这种办法，其实是佛界大神通者必须要通过的一道关卡。我们体内由佛力形成的佛珠就像你的混沌丹一样，只有在体内将佛珠塑造成元神金身，才能在后续的修炼中事半功倍。塑造出混沌元神不单可以帮你冲破封印禁制，对你以后也……"

地府祖师说到这里，停了下来，看着海龙若有所思的样子，知道他已经明白。

地府祖师手捏法诀，缓缓消失于石室之中。

淡红色的混沌之气从海龙体内激荡而出，他缓缓盘膝坐于地上。

地府祖师的话让他对混沌丹有了新的认识。

混沌丹远非普通仙人的金丹可比，仙人的金丹难以塑造成元神，只有镇元大仙那样的大神通者方可为。而他此时的修为虽然不高，但他的意念力足够强大，如果他成功塑造出混沌元神，对今后修炼的好处不言而喻。

在海龙的控制下，意念力将海龙体内的混沌丹完全包裹起来，塑形并不困难，在海龙的小心操作下，一会儿的工夫，一个外形同海龙完全相同的小人就出现在他灵台中。意念力分为两股，一股将这初成形的混沌元神完全包裹住，而另一股则从混沌元神头顶的位置探入混沌元神内。

意念力一进入混沌元神内，海龙顿时就看到了一番奇异景象，混沌元神内的混沌之气缓缓流转，海龙决定从混沌元神的灵台着手，只要这个中心完全成形，其他地方就好说了。虽然一切都考虑得非常周到，但一开始改造海龙就遇到了麻烦。

混沌元神内的混沌之气并不听话，要将其塑造成经脉的样子非常困难。往往这边刚建好一条经脉，先前建好的一条就被混沌之气冲得破损了。为了保护已经建好的经脉，海龙不得不耗费大量的意念力守护。不知不觉中，原本留在混沌元神外面的意念力渐渐地也输入了混沌元神内。

不知道过了多长时间，经过无数次失败后，混沌元神内的灵台终于被海龙的意念力塑造成形了。

灵台一成，后面的工作量就大大减少了。

海龙将混沌元神内蕴含的混沌之气压缩后聚于小灵台内，让混沌之气形成一个微小的混沌丹，然后再缓缓抽出一丝丝混沌之气，以小灵台为中心，抽出来的混沌之气按照混沌元神外的混沌之气运行的路线塑造经脉。

经脉一条条地出现了，海龙心中充满了成就感。这次为混沌丹塑形，不但成就了混沌元神，也让他对他体内的经脉更加了解了。

终于，只剩混沌元神的脑部没有塑造好了。他不禁有些犯难，大脑实在太复杂了，其中经脉纠缠，如果一一对照，恐怕没有上万年的时间无法做到。

此时，以小灵台为中心，混沌元神内的混沌之气已经可以自行运转了。混沌元神外部和内部形成一大一小两个循环，混沌之气增长的速度足足是原来的一倍以上。放弃塑造混沌元神的大脑吗？他实在有些不甘心。

海龙缓缓将意念力从混沌元神内撤出，让意念力停留在灵台。

他看着这外表同他没有丝毫差别的混沌元神，心念电转，他到底该怎么做呢？如果他能给混沌元神塑造好大脑，那么，混沌元神甚至会拥有思考的能力，今后对他的帮助可能会更大。但是，那需要太长的时间了。

可他真的就这么放弃了吗？

突然，他灵机一动。

他想到了他的意念力。

现在他的意念力已经足够强大了，可以分成十股同时进行不同的活动。大脑既然是用来思考的，那他的意念力也可以做同样的事啊！

既然他无法塑造出一个新的大脑，那就用他的意念力代替混沌元神的大脑吧。

这样，至少可以达到轻易控制混沌元神的目的。他想到就做，将意念力分出三分之一，重新注入混沌元神的大脑。

其实，海龙不知道的是，由于他没有执着给混沌元神塑造大脑，这才将他从生死边缘拉了回来。大脑是无比神秘的，岂可随便塑造？

就算他成功了，混沌元神拥有了智慧，或许在开始时还能安分守己，但时间一长，混沌元神势必不甘受限于他，很有可能会破体而出。这是他根本无法防御的。

而将意念力注入混沌元神脑中，就完全不一样了。现在这种情况，等于依旧是他完全掌控着混沌元神。

剩余的意念力重返海龙眉心的窍穴，海龙重新控制了他的身体，凝神内视，催动混沌元神大脑内的意念力。灵台的混沌元神顿时站了起来，在意念力的作用下，混沌元神做出了种种动作，看上去极为新奇。

虽然他身体未动，但随着混沌元神的活动，他体内的经脉出现了些微变化。

现在，他完全领会了地府祖师之前的指点。

他知道，他成功了。现在是他向托塔天王的禁制发动最后冲击的时刻了。

一直以来，有那团七彩光芒压制着，他凝聚混沌之气必须要耗费更多的精力。

海龙睁开双眼，深吸一口气。他能清晰感觉到周围的鬼气在不断从四面八方向他涌来，在经脉内运转，之后凝聚于灵台那不足一寸的混沌元神内，在混沌元神内循环后就变成了混沌之气。现在，他的修为已经完全达到了另一个境界。

海龙抬起手，金光一闪，无坚不摧的金箍棒就出现在了他手上。他看着金箍棒上的五个字，喃喃地道："老伙计，成败在此一举，一切就都要看你的了。小，小，小，小……"在法诀的催动下，金箍棒越变越小，直到变得连他都快无法看清。

就在这时，他张口一吸，将金箍棒摄入了体内。

金箍棒刚入体，顿时被他的意念力包裹起来。他并没有用混沌之气，因为三分之一的混沌之气用来保护经脉，而其余的三分之二都在他的灵台。

意念力护着金箍棒，顺经脉而行，小心翼翼地来到了灵台混沌元神处。混沌元神睁开金光四射的双眼，伸出右手，将这无坚不摧，身具九九八十一道九天神禁的如意金箍棒接入掌中，熟练地舞了一个棍花。此时的混沌元神，就如同他本尊。

在海龙的控制下，意念力即刻分散，化入全身的经脉中，同混沌元神保持联系。

混沌元神飘浮在灵台内，在海龙三分之一意念力的控制下凝视着那团七彩光芒。金箍棒前指，混沌元神内的混沌之气瞬间迸发，分成两股。其中一股不变，另一股则转化成了鬼气。

地府祖师的身影无声无息地出现在海龙身旁，身上散发着微弱的金光。他看着红光绕体的海龙，笑了，张开双掌。两道金光围绕在海龙的身体周围，他低声吟唱起来。

金光渐渐变成九个形态不一的金色罗汉，将海龙围在中央。整间石室顿时被庞大的佛气笼罩，这乃最高境界的金刚咒，只有他这样的佛界大能方能使用。

九个金色罗汉在他的控制下摆出不同的姿势，或拈花微笑，或怒目而视，同时吟唱佛界经文。洪亮的梵唱声带起金色的光芒，一圈一圈不断注入海龙皮肤内。一会儿的工夫，海龙的身体就完全变成了金色。

地府祖师飘浮到海龙头顶的上空，盘膝而坐，头顶聚拢三朵金莲，右手摊开。一颗拳头大的透明佛珠出现在他掌心，他喃喃地道："海龙，我能帮你的也只有这么多了，希望你塑造的混沌元神能成为真正的混沌元神吧。"

海龙的意念力全部用来保护自身经脉和控制混沌元神了，他对外界发生的一切一无所知。他体内的混沌之气如百川归海一般向混沌元神聚拢，他已经做好了最后的准备。

万道金光在海龙灵台亮起，缩小后的金箍棒威力丝毫不减。霹雳三打中的千钧澄玉宇一出，所有金光顿时凝聚为一，点向那团七彩光芒。

海龙体内所有经脉随着元神的行动而颤动起来，在意念力的控制下，混沌之气把即将受到震荡的经脉全都保护起来。伴随着一声轻响，虽然海龙做好了准备，但剧烈的疼痛还是令海龙险些心神失守。即使如此，混沌元神也没有停止。在海龙的意念力的控制下，混沌元神已经成了另一个个体。谈笑退天兵、倒挂老君炉接踵而出，海龙体内如同发生了爆炸了一般，在金箍棒的全力攻击下，那团七彩光芒顿时被冲开一个极大的缺口。七彩光芒刚被冲开，缺口处顿时涌出蓝色的光芒。但是，神人鬼也出现了。

在疼痛经久不息的刺激下，海龙的神志已经有些模糊了。他的身体剧烈痉挛着，在混沌元神发出神人鬼的同时，庞大的祥和温暖之力从他身体的每一个毛孔渗入他体内，保护着他饱受冲击的经脉。小楼夜哭、追魂夺魄、烈火焚神接连而出，金箍棒挥洒出的幻影同那蓝色的光芒进行着殊死搏斗。

金箍棒不愧为最强大的仙器，虽然混沌元神内蕴含的力量远不如禁制，但禁制还是被金箍棒硬生生破开一个缺口。混沌之气顿时犹如脱缰野马一般从缺口一冲而入。一种久别重逢的感觉在海龙脑中闪过，他终于又看到了原来的那颗混沌丹。

当两股混沌之气犹如兄弟一般紧紧抱在一起时，异变发生了。首先爆发的就是之前一直被封印着的混沌之气，在外来混沌之气的引动下，它就像一个巨大的炸弹，剧烈爆炸。仅仅是第一次爆炸，就将那缺口炸得有原先三倍大。

这爆炸力实在太强悍了，剧烈的震动将他散于经脉中的意念力和混沌元神中的意念力完全震散了。他只觉得脑中有一个炸雷炸开了，顿时失去了意识。

海龙身体周围的混沌之气骤然狂暴起来，地府祖师眼中金光一闪，看着身体剧震的海龙，他知道，他等待的时刻已经来临。如果只是从禁制上打开一个缺口，虽然会带来巨大的痛苦，但他相信海龙还是能承受的。他担心的是两股混沌之气相遇时发生的大爆炸。

海龙被封印的混沌之气主要是由仙灵之气和邪气转化而来，而混沌元神内蕴含的混沌之气是由鬼气转化而来。虽然同为混沌之气，但这两股混沌之气还是有些不同的。当二者相遇时，首先要做的就是清除所有非混沌之气，然后才是融合。

它们要消灭的，自然是那两个封印禁制。金光九转罗汉就是用来应付眼前局面的。佛力骤然狂涌，由于海龙体内的两股混沌之气都在同两个封印禁制拼斗，所以佛力轻易就侵入了海龙的经脉。随着一声轻喝，他手中的佛珠飘然而下，顿时没入了海龙的眉心。

　　九个由佛力形成的金色罗汉——没入了海龙体内，分别护住他最重要的几条经脉，并在灵台外释放出一面坚实的护盾，以防止爆炸影响到他的身体。那探入他眉心窍穴中的佛珠则不断聚拢着他被震散的意识力，如果丧失意识力，即使身体没事，他也只能变成一个白痴。

　　地府祖师刚刚做完这一切，更为剧烈的爆炸开始了。海龙的灵台剧烈地颤抖着，每一次爆炸，灵台中都会散发出一些法力，这些法力似乎都来自于那个水属性禁制。

　　爆炸依旧在持续，不断施法的地府祖师突然吃惊地睁大了双眼，道："怎么会？这混沌之气怎么会吞噬法力？"他清晰地感觉到，每一次爆炸后，海龙灵台内的两个禁制就会被吞噬掉一部分，尤其是托塔天王布下的那个禁制。即使是水属性禁制，也在慢慢消失。只剩下一些混沌之气吞噬不了的才被灵台内狂暴的混沌之气逼了出来。

　　地府祖师不敢大意，以佛力相引，将那些水属性法力排出海龙体外。爆炸产生的动静越来越小了，地府祖师知道，混沌之气已经开始了融合。他松了一口气，除了佛珠依旧停留在海龙眉心窍穴中外，护住海龙经脉的佛力缓缓地被他一丝丝抽离出来。

　　他知道，如果他的佛力不撤出，那等混沌之气完全融合后，从灵台向外扩散时，他的佛力必像其他非混沌之气一般，不能幸免于被吞噬的命运。为了不损伤他的佛力，他就只能退出。

海龙缓缓从昏迷中清醒过来，他不知道他昏迷了多长时间。随着意识的逐渐恢复，他想起了先前发生的一切。一想到体内的大爆炸，他不由得身体一颤，赶忙凝神内视，查看体内的状况。意念力消耗了许多，只剩五分之一，灵台内的情景却让他大吃一惊。

除了灵台的中央悬浮着一小团红色的光芒外，整个灵台中空荡荡的，而且他身体内的所有经脉中都没有一丝法力。难道他所有的法力都消失了不成？"不，不会的。"他在大吼中猛地坐了起来，剧烈地喘息着。当他坐起身时，突然发现全身充满了力量，举手投足间，仿佛有一层微弱的光芒随之流转。

他愣了，实在不明白这是怎么回事。

## 第164章
# 救命稻草

"兄弟，你终于醒了！你要再不醒过来，就错过了我同镇元大仙约定的时间。"

熟悉的声音从海龙背后传来，海龙如同抓到了一根救命稻草，猛地回过身。

地府祖师正悬浮在他背后，盘膝坐在一朵硕大的金莲之上，身上的金光忽明忽暗。他左手按在左膝上，右手则托着一颗透明的珠子，正看着海龙微笑。

他那英俊的脸上充满了亲切的神色。

"大哥，我这到底是怎么了？为什么我体内没有一丝法力？"海龙急切地问道。

他站起身，想走到地府祖师面前。只是意念一动，他的身体就出现在了地府祖师身边。

海龙吃惊地看了他自己一眼，又看向地府祖师，等待着地府祖师解惑。

地府祖师微微一笑，道："兄弟，你不用着急，这一切都是正常的。你能瞬移到我身边，这难道是没有法力的表现吗？

"你的法力并没有消失，两股混沌之气已经融为一体，并且从有形转化到了无形。只要你想让它们出现，它们自然会出现。这就是所谓的返璞归真！你知道吗？即使在佛界中，达到返璞归真境界的，也不会超过十个人。恭喜你，终于成功踏入了大神通领域。"

海龙看着他自己不知道什么时候已经变得赤裸的身体，喃喃地道："返璞归真，返璞归真。"他眼中光芒一闪，在心底暗暗呼叫着他的法力。

只不过意念刚动，灵台内那一小团红光瞬间扩散。海龙又看到了他自己辛苦塑造出的混沌元神，只不过现在的混沌元神已经高达五寸，变成了血红色。

黏稠的混沌之气缓缓而行，自行吸收着周围的鬼气。所有法力尽在他掌控之中，他不知道现在他的修为有多高，但单从混沌之气看，他现在的修为绝不是以前任何时候能够相比的。

地府祖师没有说错，两股混沌之气融合后，他的修为有了质的飞跃。

地府祖师道："你现在的情况比我们预想中还要好得多。这下我也可以向镇元大仙和光明祖师交代了。地府三年，仙界三百年。你可以回去了。去做你想做的事吧。"他的眼神中多了一丝留恋，身体周围的金色光芒亮了几分。

此时海龙的心已经平静下来，在意念力的催动下，混沌元神等重新变为虚无。

他身上没有一丝法力外露，就像一个普通人一样。

他平静地看着地府祖师，道："大哥，我一直有一个问题想问你。你和光明祖师都是大神通者，但为什么我从你们身上感受不到那种别样的气息呢？"

地府祖师莞尔一笑，道："那你能不能告诉我应该有什么样的气息？"

海龙一愣，顿时语塞。他摇了摇头，道："我也说不好。我只是觉得，应该无欲无求，专注于修炼。"

地府祖师微笑道："你没有说错，但无欲无求不是流露在表面的东西。心中有佛，比整天将佛挂在嘴边要强得多。不要过于在乎形迹，一切顺其自然。"

说完这海龙似懂非懂的奥义，他一挥大手，周围的一切顿时全都消失了。

海龙闭上眼睛，感受到周围的一切在不断变化。突然，身体一轻，他就被地府祖师带到了另一个地方。

前方一片漆黑，地面上有一条通往黑暗的小路。阴森肃杀之气不断从幽深处传来，给人带来阵阵寒意。

地府祖师微笑道："海龙，你知道前面是什么地方吗？"

海龙想了想，道："我来地府这么长时间，还没见过肃杀之气比前面这幽深之所更浓郁的地方。难道这里就是地府赫赫有名的十八层地府不成？"

地府祖师点了点头，欣然道："不错，这里就是地府为惩罚在人间做过恶事之人而设置的十八层地府，也是地府通往仙界唯一的大门。"

海龙眉头微皱，道："大哥，你带我来这里，不是想让我闯十八层地府吧？我不能直接从新生潭回仙界吗？"

地府祖师摇了摇头，道："新生潭是一个神奇的地方，也名还阳潭。即使是我，对其也不是十分了解。你如果从那里回仙界，修为就会回落到来地府之前。现在你的修为远超从前，难道你想一切都前功尽弃吗？

"这十八层地府也是对你的最后考验。地府十二王在里面等你，毕竟地府绝技是不能随便外传的。想回到仙界，你就必须在十八层地府打败他们。你只要顺着这条小路走就会见到他们，当你最后击败五道转轮王时就会直接返回仙界。你我兄弟，就此别过吧。如果今后有缘，我们自然还能再相见。"

海龙身体微震，看着地府祖师，道："大哥，如果冥界和妖界进犯仙界，你会带领地府中人前去相助吗？"

地府祖师摇了摇头，道："地府虽然名义上属于仙界，但其实是六界的平衡点，也是六界最重要的中转站。所以，不论是哪一界的强者，都不会进犯地府，地府也不会参与六界之间的争端。仙、佛二界同冥界的争斗是不可避免的，这些就要看你们的了。"

海龙早已经预料到地府祖师会这样回答，轻叹一声，道："大哥，我就要走了。咱们兄弟一场，我不希望你还有隐瞒我的事情。如果我没猜错，我不应该管你叫大哥，反而应该叫你大姐吧？"

地府祖师身体剧震，身上的佛气剧烈波动。地府祖师呆呆地看着海龙，声音有些颤抖地道："你、你说什么？"

海龙平静地看着地府祖师，淡然一笑，道："大姐，你不用隐瞒了，我知道你是女子。"

地府祖师毕竟是大神通者，短暂惊骇后渐渐平静下来。地府祖师深吸一口气，道："能告诉我你是怎么看出来的吗？"

海龙微微一笑，道："大姐，你承认了。我本来只是猜测。虽然你行为举止没有一丝破绽，但你身上有一股不同于光明祖师的味道。虽然这股淡淡的香气被檀香的香气所掩盖，但我对这股香气非常熟悉，所以才敢大胆猜测。看来，我是猜对了。"

地府祖师苦笑道："你啊，连一点秘密也不肯给我留吗？不错，我确实是女子。当初，为了救出母亲，为了能习得大神通，我才一直扮作男子。这个秘密只有佛祖一人知道。"

她从佛莲上站了起来，身体以右脚为支点快速地旋转了一周。金光闪过后，她的样貌完全变了。

海龙眼中异彩连闪，站在佛莲上的是一个绝色女子，长袍裹身，一头瀑布一般的黑发垂下，额头上有一颗透明的珠子，宛如镶嵌上去的。

最吸引海龙的就是她那一双宛如有雾气弥漫的双眸。佛气骤然转盛，她那绝美的脸上露出一个淡淡的微笑，在阴森的地府前，她的笑容是那么圣洁。

她有些嗔怪地看着海龙，道："这下你满意了吧？除了如来佛祖外，你是第一个看到我真容的人。"

海龙看着地府祖师的真容，心中产生一股要顶礼膜拜的冲动。他将意念力聚于灵台，这种冲动才消失。他暗呼厉害，他这个姐姐的修为确实强大，虽然现在他已经踏入了大神通领域，但他的修为还是远比不上她，怪不得她可以统治整个地府。

"大姐，你的容貌真的很美，又何必隐藏起来呢？"

地府祖师重新变回先前的样子，淡淡地道："一切表象只是为了迷惑世人而已，什么形貌真的很重要吗？弟弟，你该走了。你身负仙、佛两界重担，一定要严于律己。你什么都好，就是情孽太重，今后要把持住自身，明白吗？你走吧。地府王在前面等你。"

海龙心中一凛，数道身影在他眼前闪过，把持住自身又谈何容易呢？感情，不是他一个人说了就能算的。

海龙退后两步，向地府祖师深深地鞠了一躬，恭敬地道："大姐，谢谢你这三年的关怀和教诲。在地府的这段日子，我永远也不会忘记。"

随后，他转身，顺着那幽深的小径一步一步朝黑暗中而去。转眼间，他的身影就没入了黑暗。

地府祖师看着海龙离去的方向，轻叹一声，自言自语道："弟弟，你多保重吧。我也不会忘记这三年的。毕竟，你带给我的快乐太多了。"佛光流转，地府祖师消失在了空气中，只留下了一颗晶莹的水珠。

离别的愁绪不断在海龙心中肆虐，他当然知道他能有现在的修为，地府祖师付出了很多心血。对于这位大姐，他充满了尊敬。

光芒一闪，一个身材高大的老者出现在了海龙面前，他穿着一身暗红色的长袍，身上散发出森然的气息。他道："你来了。"

海龙停下脚步，微微颔首，道："地府王，请带路吧。"

地府王点了点头，也不多说，转身向前方而去。海龙跟着他走出不远，周围的森然之气更加浓郁了，无数凄厉的嚎叫声在海龙耳边回荡。一座高大的门楼出现在他们面前，门楼完全是用地府那怪异的黑色石头修葺而成，上面雕刻着五个大字——十八层地府。

地府王停下脚步，背对着海龙，淡然道："这里就是冤魂受惩的地方，十八层地府一直由我掌管，可以说你是这里诞生后唯一的客人。十八层地府中有种种惨相，如果你不适应，可以用法力封住听觉和视觉。"

海龙摇了摇头，道："不用了，我想见识一下十八层地府究竟有多可怕。"

地府王道："我并不担心你的心志被夺，你心性坚毅，我们都很钦佩。我只是怕你生出怜悯之心而已。海龙，请你记住，凡是在这里受苦之人，大多都是十恶不赦之辈。他们今天的果，都是往日种下的因。这就是所谓的恶有恶报。"

地府王淡淡地道："现在你还想将十八层地府全部走一遍吗？如果不想，我就直接带你去最后一层地府，挑战即刻开始。"

海龙摇了摇头，坚定地道："既然来了，我自然要看上一遍。地府王大人，请带路吧。"

地府王点了点头，身上突然亮起一团不同于鬼气的红光，他当先向前行去。海龙跟在他背后，催动起混沌之气护住自身，表情淡漠，随着他前行。眼前突然变得漆黑，不知道什么时候，他们竟然来到了悬崖边缘。前方，就是深不见底的深渊。

地府王回首道："请跟我跳下去吧。下面就是第一层地府。"说完，他当先朝深渊跃下。

海龙身体飘浮在空中，紧跟在他身后。

眼前突然一亮，他们来到了另一个地方。这里完全被红光笼罩，周围的一切显得无比阴森。

"啊——"

一声惨叫引起了海龙的注意，他扭头看去，只见一个魂魄被绑在石柱上，完全动弹不得……

海龙深吸一口气，只觉得鼻端尽是异味。他点了点头，道："地府王大人，咱们走吧，第一层地府我已经见识过了，我们可以去下一层地府了。"

地府王点了点头，带着海龙走到第一层地府的边缘，一挥大手，前方突然出现一扇门。他拉了海龙一下，当先朝前方走去。海龙跟在他身后，脑中不断闪现着刚才恐怖的场面，心中暗道：十八层地府，果然名不虚传。

他们一路下行，转过一个弯后，他们又来到了一个红色的世界。

地府王站定，道："这里比刚才第一层更甚……"

他话音刚落，无比凄厉的惨叫声响起，浓郁的异味瞬间在整个地府中弥漫。

地府王道："你所看到的，只是地府的一隅而已。不论是哪一层，你看到的都只是其百分之一。现在你还要继续看下去吗？"

海龙脸上的肌肉牵动了一下，露出一丝森然的杀气。他转向地府王，道："你能肯定所有受刑者都是罪有应得吗？"

地府王点了点头，道："地府所有刑罚都是经过严格核对后才进行的。这里大多是罪无可赦之辈。只有领受过这里的刑罚，他们才有获得新生的可能。"

海龙道："我希望你能记住今天说过的话，如果以后我发现有任何一个受刑者不是像你所说的那样，我必将踏平十八层地府。走吧，我们到下一层去。"

地府王听了海龙的话，背后突然一阵发寒。他心中凛然，要知道，他最擅长的就是勾魂术，本身意志极为坚定，但他还是被海龙的气势所慑，心中不禁产生了几分敬畏。他没再说什么，直接带着海龙向第三层地府而去。

十八层地府一层比一层恐怖，海龙的神色越来越冰冷，身上的杀气也越来越浓重。地府王在前面带路都能清晰感觉到背后传来的巨大压力，竟然有一种喘不过气的感觉。

终于，他们走到了最后一层，也就是最残酷的第十八层地府。鬼王王方平、阴王阴长生，以及地府其余九王都在这里等待着。地府王看到他们，明显松了一口气。

海龙并没有理会地府十二王，而是看向那受刑之人……

鬼王王方平上前几步，走到海龙身前，看着他有些发白的脸色，惊讶地道："我真的不敢相信，居然有人第一次到十八层地府来就从头看到尾。你心志之坚毅确实让我佩服。"

海龙扭头看向王方平，脸上露出一个苦笑，紧接着，哇的一声吐了出来。幸好王方平见海龙脸色不对赶忙闪到一旁，这才没有被吐一身。海龙从到地府以后就没吃过东西，这一口吐的也只是酸水而已。强烈的恶心感令他微微有些喘息。他虽然已经进入大神通领域，但毕竟只是一个仙人，见到惨绝人寰的一幕幕，如果说没有感觉，是不可能的。

混沌之气缓缓运行，海龙释放出绝对空间。血腥气不再传入，他顿时感觉舒服了一些，眼中寒光连闪。他冷冷地道："地府王大人，希望你能记住我刚才说的话。现在可以开始了，如何才算我闯出十八层地府，你们说吧。今后我们再会之时，希望不是因为这地府中的事。"

地府王深深地看了海龙一眼，当着其他地府王者的面海龙还敢如此威胁他，可见海龙并没有将他放在眼里。他心中不禁怒气上涌，沉声道："通过的方法很简单，要么，你轮流与我们十二人一战，打败我们，我们不会给你喘息的时间；要么，你就同时击败我们十二人。你自己选一个吧。"

鬼王王方平扭头看了地府王一眼，目光中露出一丝惊异。他们确实有两条路给海龙选择，一条是海龙轮流击败所有地府王者，每胜一人可以休息一炷香的时间；另一条就是海龙从十二王手中冲出去，同时对上所有人。

此时地府王说出的方法则要难多了，不论是不停歇地击败十二王，还是同时战胜十二王，难度都十分高，恐怕就是地府祖师也未必能够做到。他刚要出言提醒地府王，就看到了让他惊讶的一幕。

海龙点了点头，道："那就开始吧，我选择第一种，从谁开始呢？"

虽然听了地府王的要求后他也很惊讶，但为了回仙界，也为了检验他自己的实力，他还是一口答应了下来。

混沌之气的优点之一就是恢复速度极快，对于车轮战，他还是很有信心的。

地府王点了点头，目光冷厉。他看向王方平，沉声道："鬼王，你先出手吧，务必全力以赴。"

王方平心中暗叹，却不敢违背地府王的命令。他右手一晃，一根哭丧棒就出现在了他手中。

地府王双手一挥，第十八层地府的景象一变，他们出现在一个空旷的场地中。场地仿佛没有边界，十分宽广。地府王退回去，与其他十王站在一起，沉声道："你们开始吧。"

王方平当然知道自己的任务是什么，既然是十二王轮流来，那他的首要目标就是消耗海龙的法力。他根本不相信海龙能凭一己之力通过十二王的考验。他想到这里，举起手中的哭丧棒，沉声道："王方平领教了，阁下不必手下留情。在地府中，我们是不死的。"

海龙负手而立，周围仿佛有一阵微风浮动，红色长发向后飘散，神色冰冷。

见到十八层地府中的惨象，他心中除了恶心以外，就是对地府的不满。刑罚如此重，万一地府弄错了，那魂魄岂不是太惨了？他定要给十二王一个教训才行。

王方平见海龙一脸冷傲之色，心中不禁有些惊讶，以他的修为，自然不会因此而生气，但有些奇怪。他迈出一步，来到海龙身前，将手中哭丧棒前点，朝海龙胸口袭来。

他这完全是试探，想看看海龙的虚实。

海龙看着哭丧棒朝他胸口袭来，身体一动不动。

王方平心中一惊，看到他手中的哭丧棒插入了海龙的胸部。但哭丧棒刚插入，他就感到了不妙，因为，哭丧棒插在了空处，并没有插中真正的海龙。

海龙的脸上露出一个淡淡的微笑，他就站在被王方平捅破的残影半尺后。他看着哭丧棒将残影毁去的同时，左手闪电一般抓出，搭上了哭丧棒的尖端。

他淡然一笑，道："既然来了地府，我怎么也要留一个纪念品。鬼王大人，多谢了。"

王方平只觉得手上一轻，就见他使用多年的法宝竟然脱离了他的掌控，落入了海龙手中。

海龙已经很久没有用过接天戮了，今日一试，接天戮竟然依旧如此得心应手，他不禁露出一个淡淡的微笑。他心中早已决定，今天他不单要获得胜利，而且要胜得漂亮。所以，他并没有追击，只是把玩着落入他手中的哭丧棒。

王方平的反应还算快，在哭丧棒落入海龙手中后他立刻后退，右手在虚空一划，一片蓝色的火焰飘荡而出。他沉声喝道："地府火！"

蓝色火焰快速向海龙身上缠来，那幽蓝的火焰之中带着一丝阴森之气。

海龙明白，这地府火绝对不是灼烧身体的，而是直接灼烧神识。

"鬼王大人，在我面前玩儿火吗？那你岂不是在关公面前要大刀？我想，下一位可以上了。"说着，海龙张开嘴，青红两色光芒绕着圈飞出，化作一张巨大的火网。

在海龙附着其上的意念力的催动下，火网转瞬间将鬼王王方平包裹住。先前王方平发出的地府火在遇到海龙用出的太乙两极真火时，就被那精纯的火力化掉了。

王方平心中大骇，双手下意识地向周围拍出无数掌影。幽绿色的鬼气不断冲击着火网，但依然不能阻止海龙发出的太乙两极真火向内收缩。

如果镇元大仙看到眼前的情景，必然能惊讶地辨认出，海龙的太乙两极真火已经达到了第七重的境界，比他也只差一线而已。当火网距离王方平还有一尺之时突然停了下来，海龙淡然道："鬼王大人，您可以认输了吧？"

王方平知道海龙已经手下留情，以他的身份，自然不好再纠缠下去。他无奈地点了点头，道："海龙大仙不愧为仙界翘楚，我认输。"

火网消失，海龙将哭丧棒还给王方平，微笑道："刚才我只是一句戏言，请鬼王勿怪。"

在地府的这段时间中，十二王中同他接触最多的就是这鬼王王方平了。对于王方平，他还是有一些好感的，所以自然不愿意让王方平难堪。

王方平接过哭丧棒，没有说什么，只是轻轻叹了一声，走回众王之中，冲阴王阴长生道："老阴，我是不行了，接下来看你的吧。"

阴长生苦笑道："咱们修为相若，你不行，难道我就行吗？"

地府王瞪了他们一眼，道："还未动手，心志已夺，你们这鬼王、阴王做腻味了吧？"

## 第165章

# 力破十王

　　阴长生和王方平的地位比地府十王低了一截，他们不敢再多说。阴长生的身影如同烟雾一般一闪，下一刻就到了海龙身前。幽绿色的手爪骤然向海龙面门抓来。

　　海龙淡然一笑，以爪对爪，同样用惊魂掌迎了上去。阴长生似乎不愿与他硬碰，身影再次消失，化为一阵阴风，绕着他快速地旋转起来，偶尔还会从刁钻的角度攻出一掌，让他难以防御。

　　海龙淡然道："阴王大人，您的惊魂掌确实已经修炼到了出神入化的地步，但是，您的修为与我相差太远了。"

　　红色光芒骤然以海龙为中心向外扩散，只是眨眼的工夫，红光就将阴长生包裹在内。这是海龙用混沌之气布下的绝对空间。海龙身体没有动，轻喝一声："停！"

　　阴风竟然硬生生地停住了，阴长生的身影也出现在了海龙眼前。

他的右手还做出前拍的姿势，身上散发着浓郁的鬼气。

阴长生心中升起一股深深的恐惧，在海龙布下的绝对空间中，他竟然无法移动丝毫。即使催动全部的法力，他也无法挣脱束缚。他明白，他的修为确实同面前这个年轻人不在同一个水平，再坚持下去，无非是自取其辱。他无奈地叹息一声，道："我认输了。"

海龙一挥大袖，法力轻震，将阴长生送了出去。他淡然道："海龙得罪了，下一位。"

地府十王面面相觑，虽然他们已经猜到海龙有不低的修为，但他如此轻描淡写地就击败了鬼王和阴王，令他们极为吃惊。

海龙右手一抖，金箍棒射出万道金光，给他增添了强大的威势。他淡淡地道："我看十位也不必那么麻烦了，就一起上吧。"

他并不是自大，通过与鬼王和阴王的战斗，他已经基本摸清了地府这些王者的实力，也意识到了他现在的修为水准。

地府王脸上浮现出一股青气，他沉声道："你真的要同时与我们动手吗？你考虑好了吗？"

海龙点了点头，道："虽然各位的修为都很高深，但对于我来说，一人同十人并没有太大的区别。各位，请。"

黑暗的空间开始发生变化，这种变化主要来自于光芒。周围的一切都笼上了一层微弱的绿色光芒，逐渐变得清晰起来。以五道轮转王为首，地府十王同时飘然而出，将海龙围在了中间。

他们身上都笼罩着一层幽绿色的光芒。

地府王冷声道："海龙，我们也不占你便宜，既然你同时与我们十人动手，那我们就放弃使用任何法宝。这样也算公平了吧？"

公平？真的公平吗？以地府十王现在的境界，除非他们的法宝是顶级仙器，否则使不使法宝没有明显区别。没有法宝的唯一限制就是他们无法用出地府绝技神人鬼而已。海龙淡然一笑，道："客随主便，各位愿意如何，我没有理由阻拦。不过，各位能否给我一点时间准备呢？"

地府王显然是地府十王的代表，他点了点头，道："可以。准备好后，你出言告诉我们即可。"

海龙缓缓举起了手中的金箍棒，身上用法力化出的长袍消失不见，露出了光晕流转的皮肤。

他身上的每一块肌肉似乎都充满了生命力，于其中运转的红色混沌之气清晰可见。他眼中射出两道慑人的金光，所有红光同时向右臂集中。

顷刻间，厚实的紫色鳞片以右臂为起点，迅速向他全身蔓延，遮住了他的每一寸皮肤。

鳞片呈菱形，每一片都闪烁着微弱的宝光。紧接着，一双如仙鹤那么大的翅膀出现了，在他背后张开。

令地府十王奇怪的是，虽然身体发生了剧烈的变化，但他身上的威势减弱了许多。鳞片继续变化着，肩膀、胸膛，以及其他要害上的鳞片渐渐突起，宛如铠甲一般连接在一起，形成坚实的防护层。

海龙胸口上光晕流转，出现了一块宝石，正是早已与他身体融合的龙翔玉。在宝石的映衬下，全身被鳞甲覆盖的海龙显得更加威武了。他看了看他的身体，满意地笑了。

不错，这就是龙翔第三变。

据海龙判断，地府十王的修为应该相差不大，最厉害的显然是五道轮转王，五道转轮王应该已经极为接近，或者进入了大神通的领域，而其他九王就差了一些。他与其将他们一一击败，不如一气呵成。

在先前的试探中，海龙清晰地发现他体内的混沌之气足足是以前的三倍。混沌之气似乎已经达到了中成巅峰境界，甚至触摸到了大成境界的边缘。他相信，以他的实力，即使同时面对地府十王，他就算不胜也不会失败。

更何况，他还有撒手锏。

经过龙翔第三变，海龙清晰地感觉到，他的火之力可能已经不弱于镇元大仙，体内的混沌之气不断流转，灵台内的混沌元神悬浮起来，他盘膝而坐，不断将小灵台中的混沌之气转移到灵台内。如果在这种情况下他都不能同时对付十王，那么，这地府他就白来了。他想到这里，胸中豪气万丈，用手中的金箍棒舞出一个棍花，沉声道："各位，可以开始了。"

他话音一落，第一个行动的就是地府王。他如同闪电一般冲了过来，右手做剑指，带起三道寒光，正是追魂剑中的追魂夺魄。同时，秦广王和初江王都变成青面獠牙的样子，喃喃念了两句咒语，张开血盆大口在他身后一吸。

海龙只觉得体内的气血仿佛要涌出一般，暗呼一声：摄气诀。他不敢再以静待动，毕竟面对的是地府十王。他快速旋转起来，金箍棒发出万道金光，逼退了地府王。同时，他背后的双翼张开，如同两个屏障，挡住了从他背后袭来的吸力。

其余七王并没有动，但他们同时发出了绝对空间，去束缚海龙的身体。

海龙等的就是现在这个机会，十王并不知道他的混沌之气是不惧怕绝对空间的。他在空中一晃，空中顿时出现了另一个他。两个他在空中交错，沉声大喝道："各位接我一招，霹雳三打！"

其实，已经不能用霹雳三打来形容这招了，本尊加上分身，这招俨然是霹雳六打。在无坚不摧的金箍棒的加持下，千钧澄玉宇、倒挂老君炉、谈笑退天兵展现出了前所未有的强大威力。这是海龙自进入大神通领域后，第一次发出全力一击。

十王周围弥漫的鬼气顿时被金光绞得支离破碎。十王反应极快，在生死存亡之时再顾不得什么脸面，各自按住另一王的肩头，同时大喝一声。幽绿色的光芒顿时变成了血红色，如同坚实的壁垒。

海龙本来打算在用完霹雳三打后继续出神人鬼，这样一来，他就算无法将十王完全击败，也必定能重伤大多数。但当霹雳三打爆发出的强大攻击力——金光冲破了十王的防御线，将他们打得喷血后退时，他吃惊地发现，他的分身并不能像他本尊那样意念力分流，连出神人鬼。

电光石火间，海龙脑中闪过一道灵光。他没有任何犹豫，本尊继续出神人鬼，攻向十王中相对较弱的秦广王、初江王和宋帝王，同时将隐藏在左臂中的缚龙束扔给分身。

秦广王等三王受创最重，面对地府绝学再也无力抵挡，顿时化为一股青烟消失了。

当秦广王、初江王、宋帝王三人被神人鬼绞杀的同时，海龙的分身也完成了六重流转，地府一般的旋涡吞噬了平等王的身体。

海龙深吸一口气，刚想继续追击，耳边就响起了一个阴冷的声音："阎王叫你三更死，谁敢留你到五更？"

海龙听到这个声音，身体剧震。十八层地府中的种种惨象不断在他眼前闪过，他的脑海中不断回荡着那阴冷的声音，飘浮在半空中的身体竟然战栗起来。

剩余六王看到海龙的样子同时松了一口气，五道转轮王出现在海龙那失去控制的分身旁，张开大口用力一吸，顿时从分身中吸出一股红色的气流。

其余五王也做出了同样的动作，地府的摄气诀最神奇的地方就是可以吸取对手的气血化为己用。

虽然只是分身，但体内蕴含着庞大的混沌之气。在这种大补之气的作用下，除了先前没受伤的五道转轮王以外，被霹雳三打伤到的其他五王顿时完全恢复了。

地府王冷哼一声，道："想同我们抗衡，你还差了些。"他以鬼影迷踪之法来到海龙面前，一掌重重地拍在海龙胸前。

海龙闷哼一声，倒飞而出，嘴角溢出了鲜血。龙翔第三变的防御力确实惊人，在地府王的全力攻击下，他竟然也只是受了轻伤而已。但地府王这一掌也将他从恐惧中拉了回来。眼前的景物顿时一变，他看着虎视眈眈的六王，顿时明白，刚才他中了地府的勾魂术。

分身已经消失，他的意念力恢复了几分。他知道，如果他没有意念分流召唤出分身，又用意念力去控制六连击，地府王的勾魂术未必能成功，可现在说什么都晚了。虽然地府十王已去其四，但剩下的是其中实力超强的六人。

而且，看他们的样子，他们似乎还处于最佳状态。难道他就真的斗不过这些家伙吗？

不，不论如何，他都要抗争到底。

地府王学着先前海龙的语气，淡然道："你还要继续吗？现在你可以认输了吧？"

海龙冷哼一声，道："不，我还没有输。勾魂术是吗？有本事，你再用一次试试。"

地府王冷声道："我一个人用勾魂术确实未必能奈何得了你，但你别忘记，我们有六个人。既然你要尝试，我们就如你所愿。"

在海龙一番狂风暴雨的攻击后，六王已经完全被激怒了。他们在一起多年，配合得极为默契，同时阴阴一笑，沉声喝道："阎王叫你三更死，谁敢留你到五更？"

海龙虽然早有准备，但他一人的法力实在不足以与六王相抗衡，勾魂术又成功了。

意念力发生了巨大的震荡，他双手抱头，惨呼一声，顿时从空中跌落，重重地摔在了地面。

地府王六人并没有任何顾忌，即使海龙死了，他们也有办法让海龙重生，毕竟这里是地府。六人同时扑出，五道转轮王飞在最前面，他周围的鬼气变成一颗颗幽绿色的珠子。他十指连弹，幽绿色的珠子顿时向海龙轰去。

在六王的联手攻击下，失去抵抗力的海龙身上顿时接连发出轰响声，他身上的鳞片在鬼气的侵蚀下发出一道道血光。

剧烈的疼痛让海龙从勾魂术造成的幻象中清醒过来，他突然惊讶地发现，他灵台内的混沌元神不见了。难道混沌元神被勾魂术消灭了不成？他的心顿时沉入了谷底，痛苦依旧在不断传来，他不断地痉挛着。

六王的攻击并没有停止，每一击都会令他的伤势加重一分。他突然感到很奇怪，虽然龙翔第三变使他的身体得到了强化，但在六王这种强度的攻击下，他也不可能存活，为什么现在他还能坚持呢？

海龙口中发出野兽一般的低吼声，金箍棒骤然而出，使出乾坤一掷，重重地轰在了最前面的五道转轮王身上。

地府六王显然没想到海龙在这种情况下还能发动反击，五道转轮王虽然全力抵挡，但还是被金箍棒砸入了地下。海龙倒飞而出，同时接连用出筋斗云六式，避过了其余五王的追击。此时他已经没有了先前的威风，几乎全身是血，体表的鳞片破损严重，他稍微一动都感到无比痛苦。

终于，海龙发现了他依旧活着的原因，他身体表面流转着一层微弱的红色光芒，正是这层光芒在他无法控制混沌之气的情况下护住了他的要害。

因此，他虽然受到了重创，但现在还有一战之力。这片红光似乎就是他消失了的混沌元神化成的。

光芒一闪，混沌元神重新出现在灵台中，只是已经缩小了三分之一，显得非常虚弱。海龙一边强忍痛苦，一边不断避开五王的攻击。

五王也是越战越心惊，受了如此严重的伤居然还能坚持，海龙的毅力确实令他们佩服。地府王突然停止了追击，再次向海龙用出了勾魂术。

海龙身体一震，但此时他全身传来的剧烈痛苦不断牵扯着他的每一根神经，勾魂术竟然失败了。

海龙如闪电一般后退，飞快地吸取着空气中的鬼气，试图恢复法力。就在这时，五王突然停止了追击，飞至刚从地面爬出来的五道转轮王身旁。

五道转轮王确实强大，在突然遭受海龙一击的情况下，依然只受了些轻伤。六王面面相觑，同时点了点头。六人站成一排，各自搭上了前一人的肩膀。最后面的是五道转轮王，最前面的是地府王，他们同时低声吟唱着。

海龙飘然落地，不断地喘息着。

他的撒手铜分身显然无法再用了，为了修复身体和抵挡六王的攻击，混沌之气消耗了许多。他心想，他已经进入了大神通领域，如果先前他没有中勾魂术，今天胜的必然是他。

可是，现在他还有机会吗？

突然，他脑海中灵光一现。他深吸一口气，瞬间解除龙翔第三变后的自身形态。他赤裸的身体上留下了一道道恐怖的伤痕，虽然血已经止住了，但那些伤痕依旧触目惊心。

他的右手在身前画出一个半弧，法力缓缓凝聚，混沌之气快速地修补着他身上的每一道伤口。

皮肤上的伤痕渐渐消失了，他神情淡漠，仿佛并没有感受到地府六王身上依旧在不断增强的气势。

地府王冷冷地看着海龙，双手呈爪形，在胸前相对。在他周围，幽绿色的光芒如有实质一般，集合了六王之力。此时他能调动的法力甚至在普通大神通者之上，他道："海龙，我再问你一次，你愿不愿意认输？我们并不是有意为难你，只是地府的尊严不容任何人践踏。"

海龙身上的伤口都已经消失了，他淡然一笑，道："我也从来没有让地府为难之意，不过，地府王大人，您以为你们已经胜了吗？"

地府王一愣，道："海龙，我们现在用的，乃地府大神通六鬼搬运大法，可以瞬间融合六人的法力，其攻击力你根本无法想象。你现在的情况不算好，虽然外伤治好了，法力却已大损，难道就这样你还想与我们抗争吗？要知道，死亡的滋味可并不好受。"

海龙微微一笑，道："正是因为死亡的滋味不好受，所以我想让各位品尝一下。地府中的魂魄虽然有罪，但我希望今后你们能上体天心，因罪量刑。"说到这里，他缓缓抬起右臂，张开右手五指。

紫色鳞片再次出现在他的右臂上，但并没有向右臂外的地方蔓延。深紫色气流围绕着他的右臂旋转起来，右手五指变成了坚利的兽爪。一股淡淡的黑气在他的掌心中凝聚，如同旋涡一般不断地旋转着。

地府王心中一惊，他感觉到了一丝恐怖气息，不敢再拖延。他的双手呈爪形缓缓向两旁抓出，凄厉的惨叫声不断回荡，夺人心魄。阴森鬼气如同一面厚实的墙壁，缓缓向海龙压去。六道鬼影若隐若现，地府的六鬼搬运大法，没有任何人能够独立使用，其威力甚至在地府祖师的金光九转罗汉之上。

在巨大的压力下，海龙的红色长发在他身后飘浮，但他的身体岿然不动，如深渊，如崇岳，伫立在那里。他的右臂比先前粗了一倍左右，即使上面覆盖着鳞片，肌肉的纹路也清晰可见。

地府王知道，现在这种情况不能再持续下去，他们只能先将海龙毁灭再说。他大喝道："显威！"

六道巨大的鬼影，带着无比强大的威压，骤然向海龙扑去。鬼影的真容已经完全显现，无比狰狞，给人一种无比心悸的感觉。

海龙依旧没有动，他要赌，赌六王死后这些法力化成的厉鬼会立刻消失。在地府王全力催动六鬼搬运大法之时，他也大喝一声："龙——翔——灭——仙——劫——"

上次，虽然他被托塔天王吸入了八宝玲珑塔内，但是，灭仙劫完成攻击后依旧回到了他身上。

此时，海龙的法力只剩五成，但现在他身具大神通，三成法力就足以发挥出灭仙劫最大的威力。为了能够一举成功，他在催动龙翔臂发出龙翔灭劫爆的同时，也催动了灭仙劫，两者融合为一，就形成了龙翔灭仙劫。

龙吟声震慑着地府六王的心神，一条紫色巨龙张牙舞爪，围绕着一道若隐若现的黑影骤然飞出。黑影在与六鬼接触之时，瞬间撕碎了其中之一，随着紫色巨龙再次加速。在黑影笔直地射入了地府王的胸口的瞬间，紫色巨龙融入了灭仙劫之中。

紫黑色的光芒依次从六王胸口穿过，带起了漫天血雾。不论是地府王还是其余五王，都露出惊骇的神色。砰的一声，他们的身体化为了灰雾，消失不见。

此时，剩余的五鬼已经扑到了海龙面前，海龙感觉到，死亡距离他已经很近。在冲在最前面的厉鬼距离他只有一寸之时，突然停了下来。紧接着，五道鬼影就像六王一样，化为尘烟消散了。在这黑暗的空间中，只有他的心跳声清晰可闻。

成功了，他竟然真的成功了！他实在有些不敢相信，如果六王没有聚成一排，就算龙翔灭仙劫的威力再大，他也不可能秒杀六王。六鬼搬运大法的攻击力，绝对不在龙翔灭仙劫之下，甚至尤有过之。只是这六鬼搬运大法的攻击面太广了，只有即将触碰到目标时，六鬼才会骤然聚拢。而龙翔灭仙劫利用透点之力瞬间突破，在六王旧力尽出，新力未生之时一举灭敌，这其中包含了太多的幸运。

海龙剧烈地喘息着，虽然体内的法力消耗殆尽，但他依然能站稳身体。混沌元神在意念力的催动下，疯狂吸收着空气中残留的鬼气。海龙喘息着自言自语道："不愧是地府十王，看来，我真的是大意了。"

"但是，你还是取得了最后的胜利。"鬼王王方平和阴王阴长生一同走到海龙面前，那惊心动魄的一战已经结束，但现在他们还心有余悸。作为地府的王者，他们从来没有想过，在六界中竟然还有人能够同时对战地府十王，并且不落下风。即使是地府祖师，也很难做到。

海龙苦笑一声，道："鬼王、阴王两位前辈，难道你们没看出，我获得胜利，有很大一部分要归功于运气吗？我那最后的一击耗费了全部的法力，而且只能锁定单一的目标。我只是取巧而已。否则，六鬼搬运大法临身后，死的就一定是我。"

王方平微微一笑，没有因为十王被打败而愤怒。他拍了拍海龙的肩膀，道："运气在决战时是很重要的。但结果才是最关键的。最后，你依然打败了地府十王，不是吗？

"不过，如果还有下次，你就不会胜得这么轻松了。十王在开始动手时并没有用出全力，他们作为地府的王者，都有强者的尊严。围攻你一人，实是他们不愿为的，希望你不要因此而记恨他们。"

海龙摇了摇头，道："我从来都没想过记恨。我也明白，如果十王一上来就全力发动勾魂术，我根本就没有反抗之力，只能任由十王宰割。鬼王前辈，现在我可以返回仙界了吧？在地府的这段时间，我终生难忘，只是不知道以后还有没有机会再来看你们。"

王方平突然伸长右臂，一掌拍在海龙的额头上。此时，海龙只恢复了一分法力，根本无法与王方平抗衡，他也不想反抗，因为他相信，鬼王是不会害他的。一股冰凉的气息顺着他的额头而入，他觉得他脑海中多了些什么。

王方平的手臂恢复如初，他微笑道："海龙，我知道你可以通行六界，但是，地府的入口，只有仙界才有，而且应该有重兵把守。但现在不一样了，我将地府最高级的王符打入了你体内，今后，你随时可以用灵魂出窍之法到我们这里来，我们随时欢迎。

"你放心，十王对你只有敬佩之心，绝不会记恨你。你不用谢我，这是菩萨交代的，即使刚才你输了，我们也一样会放你回仙界。至于那灵魂出窍的方法，我已经印入了你的脑海中。以你的修为，领悟它不是难事。

"你要记住，有了王符，你不论在什么地方，只要灵魂出窍就能来到地府。遇到无法抵御的敌人时，你也可以这样做，这样，至少可以让元神逃出来。"

海龙点了点头，道："鬼王前辈，我就不说谢了。如果今后地府有用得着我的地方，我定然义不容辞。还请指点我回仙界之路。"

鬼王微微一笑，同阴王对视一眼，两人同时抬起双掌。海龙只觉得周围一阵天旋地转，他仿佛掉入深渊中，一股熟悉的气息冲入他体内，他的法力和精神力竟然瞬间恢复了。他明白过来，这是在地府阴阳塔时才会出现的感觉。一个有些悲伤的声音在他耳边响起："弟弟，你要多保重。"

"大姐，大姐，是你吗？"海龙大喊着，但他的声音只能在他耳边回荡，周围渐渐变成了一个七彩的世界，围绕着他的身体飞快地旋转着。晕眩感刺激着他的大脑，阴森的地府逐渐消失了。他眼前一阵发黑，意识顿时陷入了沉睡。

"大姐！"海龙猛地坐了起来，身上出了一层冷汗。他看着光洁、赤裸的身体，感受着周围柔和的气息，喃喃地道："我、我回来了吗？"

他举目四望，只见这是一个淡黄色的世界，云海茫茫，一望无际。这里明显不是仙界，因为仙界中的气息不会如此祥和。

"我这是在哪里？难道我到了另一只圣兽的领域吗？"他变出一身白色的长袍，不用他刻意为之，他的身体就被一朵金云托了起来。他深深地吸了一口祥和的灵气，觉得他体内的混沌之气仿佛在欢呼，快速地运行了一个周天，给他带来了通体舒适的感觉。

突然，一点红光从远处急射而来。海龙心中一凛，清晰地感觉到那红光中蕴含着强大的力量。转眼间，红光以肉眼难辨的速度飞到了他身前，就在他准备用混沌之气防御时，那红光突然停了下来，悬浮在他三尺之外。

海龙定睛看去，身体剧震，因为这红光正是一个大葫芦，是他从人界中带来的大葫芦啊！他的手有些颤抖地抓住了大葫芦，拧开盖子，一股熟悉的酒香扑鼻而来。他的眼睛湿润了，他已经明白现在他在什么地方，哽咽着大喊道："师父，师父是您吗？弟子海龙回来了。"

金光流转，孙悟空的声音非常柔和，他道："好孩子，你受苦了。欢迎你到佛界来。"

光芒一闪，一身金色毛发的斗战胜佛孙悟空出现在了海龙身前。海龙脑海中一片空白，这一刻，他忘记了经历的一切，扑通一声跪倒在金云上，失声痛哭，道："师父……"

孙悟空抹掉眼中的泪水，将海龙搀扶起来，强笑道："傻小子，你哭什么？你这不是回来了吗？来，你先喝口酒，定定神。这可是师父特意给你留的，要不是俺老孙时时提防，这酒早已被别人抢走了。"

## 第166章
# 重逢飘渺

终于又见到师父了，海龙又怎么能不激动呢？在仙、佛二界中，他最尊敬、最崇拜的就是孙悟空。他哽咽着喝了一大口酒，体内暖烘烘的。

"师父，您怎么知道我回来了？为什么我会在佛界呢？地府不是只有通往仙界的通道吗？"心神定下来后，海龙渐渐想到了不对的地方。

孙悟空微笑道："地府是只有通往仙界的通道，在地府祖师将你送到仙界后，为了不让仙帝发现，你师伯用大神通将你送来了佛界。小子，经历了这么多苦难，你也该苦尽甘来了。走吧，我带你去见一个你最想见的人。她已经等你很久了。"

海龙愣愣地看着孙悟空，他心中已经明白了什么。就在他愣神的工夫，孙悟空身上发出一团耀眼的金光，将他包裹在内。转瞬间，他们就到了另一个地方。这是一座巨大的寺庙，海龙并没有惊讶于寺庙的宏伟，而是惊讶于其中传来的祥和之气。他的激动和浮躁渐渐消失，阵阵梵唱之声从寺庙中传出，海龙心中充满了宁谧的感觉。在寺庙大门的正上方刻着四个巨大的金字——大雷音寺。

孙悟空正色道："这里就是佛界的中心，西天如来佛祖所在的大雷音寺，也是佛界最神圣的地方。来，你跟我进去吧。"孙悟空拉起海龙，两人迈入了大雷音寺。一进入寺门，海龙就发现那股祥和之气突然变得浓郁，他体内的法力化为了虚无。他全身放松，浸在这祥和的气息中，地府内的血腥和阴祟气息荡然无存。

他看向他的师父，赫然发现，一向不正经的恩师竟然也露出肃穆之色。深奥的佛法确实可以令人改变。

海龙刚想静静体悟佛法中蕴含的奥义，一道白色身影就静静地出现在寺门左侧的尽头。海龙在潜意识的催动下转过头去，他和那白色身影同时僵住了。

刹那间，海龙身上发出耀眼的红色光芒，将周围的佛气排斥在外。他不想让任何东西影响到他此时的情绪。

"飘——渺——"红、白两道人影瞬间抱在一起，数百年的等待后，两人执手相看泪眼，竟无语凝噎。六百年的等待，终于让他们得以重逢。海龙不同以往的容貌并没有影响到什么，他们对彼此太熟悉了，仅仅是一个眼神，就可以认出彼此。


"飘渺，你历经三千余年的修炼，通过了天劫的考验，接下了三重天劫。我以仙界阴雷天君之名，准你入仙界为仙，从此跳出凡间，

227

不在五行中。现在你随我返回仙界，受帝君之封。"

"不要，我不要升仙，我要和海龙在一起。天君，请您收回成命吧。我不想成仙。"

"飘渺，准你升仙乃仙界之意，谁也不可违背。况且，你丈夫修为不弱，迟早也会升入仙界。你如果逗留人间不肯离去，以后更长的时间里将无法同他在一起，你还是先上仙界等候他吧。你们如果有缘，在不久后，自然会在仙界重逢。"

"老婆，你去吧。你在仙界等我，我一定会用最快的速度到仙界去找你的。老婆，你自己要多保重啊！我已经同陨雷大哥说好了，他会照顾你的。"

"飘渺——"


海龙对最后一幕记忆犹新。

分离前，他呼唤着飘渺，飘渺哽咽着说不出话，泪水不断地流淌，她抬起纤细的玉手，指了指他，又指了指她自己的心脏，似乎在告诉他：不论什么时候，你心有我，我心有你。

是啊！你心有我，我心有你。飘渺在海龙的心中画上了浓墨重彩的一笔。他紧紧地搂住飘渺有些冰凉，还在颤抖着的身体，什么佛法，什么修为，他将所有的一切全都抛于脑后。此时，他的心中只有飘渺。

不知道什么时候，光明祖师出现在孙悟空身旁，看着那抱在一起的身影，不断念叨着阿弥陀佛。

孙悟空没好气地道："走啦，人家这是真情流露，佛祖也会宽恕他们的。和尚不宜，和尚不宜。我们走吧，别打扰他们了。"说着，他强拉着光明祖师朝大雷音寺深处而去。

海龙轻轻抚摩着飘渺的长发，柔声道："乖，不哭了，不哭了。老婆，你知道我有多想你吗？"

飘渺依旧在哭泣，海龙的前襟已经被她的泪水浸湿。突然，她猛地抬起头，眸中充满了幽怨，她道："你为什么来得这么晚？你为什么来得这么晚？你知道吗？我、我……"

海龙身体剧震，用双手紧紧地抓住飘渺的双肩，森冷道："难道、难道仙帝欺负了你吗？"

飘渺咬了咬下唇，道："是，他欺负了我，你来得太晚了。"

海龙只觉得一阵天旋地转，心中的痛苦达到了极点。但紧接着，他变得温柔起来，重新将飘渺搂入怀中。

泪水顺着他那刚毅的脸流淌而下，他将头抵在飘渺柔软的长发上，痛苦地道："对不起，对不起，一切都是我不好。因为我，你才受了那么多苦。我以性命和灵魂发誓，从今天开始，我绝不让你再受到任何委屈。老婆，过去的都已经过去了，你也别再多想，现在你已经回到了我身边。我爱你，我永远永远都爱你，不会因为任何事而改变。"

飘渺幽幽地道："那你就不嫌弃我吗？我已经被侮辱了，我没有保护好自己。你走吧，我不会怪你。"

"不——"海龙用力搂紧飘渺的身体，似乎要将她柔软的身体融入他体内。他道："不，老婆，你永远是我的妻子，那并不是你愿意的啊！在我心中，你永远都是无瑕的。老婆，我爱你，你千万不要让我离开，否则，我立刻死在你面前。"

飘渺僵硬的身体渐渐软化，呼吸有些急促。她低声道："你先放松些，你想勒死我吗？"

海龙吓了一跳，赶忙松开手臂。现在他心中充满了对飘渺的怜惜，唯恐她受到一丝伤害。

飘渺将长发拢到耳后，擦干脸上的泪水，在海龙胸口上轻捶一下，道："算你还有点良心。我是骗你的。有师父在，我怎么会出事呢？如果我真的出事了，你就再也见不到我了。"她最后一句话充满了决绝之意，海龙愣愣地看着她，喃喃地道："你、你在骗我吗？"

飘渺没好气地瞪了他一眼，嗔道："你这个没良心的，都六百多年了才来找我。如果不是我师父袒护，恐怕我早已……难道我骗你一下还不行吗？你知道我这些年等得有多苦吗？难道我就不能让你急一下吗？"

海龙苦笑一声，重新将飘渺揽入怀中，赔笑道："能，当然能。以后我什么都听你的，只要你在我身边就行了。其实，从踏入仙界的第一天起，我就想去找你，可我到了仙宫后就被仙帝赶了出来。

"你也知道仙界是一个什么样的地方，以我那时的修为，连一个普通的仙人，我都很难斗过，更别说去找你了。后来我到五庄观中修炼，闭关了二百多年。出关后，我就偷偷摸入了广寒宫中，想找你，却在阴差阳错下同你师姐梦云仙子一起进入了一个有问题的仙阵。

"那个仙阵竟然将我们送入了妖界，在那里经历了种种磨难后，我立即回了仙宫，却怎么也找不到你。老婆，我真的没有忘记你啊！我无时无刻都在想办法去找你，想将你从仙宫中救出来，我……"

飘渺按上海龙的唇，柔声道："好了，你不要再说了。你做的一切我都听斗战胜佛说了，我只是这些年等你等得太痛苦了，这才忍不住要气你一下。对不起，龙，我知道你受的苦并不比我少。我们这回永远都不再分离了。"

　　海龙用力地点了点头，紧搂住飘渺的身体，柔声道："是，我们永远都不再分离。老婆，这些年你是怎么过的？又是什么时候到这里的呢？"

　　飘渺道："走吧，到我住的地方去说。这里是大雷音寺，我们不可在此打扰佛祖。"说着，她露出虔诚之色。

　　海龙吓了一跳，道："飘渺，你、你不是出家了吧？"

　　飘渺扑哧一笑，道："你别怕，我就算出家了，也会为你还俗的。你早已把我的心占满了，我还能容得下其他什么呢？"说完，她拉着海龙向大雷音寺的偏殿走去。

　　一边走着，她一边低声道："只有修为高深的菩萨和尊者才能于大雷音寺修炼，他们大多正在做早课，我们就不要打扰了。"

　　大雷音寺占地极广，海龙跟着飘渺转了半天，才走出偏殿，来到一排精致的房屋前。

　　"这里就是我修炼的精舍。我们进去说话吧。"六百年不见，她实在有太多的话要对海龙说了。

　　精舍内的布置很简单，与门正对的墙壁上有一个巨大的"禅"字，"禅"字下方是一张木床。

　　飘渺拉着海龙坐在木床上，靠着他的肩膀，道："虽然我们一直没见面，但你这些年的经历我基本上都知道。当我听你师父说你为了救我而大闹仙宫之时，就已经不怪你了。那时，你倒是错怪了仙帝，我已经不在仙宫之中了。

"你和师姐掉入妖界后，你师父斗战胜佛怕我在仙宫中被仙帝欺负，特意赶到广寒宫中将我带到了大雷音寺。这里不愧为佛界圣地，这里的佛气不但对我的修为有极大的好处，而且也能让我的心平静下来。在这里，我的心不必受痛苦的煎熬。这些年来，我无时无刻不在想着你，今天你终于来了，我真的好开心。"

海龙小心翼翼地擦掉从飘渺脸上滑落的泪水，若有所思地道："照这么说，我掉入妖界的时候师父就已经把你带到这里了。可是，为什么你师父帝母娘娘说不知道你去了什么地方呢？我想，师父不可能没同帝母娘娘打招呼吧。"

飘渺苦涩地一笑，道："其实，你的师长们也是为了你好，你大闹仙宫全是他们设计的。我师父是受了元始天尊之请才向你说了谎。"

海龙的眼神一冷，但转瞬间又变得柔和了。他轻叹一声，道："我知道师父他们是为了我好，但是，我这一去就是三百年啊！"

飘渺转移话题道："龙，别想这些了好吗？反正这些都已经过去了，我不希望你和你的长辈有隔阂。"

海龙勉强一笑，道："不会的，他们为我付出了那么多。老婆，说说你到仙宫时的情形吧。我一直都没有得到你的确切消息。"

飘渺点了点头，道："我随陨雷天君升仙之后，被他带到仙宫之中。初见仙帝之时，我还对他充满了尊敬。他也没表现出不妥，将我安排在广寒宫，当一个普通的女官，听月仙子吩咐。开始时我只想在广寒宫中等待，我相信，你一定会尽快升仙来找我。

　　"没过几天，仙帝就开始来找我。一开始他还没有露出邪念，但随着时间的推移，他越来越得寸进尺，甚至天天来缠我。我是你的妻子，又怎么能同他纠缠不清呢？我严词拒绝了他。

　　"有一次，我为了躲他跑到了广寒宫深处，正好遇到了梦云师姐。他追来后，当着梦云师姐的面，也不敢把我怎么样。梦云师姐问清了我的遭遇后，就将我带入了后宫，请求师父收我为徒。龙，师姐她是咱们的恩人啊！如果没有她，恐怕我们就再也无法见面了。以后有机会，我们一定要好好跟她道谢才是。"

　　海龙点了点头，梦云仙子那冰冷的面容浮现在他脑海中，他不由得心中一悸，轻叹道："一切都已经过去了，有机会，我定会陪你到广寒宫去感谢帝母娘娘和梦云。"说着，他低下头，温柔地向飘渺的唇吻去。

　　飘渺偏开头，躲到一旁，微嗔道："不可以。这里是佛界圣地啊！我们不能……"

　　海龙尴尬地挠了挠头，道："对不起，我实在太想你了。"

　　飘渺脸一红，低声道："以后还有的是机会嘛。"

　　她眼中露出一丝兴奋的神色，道："对了，这里还有一个惊喜等着你。"

　　海龙一愣，道："什么惊喜？"

　　飘渺神秘地一笑，道："走，我带你去。"说着，她拉起海龙，离开了她的房间，走到隔壁，在房门上轻轻地敲了几下。

　　海龙看着房门，心中一动，眼露惊喜道："难道是弘治升入佛界了？是啊，弘治的修为本就不低，我们还在人界的时候他就闭关了，现在他也该升入佛界了。是，一定是他。对不对？"

飘渺摇了摇头，道："你猜错了。"

正在这时，门开了，一颗毛茸茸的头伸了出来。它拥有一身银色的毛发，一看到飘渺，顿时笑道："大嫂，你找我有事吗？"

"小机灵！"海龙飞身上前，一把抓住它的肩膀。这从门后出来的，正是他的好兄弟小机灵。

小机灵愣了一下，上下打量着海龙，皱眉道："你是谁？你抓着我干什么？"

海龙这才意识到他的容貌与以前不同，他在小机灵的头上敲了一下，道："这回你知道我是谁了吧？你连大哥都不认了吗？"

小机灵身体一震，道："海龙，你是海龙。可是，你怎么变成了这个样子？"

海龙道："我变帅了不好吗？"一人一猴对视着，突然，小机灵尖叫一声，猛地扑了上来，紧紧地搂住海龙。它的身体并不比海龙矮小，粗壮的双腿缠在海龙腰间，看上去极为可笑。

海龙的眼睛湿润了，他喃喃地道："没想到，我真没想到，你竟然也已经飞升了。可是，你为什么会到这里呢？弘治的修为比你高多了，他一定也升入佛界了吧？他在哪里？"

小机灵的身体微微颤抖，半晌它才平复下来，从海龙的身上跃下，擦了擦眼睛，道："就我一个人升入了佛界。本来我是应该去仙界的，可到了仙界之后，我就被一个老和尚接来了。那老和尚自称是弘治的师父，还说我更适合佛界。"

海龙明白，小机灵指的一定是光明祖师。他忧心于弘治的安危，追问道："那弘治呢？他跑哪里去了？难道、难道他渡劫失败了不成？"

　　小机灵摇了摇头，道："你别急，那秃子根本就没渡劫。那次我闭关之后，他就一直为我护法。不知道为什么，我的修为增长速度极快。时间一天天过去了，有好几次我都想出关去找你，可他不许，非让我继续闭关，说不能让我功亏一篑。

　　"后来我也不知道闭关了多长时间，天劫突然降临了。当时我以为是弘治的，却没想到天劫是因我而来。弘治那家伙变得非常强大，渡劫时，我基本没费什么力气就成功了。弘治在我飞升时告诉我，让我到仙界中找你，我这才知道你已经飞升。他还说，他恐怕要过很长一段时间才能上来找咱们。"

　　海龙听了小机灵的话，皱了皱眉，道："按时间推算，你修炼的时间应该还不到两千年，弘治就比你长多了。连你都飞升了，弘治没理由还留在人间啊！这家伙不知道在搞什么鬼。小机灵，你来佛界有多久了？"

　　小机灵道："不久，一年多而已。海龙，你带我出去吧。这里虽然住着很舒服，不过也太闷了。仙、佛二界一定有不少好玩的地方，你带我去啊！"

　　海龙苦笑道："虽然我到仙界的时间不短，但我除了修炼就是想办法找飘渺。仙界大部分地方我都还没去过呢，找好玩的地方实在太难为我了。"

　　小机灵露出一副我鄙视你的样子，看了飘渺一眼，唉声叹气地道："也是，你见到了大嫂，哪儿还顾得上我这个兄弟啊？唉——"

海龙没好气地敲了小机灵一下，道："你少跟我装腔作势，以后我到哪里你跟着就是了。不过，短时间内我恐怕不会离开佛界。小机灵，你见过我师父了吗？"

小机灵一愣，道："你师父？你是说斗战胜佛他老人家吗？"它脸上露出崇敬的神色，"他老人家可是我们猴子的骄傲啊！你可真幸福，居然能拜他老人家为师。唉，要是我也有你这么幸运就好了。"说着，它眼中还露出憧憬的神色。

"什么老人家、老人家的？俺老孙有那么老吗？"金光一闪，孙悟空骤然出现在海龙和小机灵身旁。

"师父。"海龙恭敬地叫到。

孙悟空看了他一眼，嘿嘿笑道："你小子这下美了吧？和老婆亲热起来，你还记得俺这个师父？"

海龙脸一红，道："无论什么时候，我都不敢忘记师父。师父，我给您介绍，这是我在人界时的好兄弟小机灵。我们一起在连云山脉修炼。"

孙悟空看了小机灵一眼，道："嗯，根骨不错，它比俺当初那些猴子、猴孙强多了，不比六耳那家伙差。"

小机灵在孙悟空面前收起了所有毛躁，低着头站在那里，一声也不敢吭。

海龙心中一动，赶忙道："师父，我这兄弟可是非常勤奋刻苦的，而且又和您是同族，您看……"

孙悟空笑道："你这小子，又想让俺老孙收徒弟是不是？小机灵是六耳的后代，希望别像六耳那么懒才好。"

海龙一愣，道："六耳大哥很懒吗？我怎么没觉得？"

孙悟空翻了一个白眼，道："它要是不懒，在俺那大哥门下这么多年，会连个大罗金仙都打不过吗？"

小机灵突然跪倒在地，恭敬地道："圣佛，您就收我为徒吧，我一定不会偷懒的。能入您门下，我再无所求。"

孙悟空很满意小机灵的恭敬，点了点头，道："你起来吧。到时让海龙先将千钧棒法传授给你，什么时候你能成功用出乾坤一掷，俺老孙就什么时候认你这个徒弟。"

小机灵大喜，恭敬地向孙悟空磕了九个响头，道："多谢师父成全，弟子一定刻苦修炼。"

孙悟空眼中金光一闪，小机灵顿时身体一软，瘫倒在海龙怀中。海龙微笑道："师父，您老人家又用这招。"

孙悟空道："不这样，俺老孙能把功法都传入它脑中吗？你扶它进房，两天后它就会醒过来。俺老孙的族人有一个能成仙也不容易，俺老孙怎么也要成全它。你和飘渺跟俺老孙走吧，俺老孙带你们去拜见一下大雷音寺的几个菩萨和尊者。"

这么长时间以来，海龙还是第一次如此轻松。他微微一笑，道："是。师父，您有空时还要带我们在佛界转转。"

孙悟空道："在佛界中你们都要循规蹈矩，不可影响佛界中人修炼，以免落人口实。而且你们要小心些，在佛界中与俺老孙有怨的人可不少。"

海龙苦笑道："师父，您老人家怎么在哪里都有结怨之人啊？"

孙悟空挺起胸膛，道："那当然是因为你师父刚正不阿，所以让一些小人看不惯。少废话，你们两个都跟俺老孙走吧。"在大雷音寺中他也不敢用大挪移，带着海龙二人，朝大雷音寺后殿走去。

　　一边走，孙悟空一边道："在大雷音寺中除了身处上位的佛祖、菩萨外，还有五百罗汉。五百罗汉以二位尊者为首，这二位尊者就一直同我不太对付。不过，他们的大力降魔杵还是非常惊人的。你们只要不去招惹他们，应该也不会有事。"

　　说着说着，他们就走入了后殿。一进殿门，他们就看到了正好迎面走来的四个身穿僧袍的罗汉。四个罗汉看到孙悟空，都是脸色一变，赶忙闪到一旁低首不语。孙悟空见这四个罗汉当着他徒弟的面，连招呼都不和他打一个，顿时大感没面子。他沉声道："喂，你们几个干什么去？"

　　那四个罗汉依旧低头不语，嘴里不知道念叨着什么经文，身上散发出浓郁的佛气。

　　孙悟空脾气一上来，哪儿还管这是在哪里。他见这四个罗汉还不理他，顿时一个箭步冲了上去，抓住一个罗汉的肩头，道："俺老孙跟你们打招呼，你们连理都不理，这就是尊者教你们的吗？就算是他，见了俺老孙也要打一声招呼吧？"

　　孙悟空虽然心中有气，但还是很有分寸的，并没有伤害那几个罗汉的意思，只想问个清楚。在佛界，尤其是在大雷音寺，不管碰到谁，佛门中人都必须以礼相待，以彰显佛宗心胸宽宏。

　　"非也，非也，圣佛不必动怒，我这几个徒儿皆是我刚从大雷音寺外挑选而来的，经过大雷音寺的佛气洗礼，神志还有些不清楚，若他们得罪了圣佛，还请圣佛以慈悲为怀，勿怪。"

前方突然出现一道瘦小的身影，同海龙相比，他简直就像一根细小的竹竿。干瘦的脸上堆满了笑容，他只走了几步，就来到了众人面前。

孙悟空听了此人的话，先是愣了一下，转而挠了挠猴头，笑道："原来他们是你的徒弟，不好意思，俺老孙冲动了。海龙，你过来。"

海龙听到师父召唤，赶忙上前一步。孙悟空道："这位是降龙罗汉，他同二位尊者一样，都拥有金身罗汉的称号，是我好友。"

海龙不敢无礼，赶忙恭敬地道："海龙见过降龙罗汉。"

降龙修为极高，但他发现，他竟然无法看透面前这高大青年的深浅。他惊讶地道："你是仙人吧？不必多礼。圣佛，他是？"

孙悟空自然看出了降龙心中的惊讶，得意地道："这是我徒弟海龙，以前我跟你提过的。怎么样？降龙老弟，我徒弟不错吧？"

不知道什么时候降龙手中突然多了一把破扇子，他轻轻地扇了扇，笑道："圣佛真是好本事，你这徒弟可比我那些徒儿强多了。你们这是要去哪里啊？"海龙看着他微笑的样子，心中生出一股莫名的亲切感，退到一旁听孙悟空说话。

孙悟空指了指飘渺，道："这是我徒弟的妻子，我打算带他们到光明祖师那里去一趟。"

降龙嘿嘿一笑，压低声音道："悟空，在大雷音寺你就口无遮拦。难道你想让尊者再抓到你把柄，到光明祖师和观音菩萨那里去告你一状吗？"

孙悟空哼了一声，道："谁怕那家伙？他就爱挑拨是非，献媚于佛祖。现在如来佛祖闭关不出，我看他还倚仗谁去。他要是胆敢来招惹俺老孙，就休怪俺老孙棒下无情。对了，降龙，你看到悟能没有？最近这些天俺老孙怎么没见到悟能？"

降龙笑道："他呀，和咱们一样，就是喜欢……"说着，他比画了一个喝酒的动作，才继续道，"可是我们佛界中哪儿有那种好东西啊？这些天我看他到处跑来跑去，恐怕是在找通往仙界的通道呢。可惜他的修为还比不上圣佛，尚不能穿行于六界，只是干着急而已。刚才我还看见他，似乎也是向光明祖师修炼的地方去了。你可以寻去看看。"

## 第167章
# 孙悟空的请求

孙悟空道："喝点儿还不容易吗？降龙老儿，有机会俺老孙让你喝个够。咱们这里没有酒，下界可多得很啊！"

降龙眼中露出惊喜之色，他凑到孙悟空身边，低声道："圣佛，你真的有门路吗？据我所知，光明祖师可是下令，你不得擅自离开大雷音寺啊！"

孙悟空嘿嘿一笑，道："这还用得着俺老孙吗？所谓师父有事，弟子服其劳。过些天，俺老孙让海龙去人界搜刮一圈就是了。降龙，俺这徒弟也可穿行于六界，悟能那家伙绝不是他的对手。"

降龙一愣，道："圣佛这是说真的吗？"

孙悟空不怀好意地看着他，道："你要不信，有时间就跟他比试比试。"

降龙摇了摇扇子，道："还是算了，你也不是不知道，我一向不喜与人争斗。你们快去见光明祖师吧。要是以后有了好东西，你别忘记了兄弟。"说着，他还递给孙悟空一个戏谑的眼神，然后哈哈一笑，带着他那四个弟子离开了。

海龙看着降龙的背影，心中不禁有些疑惑：这就是所谓的罗汉吗？他不但同师父一样好酒，而且看上去一点也没有罗汉的威严。

孙悟空笑道："你很奇怪为什么降龙会是这副德行吧？你千万不要被他的外表迷惑。他在五百罗汉中，修为绝对可以排在前五。人界有一个传说，你可能也听过，就是关于他的。他在人界游历时，曾救人无数，人界的百姓都称呼他为济公。那句酒肉穿肠过，佛在心中坐，就是由他而来的。"

海龙身体一震，他怎么会没听说过济公呢？小时候，他和豆芽儿最喜欢听的，就是村中长者讲述的济公传说。他和豆芽儿之所以选择到连云宗拜师，有很大一部分是因为济公的传说。他没想到，刚才在他面前的，竟然是这传说中的人物。他回想起济公在人间的种种作为，不由得肃然起敬。

在孙悟空的带领下，他们穿过大殿，路上遇到了数十个宝相庄严的罗汉，但再没一个能给海龙带来亲切的感觉。

"光明，俺老孙来了。"孙悟空嚷嚷着走进了光明祖师修炼的静室。

海龙两人随后进入。

一进这间静室，他们就都愣了一下。静室中被淡黄色的云雾笼罩，静室在外面看着不大，但里面如天地一般宽阔。供人出入的门户已经不见了，周围全是庞大而纯净的佛气。

海龙突然感觉到一股无形的压力扑面而来，这股压力充满了正气。周围的空间宛如不存在一般，他除了正面抵抗之外，没有其他办法。

受到外力的刺激后，海龙体内的混沌之气汹涌而出，一层淡红色的光芒将他护在其中。

孙悟空身放金光，将他自己和飘渺罩住，他仿佛没有看到海龙的窘境，飘浮在一旁。

压力渐渐增大，海龙体内的混沌元神未经催动就已经显现出来。火属性混沌之气充盈于全身，虽然迎面而来的冲击力犹如大海一般汹涌澎湃，但他依旧如海中的擎天一柱一般屹立不倒。混沌之气快速地循环着，他一边吸收佛气转化，一边不断抵抗。

突然，一道金光骤然从前方向海龙射来，海龙的压力顿时大增。海龙身前的混沌之气泛起阵阵涟漪，他不敢大意，双手合于胸前翻转，十道红色的光芒从他的指尖射出，在空中聚成一道，向那道金光撞去。金、红两道光芒在空中撞在一起的瞬间，周围的淡黄色云雾突然剧烈地波动起来。他只觉得一阵和煦的暖风扑面而来，身体下意识地向后退出数丈。

压力消失了，云雾渐渐向两旁散开。一朵金色的莲花出现在半空中，随着莲花越来越清晰，莲花上的人影也浮现出来，正是光明祖师。他微微一笑，看着海龙，淡然道："三界九地众生，各有涅槃妙心。海龙，你成功了。"

虽然周围再没有压力，但在光明祖师面前，海龙竟然有一种抬不起头来的感觉。

这才是真正领悟了至高佛法的大神通者啊！

海龙还是第一次感受到光明祖师的强大，其修为似乎还在师父之上。他恭敬地深施一礼，问道："光明祖师，何谓涅槃？"

光明祖师微微一笑，道："令自悟入无余。无余者，无习气烦恼也。涅槃者，圆满清净义。灭一切习气，令永不生，方契此也。度者，渡生死大海也。佛心平等，普愿与一切众生，同入圆满清净无余涅槃，同渡生死大海，同诸佛所证也。有人虽悟虽修，作有所得心者，却生我相，名为法我。除尽法我，方名灭度也。汝今已得圆满之法，此圆满非人间之彼圆满，汝当用心行之。"

海龙心中若有所悟，再次施礼道："多谢佛祖教诲，弟子受教了。"

光明祖师转向孙悟空，微笑道："悟空，海龙现今之修为虽不如你，但亦相去不远。他已可担当大任。地府祖师真乃信者。"

孙悟空笑道："行啦，试也试过了，你就别咬文嚼字的，俺老孙听着别扭。除了俺老孙，谁还能教出像海龙这么出色的弟子？"

光明祖师无奈地摇摇头，道："老衲就知道你会得意。依老衲看，你这焦躁的性子是改不了了，希望以后海龙不要像你才好。"

孙悟空哼了一声，道："像俺老孙有什么不好？俺的徒弟不像俺老孙像谁？对了，光明老儿，观音菩萨呢？"

光明祖师道："菩萨返回紫竹林了。你不用带海龙去拜见其他人了，就带他们随便在佛界中转转吧。等过些天，还要让他们回仙界去。"

孙悟空点了点头，道："刚才我那师弟是不是来过？他人跑哪儿去了？"

"猴哥，我在这儿。"云雾散开，一道肥硕的身影摇摇晃晃地出现了。

此人比孙悟空还要高大几分，身体如同一个圆球。整个人站在那里，就像一个圆滚滚的大肉团上放了一个肉丸子，看上去极为好笑。他有一双扇风大耳，长长的鼻子突出，身体稍微一动，身上的肥肉都会随之震颤，宽大的僧袍根本无法遮住其"肉"身。

海龙两人目瞪口呆地看着这个人，这是孙悟空的师弟吗？怎么看怎么像一头……

孙悟空嘿嘿一笑，道："你们不用猜了，这家伙本来就是一头猪，也确实是我师弟，法号悟能，以前叫猪八戒。八戒，你这家伙是不是又来麻烦光明祖师了？你不好好做你的净坛使者，整天闲逛什么？"

猪八戒显然十分惧怕这个师兄，哼哼两声，道："猴哥，我心里不平衡啊！"

孙悟空惊奇道："你有什么不平衡的？"

猪八戒的大耳朵动了动，他道："当初咱们同师父一起来西天取经，凭什么你就成佛了，而我老猪才是一个使者？我今天来，就是要向光明祖师讨一个公道。就算不让我当佛，也要让我通行六界吧。"

孙悟空顿时明白过来，嘿嘿一笑，道："你这呆子，无非就是为了口腹之欲。你别丢脸了，这是俺的徒弟海龙。"

海龙听到师父介绍，赶忙上前一步，恭敬地道："弟子海龙见过猪师叔。"

猪八戒有些不满地道："别叫什么猪师叔，你叫师叔就行了。你小子个头倒是挺大的嘛。"

孙悟空戏谑地道："海龙又没叫错，你取这名字，不就是让人叫的吗？"

猪八戒刚想反驳，就突然看到了海龙身后的飘渺。细小的眼睛骤然睁大，口水也流淌而出。他喃喃地道："美女，大美女啊！"

海龙脸色微变，猪八戒这一副色相犯了他心中大忌。他闪到飘渺身前，挡住猪八戒的视线，沉声道："师叔，请您自重。"

猪八戒一愣，嘟囔了几声，道："看看有什么大不了的？难道她是你老婆不成？"

海龙点头道："不错，飘渺正是我妻子，也是您的晚——辈——"他刻意强调"晚辈"二字，就是让猪八戒收敛一些。

孙悟空哼了一声，一把揪住猪八戒的耳朵，怒道："你在佛界待了这么多年，这些臭毛病却是一个未改。"

猪八戒痛呼一声，道："猴哥饶命啊，我不敢了。"

孙悟空伸出另一只手，道："让俺老孙饶你也行，你把你的避水咒给我。你可别告诉我你没有，否则，俺老孙就把你耳朵揪下来。"

猪八戒苦兮兮地道："猴哥，我就这么点宝贝了，你还要搜刮走吗？"

孙悟空哼了一声，道："你少跟俺老孙哭穷。虽然避水咒珍贵，但以你天蓬元帅的能力，再做出来一个也费不了什么气力。再说了，现在你身处佛界，要避水咒有什么用？这里根本连一滴水都没有！你快交出来。"

猪八戒的小眼睛中露出求助的眼神，看向光明祖师，他哭喊道："佛祖，这猴子在你这里欺负我，难道你就不为我伸张正义吗？"

　　光明祖师做出一个无奈的手势，道："你们师兄弟打来打去的，老衲早已习惯了。你们继续，就当老衲不存在好了。反正这里也没外人。"

　　猪八戒知道今天是逃不了了，伸手入怀，无奈地将一块蓝色的玉佩塞在孙悟空手中，怨道："行了吧？死猴子，松手啦。我可怜的耳朵。"

　　孙悟空嘿嘿一笑，松开手，道："八戒，你也知道，师兄一向都对你很好，是不会让你吃亏的。海龙，把你刚才剩下的东西拿来孝敬一下你师叔。"

　　海龙答应一声，他对这猪八戒实在是没什么好感。他右手一挥，一个大葫芦出现在半空。这一葫芦酒他不过喝了几口而已，还有大部分。孙悟空接过葫芦，拧开盖子喝了一口，喃喃地道："好酒，好酒！可惜啊，有人生气了，生气时喝酒对身体不好。看来，俺老孙还是自己享用吧。"

　　光明祖师和猪八戒同时眼中放光，猪八戒道："拿来吧！"猪八戒展现出同他身材完全不相称的速度，如同一道闪电，从孙悟空手中抢过葫芦，咕嘟咕嘟一阵猛灌，连呼痛快。

　　光明祖师碍于身份，不敢在猪八戒这嘴不把门的家伙面前暴露嗜酒的毛病，只能眼睁睁地看着。

　　孙悟空将避水咒塞入海龙手中，海龙只觉掌心一阵清凉，摊开手看去，只见那是一块小巧的玉佩，淡蓝色的光晕流转。上面没有过多的纹路，只雕刻着三个字——避水咒。

孙悟空解释道："你不要小看这玉佩，带着它，你就不必惧怕水属性法力。它能帮你消除水属性法力的属性，让水属性法力变得像一般法力。而且，你带着避水咒到任何江、河、湖、海中，水不会起阻碍作用，反而会自动向两旁排开。你不要小看俺这师弟，他以前是仙界掌管水军的天蓬元帅，修为并不弱，只是在佛界中显现不出来而已。"

海龙心中一动，顿时明白师父给他避水咒的用意。他恭敬地道："多谢师父。"

光明祖师道："海龙，我们已经商量过了。过些日子，你就可以回仙界历练一段时间。你如果愿意，也可以回人界一趟。到时候，你可别忘记……"

说话时，他看了看正在痛饮的猪八戒。

海龙自然明白光明祖师的意思，恭敬地道："弟子遵命。佛祖，弟子想问您一件事。弘治修炼接近三千年，按理说早应该渡劫了，可为什么现在他还停留在人界呢？您是他的师父，可一定要关照他一些。如果他渡劫有困难，弟子愿意下界帮他。"

光明祖师摇了摇头，道："不用了。老衲知道你和弘治是好兄弟，他现在的情况好得很。他正在人界修炼我传授给他的高深佛法。修炼这种佛法的弟子，需在人间磨炼一番，行十万件善事。你不必过于担心，老衲一直都在关注他。人界的磨砺，对他升入佛界和提升修为只有好处。"

海龙松了一口气，道："弟子真想能尽快同小治在仙、佛二界重逢。佛祖，弟子去仙界游历时可以带上飘渺和小机灵吗？"

小机灵如果听到这话，眼中定会露出兴奋的光芒。

光明祖师微笑道："这自然可以。以你现在的修为，只要你不主动招惹仙帝，应该能护得住他们。你虽已升入仙界多年，但一直没时间在仙界走走。你要记住，在仙界游历时要广交朋友，多助人为乐，尽量不要与人起冲突。"

海龙点了点头，道："多谢佛祖成全。"

光明祖师微笑道："你们都去吧。老衲想，你师父还有事需要你帮忙。八戒，你这家伙，看到好东西就舍不得松嘴，跟当初吃人参果时一样，这样能品尝出什么滋味？"

猪八戒闻言一愣，葫芦中的酒已去七八。他喃喃地道："是啊，我要留起来慢慢喝。我先走了，猴哥啊，以后有这好东西可别忘了我。"他脚下的云朵向外飞去，转瞬间消失不见。

周围云雾浮动，盘坐于金莲上的光明祖师的身影渐渐淡化。

孙悟空道："这里是光明老儿的绝对空间，你们不要运用法力，俺老孙带你们出去。"说着，他一挥大袖。金光化成一个罩子，将包括他在内的三人完全罩住，朝云雾深处飞去。

海龙只见孙悟空掐动法诀，周围的云雾迅速飘散。当眼前变得清晰时，他们已经来到了后殿。

孙悟空道："海龙，你先送飘渺回去，然后再到这里找俺老孙。"

飘渺微笑道："不用了，圣佛既然和海龙有事，我自己先回去就是，我认得来路。而且，我也不是弱不禁风之人啊！"

孙悟空微笑道："海龙有你这么个妻子真是他的幸运。"

飘渺深深地看了海龙一眼，这才依依不舍地离开了。

海龙痴痴地看着她的背影，心中一阵温暖。

"快回魂吧，她都看不见了。"孙悟空拍了海龙一下，将他从痴迷中惊醒。

海龙有些尴尬地道："师父，我……"

"行了，你们分别这么多年，自然会舍不得与对方分开。不过以后你们还有时间。师父有一件事需要你帮忙，你跟俺老孙来吧。"说着，他带着海龙走到后殿最深处。

他站定脚步，眼中露出一丝黯然，他道："海龙，这件事对俺老孙来说真的很重要。"

海龙一愣，道："师父，只要我能帮得上忙，我一定会全力以赴。"

孙悟空脸上再没有戏谑之色，他沉声道："跟我来吧，我带你到大雷音寺最重要的地方去。"说着，他伸手按上了面前的青石墙壁。

光芒一闪，墙壁竟然如同熔化了一般，露出一个月牙形的洞。孙悟空招呼海龙一声后，当先走了进去。

海龙刚走入其中，他背后的洞就自行闭合了。

眼前竟然是一座大殿，大殿极为宽广，高达数十丈，周围升腾着氤氲的佛气。大殿正中央有一座高台，一朵巨大的莲花静静地伫立在那里。莲花是金色的，却泛出七彩光芒。这里空荡荡的，连一个人也没有，但海龙耳边回荡着洪亮的梵唱声。他身体一震，扭头看向孙悟空，道："师父，这里是……"

孙悟空长叹一声，道："这里就是大雷音寺的雷音殿，也是如来佛祖同众佛议事的地方。正中央的佛莲正是如来佛祖的坐莲。"

佛莲两旁各有一盏不起眼的油灯，左边的油灯骤然亮起。光芒一闪，一道窈窕的身影出现在海龙和孙悟空面前，竟然是一个容貌绝美的女子。

她穿着一身青色长裙，眉宇间露出淡淡的怒气，她斥道："死猴子，你来干什么？这里不是你应该来的地方。"

海龙还是第一见到有人敢对他师父如此无礼，顿时气往上涌，微怒道："姑娘，你说话客气点。"

青衣女子的目光转向海龙，眼中露出一丝惊讶，她道："你是什么人？这里哪儿有你说话的地方？"

孙悟空拦住海龙，向青衣美女微微行礼，道："青衣姐姐，请勿动怒，这位是小徒海龙。海龙，快见过青衣仙子，你当以师伯称之。"

海龙万分不愿，勉强施礼道："见过师伯。"

青衣仙子冷哼一声，将目光转向孙悟空，道："你今天来这里干什么？你不知道佛祖在闭关吗？你这无情无义的死猴子，要不是看在我妹妹的面子上，我非活劈了你不可。"

孙悟空淡然一笑，道："只怕那样会伤到青衣姐姐的手吧。如果紫衣能活过来，就算你劈俺老孙一千、一万次，俺老孙也绝不还手。"

青衣仙子听到"紫衣"二字，身体微颤，恨声道："你还有脸提我妹妹吗？如果不是你，妹妹她又怎么会……"

孙悟空道："俺老孙今天来，就是想试试能否将紫衣救活。"

青衣仙子听到有机会救妹妹，内心一阵激动。不过她马上意识到孙悟空的话向来不可轻信，怒喝道："你不提妹妹还好，提到她我就更生气。你个猴头又要耍什么花样？连如来佛祖都无法聚拢我妹妹的神识，你能做到？现在我就劈了你为我妹妹报仇。"说着，她身上青光一闪，一团青色的火焰转瞬间来到孙悟空面前。

孙悟空无奈地轻叹一声，纵身而上，身上金光闪烁，直接冲入了青色的火焰中。

海龙看着冲入火焰中的孙悟空，没有插手，他相信他师父的实力，同时，他也明白，孙悟空和这青衣仙子，以及那紫衣之间肯定有许多故事，他插手未必合适。

青衣仙子不断发出一道道青光，注入那青色火焰中，孙悟空只凭护体金光防御，丝毫没有反击的意思。

"青衣姐姐，住手吧。虽然你的修为进步了很多，但即使是如来佛祖，也很难伤到我，更何况是你的佛火。我今天来，确实是有救活紫衣的办法。"

青衣仙子看着孙悟空情真意切的样子，不禁一愣，停止了攻击，孙悟空周围的青色火焰逐渐熄灭了。青衣仙子冷冷地道："你有什么办法？"

孙悟空飘然落地，道："你应该记得，当初如来佛祖将紫衣破碎的神识聚集在她的身体后曾说过，只有混沌之气转化的纯净火之力才有可能将她的神识重新融为一体，让她复活。俺老孙虽然没有这个本事，俺老孙的徒弟却有。他修炼的混沌之气虽然不是最纯净的混沌之气，但是火属性的，对紫衣应该有很大帮助。让他试试吧。如果这也不成，俺老孙任由你打，绝不抵抗，如何？"

青衣仙子将目光转向海龙，眼中发出两道惊喜的光芒，道："你说的是真的吗？他身上真的有混沌之气？"

孙悟空扭头看向海龙，道："徒弟，俺老孙从来没有求过人，今天为了紫衣，俺老孙求你试一试。"说着，他竟然向海龙鞠躬行礼。

海龙赶忙闪身而上，一把托住孙悟空，道："师父，您这是干什么？您的事不就是我的事吗？师父有事，弟子服其劳，这都是我应该做的啊！"

孙悟空叹息一声，道："当初俺老孙想尽办法让你能修炼混沌之气，有很大一部分原因就是为了紫衣啊！俺老孙欠她的实在太多了。从某种角度来讲，师父是利用了你的至阳之体。"

海龙摇了摇头，道："不，师父。如果没有您，就没有今天的我，我在人界第一次碎丹时就死了。咱们师徒之间什么都不用解释，您只需要告诉我我该怎么做就可以了，我一定尽力而为。"

孙悟空拍拍海龙的肩膀，喃喃地道："好，好。"

他抬起头，看向青衣仙子道："青衣姐姐，我们现在就开始吧。"

青衣仙子的神情显得有些紧张，她默默地点了点头。

孙悟空向海龙道："青衣仙子和她妹妹紫衣仙子乃如来佛祖坐莲旁的油灯灯芯所化，两盏油灯本为一盏，青、紫两根灯芯纠缠在一起。当年俺老孙随师父玄奘禅师来西天取经之时，在路上经历无数波折，其中一次，就遇到了紫衣仙子。因为我，紫衣仙子不幸遇难，不但肉身全毁，而且神识破碎，幸得如来佛祖及时出手，将她破碎的神识禁锢在另一盏油灯中。

"这一切的罪魁祸首就是俺老孙，紫衣仙子的死一直是俺老孙心中的痛。海龙，现在你要做的，就是用火属性混沌之气小心地将紫衣仙子破碎神识聚拢在一起，进行融合。只有神识重新融合，紫衣仙子才能活过来。不过，在融合的过程中你定要小心，火力如果过于强大，就有可能将她的神识焚毁。"

海龙自信地一笑，道："师父，您放心吧。从地府回来后，我除了修为有所增长以外，最大的收获就是意念力的提升，对我来说，控火绝无问题。事不宜迟，咱们现在就开始吧。"

孙悟空点了点头，道："徒弟，师父的终身幸福可全在你手上了。"说着，他将海龙带到了如来佛祖坐莲右边的油灯前。油灯很大，灯罩中光芒比左边的油灯要暗淡许多，其中一丝丝紫气流转，若隐若现。在灯罩外笼罩着一个极强的禁制，海龙刚靠近，就感觉到了被禁制强烈排斥着。

孙悟空道："这油灯上有如来佛祖所下的禁制，是为了让紫衣仙子的神识不至于消散。他曾经说过，只有混沌之气探入时才不受这禁制的影响。你可以开始了，有师父为你护法，你绝对不会受到任何惊扰。"说着，他双手在胸前合十，金光骤然四放，将海龙和油灯罩住，就连青衣仙子都被推了出去。

青衣仙子眼中怒气翻涌，但想到她妹妹的安危就没有发作。

海龙上前一步，不再看孙悟空，闭上双眼，将意念力全部聚集在一起。

为了能够更好地控制混沌之气，海龙做出了一个大胆的决定。

孙悟空心怀忐忑地在海龙身后注视着，当初如来佛祖虽然说过能帮紫衣仙子融合神识的就只有混沌之气，但具体该怎么做谁也不清楚。涉及最重要的人，孙悟空又怎么能不紧张呢？

正在这时，他突然看到海龙身上红光大亮，紧接着，红光迅速收拢。海龙身上用法力变出的衣服渐渐消失，红光全部收入海龙体内，他的身体顿时变得如同红宝石一样晶莹剔透。

开始时青衣仙子还有些不相信孙悟空的话，毕竟海龙只是孙悟空的徒弟而已。但当她看到眼前的情形时，她的想法顿时就变了。

虽然她的修为并不算高，但她跟随如来佛祖多年，眼光是极好的。她一眼就看出，如果不算孙悟空的金刚不坏之体，他这徒弟的修为绝不在其下。

海龙身体周围的红色光芒越来越暗淡，但他的身体越来越通透。他抬起左手，缓缓收于胸前，抬起右手，伸向前方的油灯。在海龙灵台内，一团金光骤然大亮。在孙悟空惊讶的注视中，金光缓缓上行。

海龙的红发向后飘扬，他缓缓仰起头，口中发出一声长吟，声音清朗，渐渐高昂。已经行至胸腹的金色光芒骤然大亮，猛地加速上行。他张开嘴，金光飘然而出，落在他前伸的右手上。他的身体在快速发生变化，如同石化了一样，真的化为了一尊红宝石雕像。他右手上的金光渐渐暗淡，竟然是一个缩小的海龙。那缩小的海龙转向孙悟空，向孙悟空微微施礼。

孙悟空身体一震，他虽然已经预料到海龙经过地府一行后修为增长不少，但也没想到海龙竟然进步到了如此地步。这种情形他实在太熟悉了，那是元神啊！

元神相当于第二个本尊，可以拥有本尊全部的力量，只要元神不灭，即使肉身毁去，也可以死而复生。而且有了这如同本尊的元神，今后修炼时，法力增长速度至少是原来的两倍。怪不得海龙这么有信心，这元神的基础，就是强大的意念力。

从孙悟空慎重的样子，他明白了紫衣仙子的重要性。只有让混沌元神直接进入油灯中，控制力才能达到最佳状态。

为了确保万无一失，海龙将所有意念力和混沌之气都集中在混沌元神中，并用混沌之气将本尊封印住，等混沌元神回归，意念力重临时，本尊才能恢复如初。

虽然他的行为很冒险，但他相信，有孙悟空保护，他的本尊绝不会受到损伤。

# 第168章
## 紫衣仙子

混沌元神飞身而起，骤然缩小，化为一点红光笔直地飞向油灯。

果然如孙悟空所说，油灯外的禁制一遇到混沌之气立即打开了一条通路。

转瞬间，海龙就进入了油灯中。

如来佛祖的禁制确实强大，海龙刚进入油灯中，就再也无法感受到外面的气息。

丝丝紫气流转，周围不断回荡着轻轻的叹息。一股莫名的悲伤从海龙心底升起，他心中一惊，这紫气竟然充满了悲伤的气息，以至于影响到了他的心志。

海龙不敢耽误太长时间，毕竟这是他第一次元神离体。

海龙的混沌元神显现出来，双手在身前合拢。混沌元神内的小灵台将高度集中的混沌之气散发出去，红色的气流转瞬间同油灯中的紫气纠缠起来。

紫气如同受惊的小鸟一般四散奔逃，唯恐被抓到。他集中全部心神，通过混沌之气散发出一股股柔和的气息。混沌之气也安静下来，不再追逐紫气。

油灯内顿时变得一片祥和。

紫气试探着同海龙释放的混沌之气接触了几回，感受到混沌之气确实没有伤害它的意思后，渐渐就放松了，和先前一样缓缓旋转起来。

海龙没有立刻行动，心中暗想：如果想将这些破碎的神识重新融合在一起，自己就绝不能勉强它，否则，它极有可能反抗到底。一旦融合过程中出现什么变化，自己恐怕控制不了，事情绝对会搞砸。

他想到这里，将混沌之气聚拢在混沌元神周围，试探着和那破碎的神识交流，用意念力将心中的想法告诉对方。"我是来帮助你们的，你们愿意接受我的帮助吗？"

紫衣仙子的神识虽然破碎了，但还拥有一定的感知力。紫气感受到海龙的真挚，微微颤抖了一下，犹豫了一会儿，才渐渐向海龙靠近。

海龙再次道："我是来帮助你们的，你们不要害怕，你们只需要完全放松，我就可以帮你们。如果可以，你们就围在我身体周围。"紫气仿佛听懂了他的话，逐渐向他靠近。但是紫气之间都隔着一段距离，似乎无法靠近彼此。

海龙知道时候到了，他暗自掐动法诀，用意念力控制着庞大的混沌之气向外散发。混沌之气先从外侧将紫气包围起来，再渐渐缩小包围圈。

紫气之间的距离在混沌之气的压迫下逐渐缩小，紫气似乎又受到了惊吓，不断地向外冲撞，但混沌之气如此强大，它们又岂能冲得出去呢？海龙不敢急功近利，赶忙控制着混沌之气停下来，再次向它们发出友好的气息，不断重复想要帮助它们的目的。

紫气渐渐又平静下来，海龙控制着混沌之气再次缩小包围圈。这次紫气明显没有先前那么惊慌了，随着包围圈的缩小，它们似乎忍受着极大的痛苦，不断地波动，却没有再向外冲撞。

海龙分出一股意念，不断安慰着它们，同时指挥混沌之气缓慢地缩小包围圈。

当这些紫气挨在一起时，他听到了一声声痛苦的呻吟，他不敢拖延，摇身一晃，从紫气中脱离出来，张开双臂，环抱着身前由紫气组成的大球。

在法力的催动下，那紫球快速地缩小着，呻吟声更大了。

海龙知道，现在他绝不能停下来，否则必功亏一篑。他一边安抚着这些破碎的神识，一边不断地收拢混沌之气，同时，再分出一股意念，引动了混沌之气的火之力。一丝丝至纯的火之力缓缓渗入紫气中，深入到紫气之间的交合部分。

紫气中掺杂着道道红光，海龙催动法力，向紫气传递一个请忍耐一下的信息后，增大了火之力。

随着火之力的增大，呻吟声顿时转变为痛苦而凄厉的惨叫。海龙心中一阵不忍，神识被焚烧的痛苦确实是任何人都无法忍耐的。但为了将这些神识重新融合在一起，他不得不这样做。

混沌之气将紫气完全裹住，他一边向内压缩混沌之气，一边以火之力消除破碎神识间的空隙。

凄厉的惨叫声渐渐变得微弱，混沌之气不断渗入神识。紫球渐渐平静，飘浮在海龙的手掌上。周围安静下来后，海龙散去火之力，以混沌之气润泽着刚刚融合在一起的神识，以意念力不断安抚着。

孙悟空紧张地握住双拳，身体微微颤抖。油灯内发生的一切他都看在眼中，他知道，海龙就要成功了。期盼了无数年的事终于要实现了，他不禁想起紫衣仙子去世时他说的话。

"那么真诚的爱情放在我面前，以前的我没有珍惜，多年以后再回忆起这些事，才知道有多后悔。我想，我这辈子最痛苦的事莫过于此了吧。我总盼着能有回头的机会，能重来一次，把失去的都拿回来，如果真能这样，我会不顾一切地对她表达我的爱。若是有人问我这份爱的期限，我的回答是……永远，永远。"

紫衣，我绝不会改变爱你的心，只要你能再次醒来，就算要我抛弃斗战胜佛的名号，我也在所不惜。我对当年的承诺有些后悔了，我不希望是一万年，我希望是万万年，直到这个世界毁灭。紫衣啊，给我这个机会吧，让我弥补你。我真是太傻了，直到你离开的时候我才明白心中的感情。紫衣，紫衣，你快回来……

海龙将全部意念都用来控制混沌之气，润泽神识。突然，他察觉到那团神识出现了一丝轻微的波动，他不敢疏忽，他知道，他接下来要做的，就是唤醒神识的最后一步。

他小心翼翼地将一丝意念探了过去，轻声呼唤着，不断将善意传递给对方。

"你、你是什么人？我这是怎么了？为什么周围的一切都这么陌生？"虚弱的女声响起，海龙心中大喜，他知道，他已经成功了一多半。

"仙子，你还记得你是谁吗？你还记得以前发生的一切吗？"他试探着问道。

紫色的神识像涟漪一般不断波动，一会儿的工夫后，痛苦的呻吟突然传来。

"好难过，我好难过，我的身体仿佛要裂开了。我不知道，我什么都不知道。"

海龙吓了一跳，他可不想功亏一篑，赶忙安慰道："你不要着急，先休息一下吧。等你完全恢复了，自然会想起一切。你先放松，将心神放松。你之所以会感到陌生，是因为你的神识还被我的混沌之气包裹着，等你的神识被混沌之气修复后，一切就会好的。现在你要做的，就只有放松。你相信我，我做的一切，都是为了帮助你。"

在海龙的意思传递过去后，紫色的神识果然放松了许多，重新恢复了平静。海龙不敢浪费一点时间，全力催动混沌之气，开始最后的修复。

气态下的紫色神识在夺天地造化的混沌之气的全力修复下不断发生着变化，再次压缩，越来越少，但颜色越来越深。

经过纯净的火之力融合，神识已经完全融合，对混沌之气再没有一丝排斥。

海龙看到紫色神识渐渐散发出金色的光芒时，意识到他就要成功了。

正在这时，孙悟空的声音传入他耳中："海龙，看到油灯中的灯芯了吗？那就是紫衣的本体。在她的神识完全恢复的那刻，你要将其送入灯芯中。"

海龙心道：师父真是神通广大，竟然能让声音穿过如来佛祖的禁制准确地传递给自己。

混沌元神将泛着金光的紫色神识缓缓收在身前，当海龙的元神骤然缩小到同那神识一般大小的时候，淡红色的混沌之气化成一个个光环，如同百川入海一般，向那紫色神识发起了最后的进攻。

紫色神识不停颤抖，显得有些兴奋，似乎也感觉到了它在快速恢复。

紫色的神识终于完全被一层金光罩住，变得若隐若现。海龙的元神骤然变大，用双手圈住那紫色神识，以混沌之气裹住，将其投入油灯的灯芯中。

油灯在紫色神识注入灯芯的同时，散发出耀眼的强光。此时，它已经不像一盏油灯了，而是一颗闪闪发光的星星。

星光闪烁中，一点红光从中飘然而出，闪电一般钻入了海龙的本尊中。

油灯继续散发着强烈的光芒，海龙那如同雕像一般的身体渐渐出现了法力波动。最外层如同水晶一般的皮肤发生了变化，一件暗红色的长袍裹住了海龙的身体，僵直的长发渐渐变得柔软，搭在海龙的肩膀上。海龙的神色也渐渐起了变化，原本红润的脸变得苍白起来。

在仙界、佛界中有一个共识，一旦神识破碎，那就意味着彻底死亡，意味着永世不得超生。但是，今天海龙成功地打破了这个共知，他凭借火属性混沌之气，将紫衣仙子的神识重新融合在一起，让她起死回生。

其实，这一切是非常幸运的。混沌之气虽然有创造之力，但是，海龙现在拥有的并非最纯净的无属性混沌之气，而是火属性的混沌之气。其成功的偶然就在于，紫衣仙子乃如来佛祖的灯芯所化，本身也属于火属性。正是因为这样，海龙最后才成功了。

孙悟空收回禁制，搀扶着脸色苍白的海龙。他身上的金色的毛发在微微颤动，心中激动到了极点，以至于双目中蓄满了泪水。他毫无保留地将法力输入海龙体内，法力经过混沌元神转化后，补充着海龙的混沌之气。

海龙长出一口气，缓缓睁开了双眸，眼中露出一丝欣喜，他看向孙悟空，道："师父，弟子幸不辱命。弟子应该是成功了吧？"

"谢谢，谢谢你，海龙，师父多年以来的唯一遗憾终于可以放下了。紫衣又能回到师父身边。对师父来说，现在的一切都不再重要。海龙，师父……"孙悟空哽咽着说不出话来，这位叱咤风云，曾经大闹仙宫的齐天大圣宛如一个刚涉情场的男子一般，脆弱不已。

海龙微笑道："师父，您什么都别说了。这一切不是我应该做的吗？这紫衣仙子一定就是我师母吧？就算您没有如此请求，我也应尽心尽力救助师母啊！您先别激动，还是看看师母是否完全恢复再说吧。毕竟这是我第一次融合神识，我也不知道结果如何。刚才神识确实是苏醒了，但师母好像记不起以前的事情了。"

孙悟空身体一震，失声道："什么？难道紫衣会失忆吗？那样的话，她会连俺老孙也忘掉啊！"

"亏你还是斗战胜佛，居然连这点简单的道理都不明白。妹妹的神识破碎多年后再次融合，后遗症是在所难免的。她忘记你这死猴子正好，以后省得烦心。"

青衣仙子走到海龙身边，她脸上的冰冷之色已经不见了，虽然言语刻薄，但难掩心中的喜悦。

她看向海龙的目光非常柔和，突然，在海龙没有任何准备的情况下，她踮起脚尖在他脸上亲了一下，轻声道："海龙，谢谢你救回了我妹妹。就算她忘记了一切，我也不在乎，最起码，她又活了。"

孙悟空的猴脸上充满了失落，他看着那盏灯光摇曳的油灯，喃喃地道："紫衣，紫衣，你真的会忘记我吗？你真的能忘记我们过去的一切吗？"

青衣仙子嘴唇的温热给海龙留下了难以磨灭的印象，那淡淡的香气始终萦绕在他心头。青衣仙子向海龙微微一笑，也不理会孙悟空，向油灯走去。

海龙转向自己的师父，看见孙悟空失落的样子，心中不禁一阵难过。他体会过同自己相爱之人分离的痛苦，自然能明白孙悟空此时的心情。他上前抓住孙悟空的手，道："师父，您别难过，师母的记忆就算失去了，也未必不能找回来啊！您既然深爱师母，就算她记忆找不回来又怎么样呢？难道您就没有让她再次爱上您的信心吗？"

孙悟空身体一震，喃喃地道："让她再爱我一次。"是啊，他可以追她，让她再爱他一次。心中之结迅速解开，他的双眸中爆发出前所未有的光芒。

青衣仙子在距离油灯约十五尺时停了下来，缓缓向两边张开双臂。海龙看到了奇异的景象。青衣仙子的双臂不断向上合拢，她那双如同玉葱一般的手不断掐动一个又一个法诀，这些法诀没有一个是相同的。每掐动一个法诀，她身上的青色光芒就会亮几分，雷音殿中的佛气不断地向她的身体聚拢。

海龙疑惑地看向孙悟空，问道："师父，青衣仙子这是要干什么？"

孙悟空道："青衣同紫衣乃双生姐妹，她要用这里纯净的佛气将紫衣唤醒。紫衣的本体早已被如来佛祖修复，就是油灯内的灯芯。她的神识经过你修复后，现在应该已经恢复了。能够更好地帮助她融合神识和本尊的，也只有她姐姐青衣仙子了。"

青衣仙子的双手掐完千余个法诀后，终于在头顶上方合拢。强烈的青光遮盖住了她的身影，从外面看去，她如梦中女神，充满了神秘感。

合十的双手缓缓下行，当双手停于胸前时，青衣仙子轻叱一声，双手猛然外翻，两道充满祥和之气的青光在空中化成一朵圣洁的青色莲花，缓缓向油灯飘去。

孙悟空轻咦一声，道："好哇，原来你一直都知道如来佛祖留下的禁制的进出之法，却一直不肯告诉我。青衣，你狠。"

青衣仙子没有理会孙悟空的质疑，全力催动那朵青莲，轻易地通过了如来佛祖留下的禁制，进入了油灯。青莲刚进入，耀眼的灯光顿时变得柔和起来，祥和的佛气围绕着它旋转。如来佛祖所下的禁制竟然就那么消失了，油灯中的光芒渐渐暗淡，原本白色的灯芯已经转化为紫色，宝光流转，看上去极为舒服。

一股紫气从油灯中飘然而出，光影闪动处，一道模糊的人影出现在青衣仙子面前。

海龙察觉到身旁的师父呼吸变得急促起来，眼睛牢牢地盯着那道身影。那道身影变得越来越清晰，海龙虽然早已猜到，但当看到那同青衣仙子一模一样的面容时，还是不禁惊呼出声。

是的，那是一个容貌同青衣仙子完全一样的绝色女子，不论是身材还是长相，两人没有任何不同的地方。只是与青衣仙子相比，紫衣仙子身上少了一分冷厉，多了一分温柔。在紫色长裙的衬托下，她的容貌显得格外动人。

青衣仙子的神色变了，变得异常激动，她道："妹妹！"

"姐，我、我这是怎么了？"紫衣仙子的神志似乎还没有完全恢复。

青衣仙子紧紧地搂住她唯一的亲人，泪水不停地滴下，泣不成声。

孙悟空的修为在这一刻仿佛完全消失了，他一步一步向紫衣仙子走去，每一步都迈得异常艰难。虽然刚才海龙已经提醒了他，但真正见到期待了数万年的人时，他又怎么能平静下来呢？

紫衣仙子似乎没有发现正在缓缓靠近的孙悟空，道："姐，我这是怎么了？我似乎睡了很久，很久。刚才是一个非常温和的声音将我从沉睡中唤醒的，我、我这到底是怎么了？"她抬起头，看向孙悟空和海龙，身体一震，眼中流露出深厚的感情。她从青衣仙子怀中挣脱出来，一步一步向孙悟空和海龙这边走来。

孙悟空心中大喜，看见紫衣仙子眼中的深情后，他几乎可以断定，紫衣仙子还记得他们之间的感情，并没有将他遗忘。当他欣喜若狂地停下脚步时，戏剧性的一幕出现了。

紫衣仙子的脚步骤然加快，曼妙的身体飘然飞起。孙悟空张开双臂，就在他以为紫衣仙子马上就要扑入他怀中时，紫衣仙子的身影从他身旁掠过，转瞬间飞到海龙面前。紫衣仙子一把拉起海龙的手，欢快地道："是你，刚才是你唤醒我的，你真好。"说着，她就向海龙抱来。

海龙被紫衣仙子的热情吓了一跳，他胆子再大，也不敢同他的师父抢老婆啊！他立即施展逍遥游，闪电一般后退九尺，惊呼道："师母不可，男女有别啊！"

紫衣仙子一愣，站在原地看着海龙，道："师母？谁是你师母？"

金光一闪，一脸苦涩的孙悟空出现在海龙面前，他的身体在微微痉挛。"紫衣，你真的不记得我了吗？"他心中明白，紫衣只记得她的姐姐，恐怕真的忘记了他们之间发生的一切。他的心好痛，但是，他绝不放弃。

紫衣仙子惊讶地看着孙悟空，上下打量了他几眼，皱眉道："你是谁？猴头猴脑的。神仙？妖怪？"

这一刻，孙悟空仿佛又回到了同紫衣仙子第一次见面之时。他痴痴地看着她，道："我是谁现在已经不重要了。就算你忘记了一切，我们也可以重新开始。你叫我悟空吧。曾经有一份真诚的爱情放在我面前，我没有珍惜，如今，上天真的又给了我一次机会，我绝不会再让机会从我身边溜走。紫衣，你听清楚，虽然现在你看到的是我的本体，也就是猴子，但是，我还是要告诉你，我——爱——你——如果让我给这份爱加上一个期限，我希望是万万年，直到这个世界不复存在。"

泪水从无比坚强的斗战圣佛孙悟空眼中流淌而出，他哭了，隔了这么多年，他终于将心中重复过无数遍的话说了出来。

泪水也同样从紫衣仙子的眸中流淌而出，目光渐渐变得柔和，她轻唤道："悟空。"

正在海龙不明所以之时，青光一闪，青衣仙子无声无息地来到他面前，轻轻地拉了他一下，朝他递出一个眼神。他只得怀着疑惑同青衣仙子离开了雷音殿。

一出殿门，海龙就迫不及待地问道："这是怎么回事？为什么师母会哭？"

青衣仙子擦干眼角的泪水，破涕为笑道："你这傻瓜，和你师父一样，都被妹妹骗了。她根本就没有失去记忆，只是因为气恼当初你师父的绝情才故意吓你师父的。我真没想到，你师父那个木头人居然也能说出如此感人的话，妹妹再也装不下去了。你不出来，难道在里面影响他们吗？"

海龙听了她的解释，这才恍然大悟，苦笑道："我本以为师母是一个温柔的女子，原来也如此狡猾啊！可是，我在帮她修复神识的时候，她确实是什么都不记得了啊！"

青衣仙子哼了一声，道："那不是狡猾，那叫智慧。不过，今天我真的要谢谢你，没有你的混沌之气，妹妹的神识也无法恢复如初。你说她忘记一切，那肯定是因为那时她的神识还没有完全融合。我用佛祖留下的办法助她一臂之力后，她的神识已经完全恢复了，记忆自然不会有问题。"

海龙长出一口气，微笑道："只要师父、师母能够有情人终成眷属，我今天的努力也就没有白费。仙子，你似乎并不怎么赞同我师母同师父在一起，为什么最后又肯成全他们呢？"

青衣仙子叹息一声，道："我不同意有什么用？谁让妹妹无可自拔地爱上了那死猴子呢？这么多年过去了，我知道，孙悟空一直都生活在悔恨与痛苦中。当初他拒绝妹妹也是有原因的。毕竟那时候他是随唐僧到西天来取经。算了，一切都顺其自然吧，只要妹妹没事，我也懒得管他们之间的事了。你不要问我当初你师父同紫衣是怎么回事，我懒得说，也不想告诉你。现在你可以回去了。"

现在的海龙早已没有当初在人界时的嚣张、跋扈。他没有多问，师父和师母重逢了，他也该回去看老婆了。他同飘渺分离了这么多年，要说的实在太多太多了。

一想到飘渺，海龙的心顿时灼热起来。他告别了青衣仙子，以最快的速度回到了飘渺居住的精舍。

刚到门口，他就看到了一个窈窕女子的背影，这个女子长发披肩，气质动人，正朝精舍中走去。

海龙心中充满了飘渺的身影，也没仔细辨认，就飞身而至，一把从后面将这窈窕的女子紧搂在怀内。

那白衣女子被海龙一抱，顿时身体剧震，身上的温度微微提升。与之相反的是，海龙身体一阵发冷，因为当他抱住这女子时，突然认出这不是飘渺。这个女子比飘渺要稍微瘦一些，身上散发出的气息也完全不同。飘渺身上是出尘的仙气，而她身上是看透俗世的佛气。

意识到不对后，海龙如触电一般松开双臂，立即后移，失声道："你、你是谁？"

在海龙突然松开双臂时，那女子身体一软，踉跄了一步才勉强站稳。森然的杀气骤然迸发，她缓缓回过身来。

当海龙看清对方的相貌时，不由得失声道："怎么是你？"

这也是一个美丽的女子，但是她的美是那种沉静的美，她的脸上挂着两团红云，看上去分外动人，但眸中充满了浓重的杀气。海龙认得她，而且很早以前就认得了。她就是人界中莲花宗的宗主莲舒。

海龙的容貌改变了，气质也改变了，莲舒显然没有认出他。他的惊呼声刚落，莲舒就已将双手收于胸前，发出一圈奇异的光芒，背后的佛光骤然亮起。

她怒喝道："狂徒受死！"

一道金色的光芒直接轰向海龙的胸膛。

## 第169章
# 离开

莲舒修炼数千年才得以升入佛界，从有记忆以来，她还从没有被男人以海龙这种方式搂抱过，虽然那瞬间的感觉有些奇怪，但此时她心中充满了森然的杀意。

嗔念已经出现在她身上，现在她只想立刻将这"毁去她清白"的男子杀死。

海龙刚想解释，金光已经攻到他身前，无奈之下，他只得一挥大袖，发出一丝混沌之气，将这金光化解。

莲舒升入佛界不久，修为哪里比得上已经进入大神通领域的海龙？在气机的牵引下，莲舒顿时被震得退了几步。

如果不是海龙刻意控制，单是混沌之气的反震之力，就足以令她身受重伤。

"你先别打了，听我解释。"海龙急呼出声。

"没什么可解释的，我杀了你。"莲舒一点也没有因为被海龙震退而气馁，双手再次掐动法诀。一株散发着佛气的菩提树出现在她面前，被海龙压制的气势竟然重新有了抬头的迹象。她沉声吟唱道："流光迅速莫磋跎，名利牵缠似网罗。撒手悬崖无别法，白莲台畔礼弥陀。"

　　周围的佛气如同脱缰野马一般，飞速朝莲舒聚拢。佛气之磅礴，连海龙也不禁暗暗吃惊。

　　莲舒所用乃新学不久的弥陀咒，本来以她的修为，弥陀咒是无法用出的，但大雷音寺毕竟是佛界中佛气最浓郁的地方，而且她用的法宝乃光明祖师赐予的佛言菩提树。两者相加，她竟然勉强将弥陀咒用了出来。

　　弥陀咒一出，海龙心中顿时生出一丝警惕，莲舒身上的气息大变，原本平和的佛气变得暴躁起来，不断地向她背后聚集。只是眨眼的工夫，她背后的佛气竟然超过了先前的三倍，一道若隐若现的佛陀光影飘浮在她背后。

　　海龙心中一阵犹豫，以他的修为，对付莲舒勉强用出的弥陀咒并不困难。只是，他刚刚帮紫衣仙子融合完神识，虽经在孙悟空的帮助下恢复了不少混沌之气，但此时的混沌之气还不纯，想要在不伤到对手的前提下化解这种佛界高深佛法的攻击是极为困难的。

　　现在的海龙早已经精通人情世故，毕竟是他有错在先，他知道，就算受伤，也绝不能伤到莲舒分毫，否则，不但他们之间的仇恨会加深，而且他也不会原谅自己。

　　就在海龙犹豫的工夫，莲舒的弥陀咒已经成了，她的脸色有些苍白，身体在微微颤抖，显然聚集的佛气已经远超她的承受力。

佛陀骤然变得清晰，莲舒的身影瞬间隐没于佛陀中。海龙觉得身体仿佛被什么东西束缚住了一般，那巨大的佛陀低低吟唱，想将他吞噬。他来不及多想，赶忙催运混沌之气，用一个狭小的绝对空间护住自身。周围的吟唱声突然如同滚雷一般震耳欲聋。他觉得神志一阵模糊，那吟唱声穿透了他的绝对空间。他瞬间明白，莲舒用的佛法恐怕是直接攻击对手神识的。

意念力瞬间提升，在海龙的绝对空间内布下一个无形的防御禁制，同时，海龙双手一圈，合拢于胸前。在混沌之气的催动下，氤氲紫气从龙翔臂中激荡而出，变成一个圆环向外攻去。

莲舒的修为毕竟有限，如何同海龙这大神通者相比？弥陀咒只是昙花一现，在海龙的攻守兼备下，弥陀咒的力量顿时被消耗殆尽。佛光骤然消散，海龙身体一轻，一切就已恢复正常。

莲舒站在他面前，眼中流露出愤恨之色，哇的一声，喷出一口鲜血，身体缓缓向地面软倒。海龙不敢再碰她的身体，一抬左手，用混沌之气将她的身体托住，右手一吸一放，混沌之气快速输入她的灵台中。

光影一闪，在海龙和莲舒之间的战斗结束的同时，飘渺飞身而至。她在听到海龙和莲舒争执时就开始往外走，但当她走出房门的时候，海龙和莲舒已经动起手，她虽然修为不弱，但也无法在这两人斗法时插入，所以，她只能在战斗结束后过来。

海龙一看到飘渺，脸上顿时露出尴尬之色。

飘渺飞到海龙身旁，吃惊地道：“龙，这是怎么回事？难道你不认得了？这是莲舒啊！"

海龙意念力强大，一心二用完全没问题，他一边为半昏迷的莲舒疗伤，一边苦笑道："我要是一开始就认出她来，也不至于和她动手了。"当下，他将刚才发生的一切详细地述说了一遍。

飘渺听完他的叙述，不由得笑了，道："你呀，也太不小心了，你连自己的老婆都认不出来了吗？"

海龙轻叹道："我本不应该认错人，可是，我看到她的背影时只想到，这里是大雷音寺，以和尚居多，前面的女子一头长发，朝你所在的精舍而去，不是你又是谁呢？所以，我也没细想就扑了上去，等我抱住她时，才反应过来，不过那时晚了。老婆，你可要替我向莲舒解释解释，我真的不是故意的。"

在混沌之气的疗养下，莲舒因为过度消耗而变得异常虚弱的身体逐渐恢复过来，体内的佛气重新汇聚于灵台，脸上也有了几分血色。海龙向飘渺使了一个眼色，后者赶忙走过去，搂住了莲舒。她刚搂住莲舒，莲舒就身体一震，猛地睁开了双眼。当她看到是飘渺时，身体才放松下来。

飘渺关切地道："妹妹，你怎么样？还有什么不舒服的地方吗？"莲舒举目四望，立刻就看到了海龙，声音因为愤怒而有些颤抖，她道："飘渺姐姐，杀了他，你帮我杀了他。刚才、刚才他毁了我的清白。"她说到这里，晶莹的泪水不受控制地顺着脸颊流下。

飘渺眼中露出一丝无奈，道："妹妹，这件事实在对不起，一切都是因为姐姐，你先定定神，听我说好吗？"

莲舒露出一丝惊讶的神色，看看站在远处一脸无辜的海龙，又看看飘渺，心中似乎已经明白了，她吃惊地道："姐姐，难道你和他……那海龙宗主怎么办？你不是海龙宗主的妻子吗？而且一直都惦记着海龙宗主。姐姐，你这样、这样……"她的双眸骤然睁大，充满了不可思议。

飘渺脸色微变，道："脚踏两条船，是吗？傻妹妹，你也太看轻我了。我这一生，只会爱一个人，那就是海龙。你没猜错，他就是我的爱人，但他不是其他人，就是海龙。他只不过是外貌变了而已。刚才他把你当成了我，所以才会做错事。妹妹，看在我的面子上，你就原谅他吧。你如果要怪，就怪我吧。我刚和他见面不久，还没和他说你也升入佛界的事。"

莲舒愣愣地看着飘渺，道："你、你说他是海龙宗主？这、这怎么可能？难道他用了什么法术吗？可为什么连他的气质都变了？"

海龙见莲舒已经不像先前那么生气了，赶忙道："对不起，莲舒，刚才我真的只是认错了，不是想轻薄你。因为我升入仙界后修炼的是混沌之气，所以外表和气质才改变了，刚才的事我对不住你，我向你赔礼道歉。"说着，他赶忙向莲舒深施一礼。他是真心道歉的，刚同飘渺重逢，他实在不想再起什么波澜。

莲舒在飘渺的搀扶下缓缓站起，苦涩地一笑，道："一切都是缘，或许，我应有此一劫吧。既然是误会，这也怪不得海龙宗主。"

海龙和飘渺同时松了一口气，飘渺的神色显得轻松了很多，她拉着莲舒的手，道："妹妹，你是来找我的吧？有什么事吗？"

莲舒低着头道："我刚刚升入佛界，光明祖师赐予我行者的称号。大雷音寺乃佛界圣地，以我现在的身份，大雷音寺是不能久留的。我本来是想向姐姐告辞，再到佛界其他地方去游历、修炼，以增强自身的修为，以及加深对佛界的认知。"

她是刚刚渡劫飞升的，来大雷音寺拜见佛祖后，自然要尽快离去，只有佛祖认可的人才能长时间在这里停留。虽然她只在大雷音寺待了几天，但光明祖师给了她不少好处。

飘渺点了点头，道："原来是这样。妹妹，你也先别急着走，这几天我们也要离开大雷音寺，你不如同我们一起出外历练。仙、佛两界相通，到了仙界，或许你会有新的领悟。"

莲舒愣了一下，摇头道："不用了。我还是独自出外游历吧。"

飘渺坚持道："那怎么行？妹妹，你不知道。即使是仙、佛二界，也并不平静，你初来乍到，要是遇到危险，恐怕很难应付。"

海龙虽然不愿自己和飘渺身边多一个人，但对先前的事有愧于心，只得附和飘渺道："是啊！莲舒，你就跟我们一起走吧。你放心，同样的错误，我绝对不会再犯第二次。大不了，我始终同你们保持三十丈距离就是了。"

再遇飘渺后，海龙发现，只要能一直看着她，他就很满足了。

莲舒脸一红，微嗔道："你还敢说！"说完这句话，连她自己都感觉到了自己的变化，从佛多年，她还是第一次有了这样的感觉。

海龙和飘渺对视一眼，海龙尴尬地道："先前我真不是故意的。以后我保证不提就是了，我们就当这件事没发生过好了。"

飘渺道："妹妹，那你愿不愿意同我们一起去游历呢？"

莲舒的眼神有些复杂，她轻轻地点了点头，道："那好吧。"

连她自己都有些不明白为什么她这样轻易就答应了，虽然她和飘渺的感情很好，但她对海龙并不熟悉。而且在人界时，她对海龙的品性有些怀疑。

在她心里，海龙除了修为高，重情重义以外，几乎一无是处。但是，现在他的外貌和气质都变了，而且，连说话的语气也有所改变，以前她可没见他对谁这么客气过。

她抛开心中的杂念，向飘渺道："姐姐，那我先回去了，等你们走的时候叫我一声就好。"说完，她轻移莲步，飞身而去。

海龙看着莲舒离去的背影，长出一口气，将飘渺搂入怀中，道："老婆，这乌龙终于解决了，还是你面子大。"

飘渺伏入海龙怀中，微笑道："你好像很怕啊！"

海龙点头道："怕倒说不上，不过我很担心莲舒不肯原谅我。你想，她修佛数千年，佛心坚定，刚才她被我那一抱，佛心肯定会受影响，说不定就连修为也会受到影响，修炼不容易，影响了人家的修为不好。以后有机会，我定要补偿她。"

飘渺抬起头，伸手摩挲着海龙的脸，道："龙，我发现你真的变了。"

海龙一愣，道："我变了吗？没有啊！我还是那么爱你。"

飘渺摇了摇头，道："我不是说你对我的感情，而是说你的性格。难道你没发现吗？现在你会在意别人的感受了，这是以前的你没有的。我的海龙长大了，更加明白事理了。我真的好高兴。"

海龙在飘渺额头上轻轻一吻，笑道："看你说的，在你心里，我就像一个小孩子。其实，我也不知道为什么自己会改变，或许是经历了太多吧。

"现在，我已经明白了一些以前不明白的事。以前的我总会招惹许多麻烦，没有人愿意接近我。到了仙界后，我不想再这样下去。

"刚来这里时，我就像刚加入连云宗时那样，实力弱，修为差。那时，我真的有一种重生了的感觉。师父、师伯、光明祖师他们，都给我带来了无尽的温暖，会毫无所求地帮助我。

"虽然现在我知道他们也有其他目的，但他们毕竟是为仙界和佛界着想。飘渺，你知道吗？我在大雷音寺突然见到你时，心中所有的负面情绪就完全消失了。现在我只想和我爱的人一起生活。"

飘渺突然惊呼一声，站直身体，道："海龙，你到仙界这么多年，有没有天琴妹妹的消息？当初你飞升的时候，她怎么样了？"

海龙微笑道："你放心吧，天琴没事。我和她一起渡劫之后，她就去了冥界。三百年前，我上广寒宫寻你时，不是同梦云仙子一起掉入了妖界吗？在那里，我遇到了她。那时，她正在妖界历练呢。她在冥界的待遇可比我在仙界好多了。冥界之主冥帝收她为徒，现在，她在冥界恐怕是一人之下万人之上。她的安全没问题，以后有机会，我们就把她接过来。"

飘渺想了想，眉头微皱，道："恐怕这没有你想的那么容易吧。天琴既然在冥界有那么高的地位，恐怕以后也会身不由己，一旦冥界向仙、佛二界开战，我们三人将如何自处呢？我怕，那时会……"

　　海龙阻止飘渺继续说下去，坚定地道："不会的。不论什么时候，我们和天琴都不可能互相伤害。在我心中她同你一样重要。事情总有解决办法的。"

　　飘渺苦笑道："解决的办法是有，我就想到了两个，不过，这两个办法都是很难实现，而且牵涉极广。"

　　海龙眼中露出一丝惊讶，道："什么办法？快说来听听，万事无绝对，或许以后这些办法用得到。"

　　飘渺摇了摇头，道："我这两个办法很简单，都建立在仙、佛二界和冥、妖二界相互仇恨的基础上，只要这仇恨能化解，天琴妹妹自然就能同我们在一起。

　　"化解仇恨的两个办法分别是：天琴妹妹带领冥界灭了仙、佛二界并一统六界，那时自然就不怕了。另一个办法类似，就是你带领仙、佛二界将冥界、妖界灭掉，只要不伤害到天琴妹妹，也可以如愿以偿。但是，这两个办法都很难付诸行动。"

　　海龙苦笑道："你这两个办法还真难，虽然在理论上确实是成立的，但几乎不可能完成。如果天琴带冥界大军攻打仙界、佛界，我势必不能坐视不管。

　　"而且，我有那么多朋友和师长在仙、佛二界，我怎么能冷眼旁观他们受到伤害呢？至于我去灭了冥界，那就更不可能了。虽然我现在的修为已经不低，但在仙、佛二界中并不算什么，连仙帝都无法号令整个仙界，我又怎么能做到？仙界的力量实在太分散了。"

飘渺微微一笑，道："那可不一定。在你没回来之前，我同你师父聊过几次，你师父对你不知道有多满意，每次都会夸你半天呢！"

海龙一愣，道："师父夸我？可他从来没有在我面前说过啊！"一想到孙悟空，他心中就充满了暖意。那是真正关心他的人。

飘渺微笑道："你师父不当面夸赞你，是怕你骄傲。其实，他对你这个弟子不知道有多满意呢。我记得，他曾经说过，到了迫不得已之时，为了仙、佛二界的未来，他将同光明祖师联合佛界大神通者向仙界发动进攻。"

海龙身体剧震，失声道："什么？这怎么可能？仙、佛二界同气连枝，怎么会、怎么会出现这样的情况？"

飘渺拉着海龙走回她居住的精舍，将门关好后，才道："没有什么是不可能的。现在仙界一盘散沙，再过数百年，当初的约定就将到期，只要冥界来攻，仙界根本没有一丝抵抗之力。我说佛界首先攻击仙界，并不是说佛界要将仙界毁灭，而是要将仙界的力量拧在一起。"

海龙心中一动，已经明白飘渺的意思，低声道："那这么说，佛界要推翻的应该是仙帝了。确实，如果有我师伯镇元大仙和元始天尊等大神通者帮助，推翻仙帝并不是难事，然后师伯再登高一呼，确实有可能将仙界凝聚成一块磐石。只是……"

飘渺微笑道："你已经想到了吗？不错，你师父他们之所以迟迟没有下定决心就是因为如此。仙帝毕竟是仙界正统。而且，他手上掌握着不弱的力量，双方一旦冲突起来，就算最后仙宫失败了，整个仙界也会元气大伤，甚至会牵累佛界。那时，恐怕冥界就真能一统六界了。如果能将仙帝孤立起来就好了，那样，不管是仙界还是佛界，必然可以减少大量损失。"

一提到仙帝，海龙眼中不由得闪过一道精光，他摇了摇头，道："孤立仙帝谈何容易。他还是有一批死忠之士支持。像九大天君、三十六大罗金仙中，至少有一半绝不会背叛他。而且仙宫的撒手铜还是很多的，上次将我逼入绝境的托塔天王，就绝不好对付。"

"海龙没有说错，而且，要考虑的还不止这些。现在四大圣兽中的水白虎和火麒麟已经公开表示支持仙宫，以至于许多在仙界中游历的仙人都投靠了仙宫。仙宫实力大增。"光影一闪，一金一紫两道身影出现在精舍之中。说话的赫然是海龙的师父孙悟空，站在他身边的是神识完全恢复的紫衣仙子。他拉着紫衣仙子的手，眼眸中全是柔情蜜意。

海龙一拉飘渺，恭敬地道："弟子海龙，见过师父、师母。"飘渺好奇地看了紫衣仙子一眼，也跟着拜了下去。

孙悟空哈哈一笑，将两人扶了起来，道："我们之间哪来的那么多礼数？飘渺，你一定很奇怪吧？现在俺老孙可不在乎那些了。真要说起来，只要能和紫衣在一起，俺老孙可不管其他的事。让光明那老家伙烦去吧。反正没人能拆散我们两人。"

紫衣仙子扑哧一笑，在孙悟空头上敲了一下，道："悟空，你又吹牛。你要是那么牛，为什么这么多年都救不了我？海龙，我们这次是专门来谢谢你的。如果没有你，就算悟空知道自己错了，我们也不能重逢。"

海龙赶忙道："师母，您可千万别这么说。替师父分忧是我应该做的。师父救不了您，只是因为不是至阳之体，无法修炼混沌之气而已。我这身修为完全是拜师父所赐，所以话说回来，还是师父救了您啊！"

孙悟空满意地笑笑，道："海龙，我就不再道谢了。我和紫衣来，还有一件事要叮嘱你。刚才你和飘渺的话我们也听了个大概。情况确如你判断的那样。现在仙界的情况非常不妙，仙帝察觉到危机之后，收拢了大批力量。

"反对他的人和你师伯、元始天尊等人的门下也都分别回归自己的师门。他们都不愿再受仙帝的管制。所以，仙界的情况很糟糕也很微妙。仙帝已经不可救药，所以必须有人出来代替他，成为新的仙帝，而且，这新的仙帝必须能统筹整个仙界。

"仙界只有成为一块铁板，才能在佛界的支援下，与冥界一拼高下。我并非危言耸听，冥界的强大你还没见过。像我这样的大神通者，冥界有几十个，而且有些修为还在我之上。"

海龙道："师父，那您让我做什么呢？您尽管吩咐。我只要能做到，一定全力以赴。"

孙悟空微笑道："其实，现在你要做的事很简单。你只需要去仙界游历就可以了，尽量不要同仙宫发生冲突。即使发生冲突，你也绝不能像上次那样下狠手，只需要展示一下自身的实力就可以了。

"再过一年，七大星君将重新排位，俺老孙希望你击败丁满，夺走日曜星君的称号。目前让你做的就这两点，至于其他的，就随你自己的意愿了。海龙，你已经成熟了，俺老孙相信你的能力。"

海龙想起当初在镇元大仙的人参果大会上，众仙看向丁满时充满敬畏的眼神，心不由得热了起来。以前，他对日曜星君的称号连想都不敢想，而现在，他已经有了争夺的实力。"师父，您放心，我定然不会让您失望。"

孙悟空突然想起了另一件事，道："还有，等你有空时，到人界走一趟，去人界后，你先去东海，东海的最深处就是龙宫。至于你能否学到风波十二叉，就要看你自己的本事了。

"你还记得俺老孙给你的那个避水咒吗？你不要小看那玉佩，只要带着它，水中和陆地对你来说就没有任何区别。其实，以你的修为，绝对空间也同样可以达到这种效果，但那样会消耗很多法力，要知道，在海底深处，压力是非常巨大的。"

海龙在孙悟空给他避水咒的时候就已经隐隐猜到了孙悟空的用意，微笑道："师父，我想先在仙界游历一番后，再去人界，到时，我绝不会忘记带点好东西回来孝敬师父。"师徒俩相视一笑，都露出奸计得逞的样子。

孙悟空明白海龙不愿意去人界是不想和飘渺分开，毕竟他们重逢不久。紫衣仙子回到他身边，他的心情与海龙差不多，所以他就没有多说。

紫衣仙子微笑道："悟空，咱们走吧，人家夫妻相聚，咱们在这里多碍眼。海龙，以后有机会，我定会回报你今日的相救之恩。"她说完，身体一转，伴随着一阵清脆的铃铛声，转眼间消失不见。

孙悟空笑道："这么多年了，她的脾气还是这样，海龙，你记得到仙界后去你师伯那里一趟，那里还有另外一个人在等你。你可要妥善处理啊！哈哈，哈哈哈哈。"金光一闪，他也离开了。

海龙身体一震，顿时想起孙悟空所指之人，他暗叹一声，现在不交代一下是不行了。

（本册完）

《惟我独仙 典藏版》第9册即将上市，敬请期待！